謀殺のチェス・ゲーム

新装版

山田正紀

ハルキ文庫

角川春樹事務所

目次

プロローグ

奇妙に底冷えのする日々がつづいている。大通《おおどおり》公園のライラックも今年は開花が遅いようだ。

例年の札幌《さっぽろ》ならそろそろ観光客の姿がめだつころだが、今年はこの寒さが災いしたのか、名物のカニ族もまったく見られない。

が、――ここ薄野《すすきの》に集《つど》う男たちには、四季の異常は関係がない。彼らが求めるのは酒といくばくかの刺激。実際、薄野が銀座《ぎんざ》でも、事情になんら変わりはないのだ。

現在《いま》、午後九時――薄野の街はしだいに活気を孕《はら》みつつあった。酔客たちのだみ声と、女たちの嬌声《きょうせい》がうるさいほどに聞こえてくる路地の暗がりに、その男は立っていた。いや、男と表現するのは言葉が正確でないかもしれない。背丈《せたけ》こそかなりあるが、その骨格が十分にかたまっているとはいい難いからだ。なによりその稚《おさな》い顔を見れば、彼がまだ二十歳《はたち》に達していないのは明らかだった。

少年と呼ぶべきだろう。少年が薄野の路地に佇《たたず》んでいる。その齢《とし》の少年が居るのには、ふさわしくない街であり、ふさわしくない時刻であった。

——少年は米軍払い下げのコートを着ていた。サイズが合っていないらしく、そのコートは少年を奇妙に孤独に見せていた。洗いざらしのジィーンズと、汚れたテニス・シューズという格好が、その印象をさらに強めているようだ。

路地にはすえたようなにおいが満ちていた。薄野の排泄《はいせつ》物が放つにおいだ。——実際、正常な神経の持ち主なら、五分とその路地に居ることに耐えられなかったろう。が、その少年はもう一時間以上も路地に佇んでいるのだ。

少年が何事かを思いつめているのははっきりとしていた。その双眸《そうぼう》が異常にぎらついていた。唇を一文字に締め、極度の緊張が鼻孔を白く変えていた。

どうやら少年の眼《め》に映っているのは、路地の正面に見えるビルのようだ。そのビルの一階に金文字で『クラブ・梨花《りか》』と小さく書かれた木製の扉がある。文字の小ささと、扉のいかにも排他的なつくりとが、そのクラブを際立って高級な店に見せていた。おそらく会員制のクラブなのだろう。少なくとも、少年が立ち入ることのできるような店ではなさそうだ。

だが、少年は身じろぎもせずに、そのクラブを見つめているのだ。

——ふいに少年の体を臆病《おくびょう》そうな痙攣《けいれん》が走った。

黒塗りのリンカーンが滑るように走ってくると、クラブの前に停《と》まったのだ。二人の男がゆっくりと自動車《くるま》から出てくる。いずれも屈強な体つきをしている。男たちが身につけている贅沢《ぜいたく》な背広も、彼らの素姓を隠すことはできないようだ。その眼が修羅場を重ねてきた者だけが持つ鋭さを放っていた。

「親父《おやじ》さん」一人の男が言った。

「どうぞ……」

その声に応じて、車の後部ドアが開いた。

いま車から降り立った男は、ほかの二人と同じ体臭を備えていた。が、迫力において格段の相違がある。そのどちらかというと小柄な体には、虎《とら》の獰猛《どうもう》さが秘められているようだ。

齢はもう六十に達しているだろう。だが、その年輪は、男の仮借《かしやく》ない性格をいささかも損《そこな》うことはなかったようだ。必要があれば、いつでも人を殺すことのできる無気味さを、身辺に漂わせていた。

少年はコートのポケットに右手を入れた。そして、その手が抜かれた時には、一挺《ちよう》の拳《けん》銃《じゆう》が握られていた。いかにも性能の悪そうな改造ガンだった。

「菊地《きくち》っ」少年は叫んだ。

叫ぶべきではなかった。殺しに熟達した人間なら、ただ黙って引き金《トリツガー》を引いたことだろう。

路地から飛びだしてきた少年を見た男たちの動きは、敏速をきわめていた。一人が老人の前に立ちはだかり、もう一人が少年に向かって突進してきたのだ。

二発の銃声が闇《やみ》のなかに響いた。

いましも少年に摑《つか》みかかろうとしていた男の体が、なにかに弾《はじ》かれたように後方に飛んだ。弾丸に肩を射ぬかれたらしい。なにごとか喚《わめ》きたてながら、男は地を転げまわった。

どうやら改造ガンは二発の弾丸を発射する能力しか備えていなかったようだ。

少年は改造ガンを投げ捨てると、そのまま路地の暗がりに駆け込んでいった。

一瞬の出来事だった。

「耳ざわりだ」と、老人が言った。

「そいつを自動車に入れろ」

その声は少しも乱れていなかった。

「はっ」

男は慌てて、不運な傷ついた男を自動車のシートに押し込んだ。そして、老人を振り返って、咳込《せきこ》んだような声で言った。

「野次馬が集まってくると面倒です。親父さんもはやく……」

男の言葉は、大きく吸われた息に断ち切られた。男はその時になって初めて、老人の左腕から血が流れていることに気がついたようだ。

「このおれを狙《ねら》うとはいい度胸だ」老人は地鳴りのような声で言った。

「あの小僧……絶対に逃がしゃしねえ」

——三十分後、少年は薄野から少し離れた学生街に、その姿を現わした。

学生相手の喫茶店や食堂が建ち並ぶ街で、ここでなら少年が人眼につく心配はまったくなかった。明りに乏しい街路を、少年は俯《うつむ》き加減に、早足で歩いていた。

銭湯の煙突が見える道を、少年は右に曲がった。ここから先は、学生専門のアパートが並ぶ道だ。どこかの部屋で学生たちが酒盛りをしているらしく、陽気な歌声が聞こえていた。

少年はモルタル造りの『稲葉荘《いなばそう》』と表示が出ているアパートに入っていった。

二階のいちばん奥の部屋まで行くと、少年はためらいがちにドアをノックした。

「誰《だれ》？」

澄んだ、若い女性の声が返ってきた。

「ぼくだ」少年は低声《こごえ》で言った。

「川原《かわはら》だ……」

ドアの鍵《かぎ》を外す音が聞こえてくると、少女が顔を覗《のぞ》かせた。

「どうしたの、今ごろ……？」少女は不審げだったが、その声には喜びが隠しきれないでいた。

「入ってもいいかな」少年が遠慮がちに訊《き》いた。

「どうぞ」少女は大きくドアを開いた。

いかにも女の子らしい部屋だった。半畳の台所と、四畳半の部屋には、塵《ちり》ひとつ落ちていなかった。スヌーピーの刺繡《ししゅう》がついた座布団と、小さな卓袱台《ちゃぶだい》が、部屋の真ん中に置かれていた。

卓袱台の上には、詩集らしい本が開かれていた。

「今、コーヒーでも入れるわね」少女は楽しげに台所に立った。

「コーヒーなんかいらない」少年はかぶりを振った。

「え？」

「お別れを言いにきたんだ」

「………」

少女はまっすぐに少年を見つめた。少年はその視線にたじろいだようだった。——実際、少年でなくても、その少女の視線にはたじろいだことだろう。それほどに少女は美しかったのだ。

成熟した女の美しさではない。小麦色の肌にくっきりとした目鼻だち、そのスラリと伸びた肢体も、どちらかというと美少年を連想させた。そのよく動く大きな眼が、いかにも活発な少女の性格を表わしていた。

「なぜなの？」

やがて、少女が押し殺したような声で訊いた。

「菊地を撃ったんだ」少年はほとんど泣くような声で答えた。

「菊地大三《だいぞう》を撃っちまったんだ」

「菊地……」

「菊地組の組長だよ」

「…………」

少女の表情から血の気がひいた。いかに世間知らずの少女でも、日本最大の暴力団『菊地組』の名は聞いたことがあるようだ。――菊地組はその直属のやくざでも三千、関連する者まで数えれば、二万人を越す大暴力集団だった。もともとは神戸を根拠地としていたのだが、菊地大三の度胸と手腕によって、戦後、その勢力は急速に関東にまで及んだ。今では全国を制覇したといっても過言ではないのである。代議士を国会に送り込んでいるぐらいなのだ。

「殺したの？」少女は少年の両肩をしっかりと摑んだ。

「ねえ、殺しちゃったの」

「いや」と、少年は首を振った。

「弾丸《たま》は当たりもしなかったみたいだ」

「なんだ……」少女の表情にホッとしたような色が浮かんだ。

「それなら、そんなに心配することないじゃないの」

「きみにはわからないんだ」少年の声は震えていた。

「やくざがどんなに執念《しゅうねん》深いか……菊地大三を殺そうとしたんだ。どこへ逃げても、逃げきれるものじゃない。日本中のやくざがぼくをつけ狙うだろう」

「……お父さんやお母さんの仇《かたき》を討とうとしたのね」少女の眼にうっすらと涙が浮かんでいた。

「そうだ」少年は唇を噛《か》んだ。

「お父さんの会社がやくざにのっとられたという話はしたね。それで、お父さんは自殺しちまって、それが原因でお母さんも病死しちまったって……そのやくざというのが、菊地大三なんだよ。ちくしょう、菊地のやつがのうのうと生きているのが、どうしても我慢できなかったんだ」

「………」

懸命に涙をこらえている少年の肩を、少女は抱き抱えていた。それは、恋人というより、母親か姉の姿を連想させた。事実、少女のほうが二歳上だった。

少年の名は川原敬《けい》、少女の名は如月弓子《きさらぎゆみこ》、二人は稚い恋人どうしだった。敬は自動車整備工、弓子は喫茶店のウェイトレス、この世ではごくまれなことだが、彼らにとって初恋が、そのまま強い愛へと育っていったのだ。その意味で、彼らは互いに生涯の伴侶《はんりょ》となるべく、強く運命づけられているといえた。彼らは人生のはやい時期に絶対の伴侶を見いだすという幸運に恵まれていたのである。もっとも、彼らはまだキスさえ交わしていなかったのだが。

「それで、どうするつもりなの」弓子がやっとのように口を開いた。

「逃げるしかない。逃げられるだけ、逃げてやるんだ」

「どこへ逃げるの?」

「……まだ決めていない」

「…………」

弓子の頬《ほお》に薄く血がのぼった。その眼がキラキラと輝《ひか》っていた。

「私も一緒に逃げるわ」弓子はキッパリと言った。

「……無茶だ」敬は弓子の言葉に狼狽《ろうばい》したようだ。

「なぜ無茶なの」

「言ったじゃないか。日本中のやくざがぼくを狙って……きみまで巻き込むわけにはいかない」

「私、死ぬわよ」弓子が言った。

「あなたに置き去りにされたら、死んでやるから……」

「…………」

敬は顔色を変えた。彼は弓子の性格を知りぬいていた。彼女がいったん心に決めた以上、誰もその決意を変えることはできなかった。

「一緒に私の島へ行くのよ」弓子が囁《ささや》くように言った。

「きみの島……」敬は眼を丸くした。

「沖縄の先にあるとかいう、きみのお母さんが生まれた島かい」

「そうよ」と、弓子は頷《うなず》いた。

「まだお祖母《ばあ》さんが住んでいるわ。あの島なら安全よ。島には人が少ないから、他所者《よそもの》が来ればすぐにわかるわ。やくざなんか足を踏み入れることもできないわ。小さい畑があるから、私は野菜をつくるわ。あなたは魚をとるのよ」

「……でも……そんなの無理だよ。北海道から沖縄の先に逃げるなんて……第一、お金がないよ」

「五万円ぐらいのお金だったら持ってるわ」弓子は敬の両手を握りしめた。

「足りない分はヒッチでもなんでもして……とにかく逃げるのよ。やくざなんかに、あんたを殺させてたまるもんですか」

敬の表情《かお》に感動が走った。それとは意識せずに、弓子の手を握っている指に力が加わった。弓子の体が柔らかくなり、その胸が敬に触れた。

二人にとっては、初めてのキスだった。技巧もなにもない、まったく稚《おさな》いキスだった。弓子がためらいがちに舌を入れてきた。その舌を敬は軽く嚙んだ。弓子が小さな呻《うめ》き声をあげた。

今の二人には外界は存在しないに等しかった。やくざなど論外のことだった。ただただ恋の陶酔に酔いしれているのだった。

その瞬間から、日本の将来を左右する大事件に巻き込まれたのだとは、二人とも思ってもいなかったのである。

第一章　序盤戦

1

その部屋の印象は無味乾燥の一語に尽きるようだった。内壁がすべて鋼鉄で装甲されているのである。

部屋には三人の男がいた。いずれも若く、濃紺の制服を着ていた。彼らにはある種の雰囲気が共通していた。誰《だれ》の眼《め》にも、強靱《きようじん》な知性が輝《ひか》っているのだ。

彼らは椅子《いす》に腰をおろし、揃《そろ》って視線を前方の巨大なスクリーンに向けていた。

スクリーンは蒼《あお》い光芒《こうぼう》を放っていた。

スクリーンは縦横の黒線によって、夥《おびただ》しい小正方形に区切られていた。チェッカー盤に似ていた。――ある地区の航空写真が図式化され、スクリーンに映じられていた。淡い光の帯が、あるいは道路を、あるいは森をかたちづくっていた。黒線は距離を測るためのものらしかった。

そのスクリーンの上を幾つかの光点が移動していた。光点は赤と白の二色に区別された。仔細《しさい》に見れば、光点がさまざまな形に分かれていることがわかった。赤と白の光点の数はほぼ等しいようだった。

「宗像《むなかた》さんの分遣隊が青梅《おうめ》街道に入った」誰かが唸《うな》るように言った。

「さすがだな」

「時間は?」別の声が尋ねた。

「戦車が進撃を開始してから二時間とはたっていない」感嘆するような声がそれに応じた。

「この調子でいけば、五時間で東京を封鎖することができる」

「信じられないな。……部隊のうちわけはどうなっているんだっけ」

「赤……宗像さんの軍は戦車十二台、対戦車五分隊、四歩兵分遣隊だ。白軍は戦車二十台、対戦車十分隊、二十歩兵分遣隊……」

「戦力からいけば、宗像さんの軍は問題にならないわけか」

「だが、明らかに宗像さんが勝っている」

「情況設定が甘すぎるんじゃないか」

「そうとは思えないな。時刻は早朝……そのために白軍の反応が鈍くなっている。だが、作戦の早朝開始は常識だぜ」

「よし、時間だ」

ひとりがそう言うと同時に、部屋のなかがパッと明るくなった。スクリーンの光点が動きを止め、その輝きが薄れた。

部屋の両側に設けられたドアが、ほとんど同時に開いた。それぞれのドアから、男がひとりずつ入ってきた。

ひとりは部屋にいる三人と同じ制服を着ていた。年齢も三人に近く、明らかに彼らの同僚のようだった。

もうひとりは、――暗褐色の制服を着ていた。年齢は三十代のなかばというところか。制服の襟から覗《のぞ》く、よくプレスのきいたワイシャツと、手編みのタイとが、その男に自衛官らしくない印象を与えていた。

ひどく痩《や》せている。広い額と、凄《すさ》まじいほどの眼光を放つ双眸《そうぼう》が、その男をなにか猛禽《もうきん》のように見せていた。きれいに剃刀《かみそり》のあたった頬《ほお》と、一本の乱れもない頭髪とが、彼の性格を如実に物語っているようだ。

自衛隊所属、新戦略専門家《ネオステラテジスト》のリーダー、宗像旦《あきら》一佐である。

「宗像さんの圧勝です」と、男たちのひとりが声をかけてきた。

「…………」

宗像はスクリーンをしばらく見つめていた。その彫像のような表情《かお》にはいささかの変化も浮かんでこなかった。

「このテストは何度めになる？」やがて、宗像は誰にともなく訊《き》いた。

「二十回繰り返しました」即座に返事が戻ってきた。

「二十回か……」宗像は頷《うなず》いた。

「十分だろう。もう動的戦闘方程式のデーターとして使えるはずだ」

「われわれがその気になれば、東京を一日で占拠することが可能なわけですな」

誰かがそう言い、男たちの笑い声が一斉に起こった。その笑い声のなかで、宗像の表情はピクリとも動かなかった。

——国際情勢の大きな変化が、彼ら新戦略専門家《ネオステラテジスト》たちを生みだしたのである。実際、核抑止力という脆《もろ》い基盤の上に均衡を保つ国際軍事を操るには、従来の軍人たちの神経は粗雑に過ぎるようだった。現在《いま》、世界は十人、百人のキッシンジャーを必要としているのだった。

自衛隊に所属していても、彼ら新戦略専門家《ネオステラテジスト》たちは軍人というより、数学者としての色彩を濃く帯びていた。戦争を、チェスに代表される〝ゼロ和《わ》ゲーム〟と等視する考え方はことさらに新しいものではない。が、——いわゆる〝ゲーム理論〟を戦争に適用することの愚は、ベトナム戦争におけるアメリカ戦略の失敗がよく物語っている。厳密な意味では、戦争は〝ゼロ和ゲーム〟とはいえないからである。

現代《いま》、一九八×年に戦略家たらんとするものには、単に、〝ゲーム理論〟だけではなく、確率論、さらには意志決定科学の知識まで要求されるのである。軍人はもちろん、なみの数学者にもなしうることではない。数学者のなかでも真に優れた資質を持つものだけが、新戦略専門家《ネオステラテジスト》たる資格を備えているのだ。

——日本の、しかも自衛隊というそれ以上もなく古い体質を持つ組織が、数学者たちの戦略介入を認めた裏には、のっぴきならない理由があった。

一九六九年、ニクソン大統領がグアム島での記者会見で発表した、いわゆる〝グアム・

ドクトリン〃がそもそもの発端《ほったん》だった。アメリカのアジア撤退が決定されたこの時点で、すでに〃アジアの警察〃たる日本の今日《こんにち》の位置が予想されていたといえる。が、――アジア各国の民族自衛を利用し、〃太平洋防衛〃を日本に肩替わりさせようとしたアメリカの目論見《もくろみ》は〃グアム・ドクトリン〃から十年を経て、大きく狂ったのだった。日本の動き如何《いかん》によっては、米・中・ソの勢力均衡が崩れる可能性が出てきたのである。

これまで米・中・ソの三か国の間には常になにがしかの友好関係が存在した。ソ連とアメリカ、あるいはアメリカと中国というように、三大国のうちの二か国には、必ず利害の一致が見られたのである。――が、その望ましい関係は一九八〇年に至って完全に崩壊したのだ。米・中・ソの三大国は現在、互いに国交断絶に等しい間柄となっているのだ。

これは日本にとって、〃日米安保条約〃の必要がなくなったことを意味する。いや、むしろ〃日米安保条約〃はひじょうに危険な条約と化したといえるだろう。日中平和条約、日ソ平和条約の締結に成功した日本が、アメリカの軍事条約を維持する理由はほとんどないからである。

アジアはすでにアメリカを必要としていない。南北両朝鮮の緊張さえ、ここ五年のうちに急速な緩和を見せているのだ。〃太平洋経済圏〃をめざす日本にとって、〃日米安保条約〃ははっきりと障害だといえる。〃日米安保条約〃が存在する限り、中国・ソ連との正常な経済外交は望めないからだ。

ある日本人外交官がいみじくも語ったように、〃もし空に核の雲がなければ、核のカサも必要ない〟のである。——日本が〝日米安保条約〟の破棄に向かいつつあるのは当然すぎるぐらいに当然だったのだ。

〝日米安保条約〟が破棄された時、米・中・ソの三か国勢力均衡は大きく崩れる。それを恐れて、アメリカは〝日米安保条約〟の維持工作を、日本に対して必死に働きかけている。ソ連、中国はそれぞれに、〝日ソ安保条約〟、〝日中安保条約〟の締結を狙《ねら》って接触をはかろうとしている。——日本はかつてないほどの重大な選択を迫られているといっても過言ではなかった。

この重大な局面を乗り切るためには、政治家でも、軍人でもなく、新戦略専門家《ネオステラテジスト》の存在が必要とされたのである。外交もまた戦略の一種なのだから……。

「三人ゲームから四人ゲームに移すんだ」

宗像はかつてこの状況をこう表現したことがある。

これまで、世界は米・中・ソ三か国のプレイヤーによって歴史が進められてきた。が、現在《いま》日本も賽《さい》の振り手に加わろうとしているのだ。日本をいつ、どこに、どうやって最高の値で売りつけるか、それが新戦略専門家《ネオステラテジスト》たちに与えられた当面の課題だったのである。

——若い新戦略専門家《ネオステラテジスト》たちは、戦略ゲームの結果について論議を重ねている。宗像はタバコをくゆらしながら、部下たちの活発な論議に耳をかたむけていた。

戦略ゲームは、仮定の作戦行動すべての場面を含みうる大規模な戦争模擬実験《ファイヤ・シミュレーション》である。

……各プレイヤーは、情況設定と、位置、潜伏、偽装、勢力などの敵の動静を教えられる。

むろん、敵軍の位置については、自軍のそれほど詳《つまび》らかな情報を与えられているわけではない。すべてが、現実の戦争と同じように設定されるのである。

場合によっては、世論の動向、天候の如何など、さらに詳細な情報が与えられることもある。戦闘機、戦車、兵士たちの移動速度は、それぞれにあらかじめ拘束されている。砲撃の場合は、その砲撃地における成功確率P《ポイント》が与えられているのだ。

こうして各プレイヤーはそれぞれに別室に入り、地図を見ながら、戦争を進めるのである。それを第三室の審判たちが、スクリーン、自動点滅盤などによって、戦況を判断するのだった。

――新戦略専門家《ネオステラテジスト》たちにとって、戦略ゲームは単なる遊び以上の意味を持っている。各設定は幾度となく繰り返され、統計資料のデーターとして耐えうるまでにかためられる。宗像のいわゆる動的戦闘方程式の数値のひとつとして使われるのである。

さらにもうひとつ、戦力ゲームに慣れたものは、実際の戦闘を指揮する場合にも、純粋な数学の問題として対処することができるという効果もある。自軍の戦闘員の死に対する罪悪感、無益な英雄的行動からいっさい自由でいられるのだ。歩兵たちの死は、新戦略専門家《ネオステラテジスト》にとって、単にスクリーン上の光点の消滅を意味しているだけなのである。

「しかし、さすがに宗像さんですね」男たちのひとりが宗像に顔を向けた。

「宗像さんのゲームの勝ち率は八十パーセントを越えていますよ」

「ああ……」と、宗像は頷いた。

頷きはしたが、宗像の胸には奇妙に苦い想《おも》いが湧《わ》いてきた。変に、後ろめたいような気持ちだった。……かつて宗像は、ある男との戦略ゲームにおいて、ついに勝ち率五十パーセントを越えることができなかったという経験を持っている。記憶の底に沈んでいたその男の顔がゆっくりと意識の淵《ふち》にのぼってくる。

「宗像さん」

過去の想念に捉《とら》われかけていた宗像は、その声にフッと現実に引き戻された。宗像は顔をあげて、声をかけてきた男を見つめた。

「時間です」と、男は言った。

「時間？」

「緒方《おがた》陸将補とお会いになる約束じゃなかったですか」

「……そうだったな」

宗像の貌《かお》にあの仮面のような表情が戻ってきた。感情を露《あらわ》にしないことは、新戦略専門家《ネオステラテジスト》に要求される重大な特質のひとつといえた。ひとたび感情を露にすれば、今度はその感情自体が持つ誘引力によって、正常な思考が望めなくなる。新戦略専門家《ネオステラテジスト》は感情の動物であってはならないのだ。

無感動たる長年の訓練は、宗像にとってひじょうに有効だといえた。新戦略専門家《ネオステラテジスト》たちの自衛隊における位置はかなり不安定なのだ。多くの中傷、誹謗《ひぼう》にいちいち反応していれば、それこそ業務に支障をきたすことにもなりかねない。黙殺することが最上の策なのである。

　宗像がこれから会わねばならない緒方陸将補なども、反新戦略専門家《ネオステラテジスト》の最右翼と目される人物だった。

　――新戦略専門家《ネオステラテジスト》の部屋は防衛庁の地下に設けられている。一種の核シェルターといえるだろう。鋼鉄、コンクリートなどで密封された部屋で、外界との接触がなくても、半年は生存可能なだけの用意が整っている。新戦略専門家《ネオステラテジスト》が生き延びれば、自衛隊が潰滅《かいめつ》することはありえないと考えられているのだ。

　新戦略専門家《ネオステラテジスト》たちの存在が、自衛隊のエリート将校たちにおもしろかろうはずがなかった。この世に、軍隊ほど排他的な集団はないのである。彼らは他所者《よそもの》と見ると、一斉に牙《きば》をむく習性を備えているのだ。現実に、新戦略専門家《ネオステラテジスト》たちを潰《つぶ》そうとする動きがあることを、宗像も知っている。

　宗像は表面では彼らの動きを黙殺し、その実、反撃のチャンスをひそかに窺《うかが》っているのだった。……

　宗像はエレベーターを降りると、まっすぐに緒方陸将補の部屋に向かった。ついぞないことだが、廊下を進む宗像の表情《かお》には微笑らしきものが浮かんでいた。

　軍隊もまたひとつの企業と見なしてさほど間違いではない。その意味では、緒方陸将補の部屋が重役のそれに匹敵するほど豪華であっても、驚くにはあたらないかもしれない。

　成金趣味の豪華さではない。調度を渋い一級品で整えた、きわめて趣味のいい部屋だ。

壁にかけられている絵も、小品ながら、大家と称される画家の筆によるものなのである。

「やあ、ご苦労だね」

部屋に入ってきた宗像を、緒方はにこやかな微笑で迎えた。緒方の年齢は五十を越している。そのスマートな容姿は、日本の軍隊にはふさわしくない。片眼鏡《モノクル》でもかければいかにも似合いそうな、英国紳士の優雅さを備えているのだ。

が、宗像はその優雅さの裏に隠された、緒方の狡猾《こうかつ》な性格を見抜いていた。何人もの将校たちが、緒方の策動によって閑職に追いやられているのだ。

「まあ、すわりたまえ」

緒方は椅子に向かって、鷹揚《おうよう》に顎《あご》をしゃくって見せた。蜘蛛《くも》が餌食《えじき》を巣に呼び込む時、ちょうどそんな笑いを見せるかもしれない。

「失礼します」

宗像はゆっくりと椅子に腰をおろした。

「どうだね」緒方が訊いてきた。

「仕事は進んでいるかね」

「ええ……」と、宗像は頷いた。

「そいつはよかった」緒方はわざとらしく破顔した。

「なにしろきみたち新戦略専門家《ネオステラテジスト》は、わが自衛隊のエリートだからな。大いに頑張ってもらわんと困る」

「…………」

　宗像は椅子のなかで不動の姿勢を保っていた。緒方の泥臭い皮肉に、いまさら動揺して見せても始まらなかった。それまでの緒方の言葉が、単に会話の枕《まくら》にすぎないこともよくわかっていた。

「実は、きみに足を運んでもらったのは」と、緒方は言葉をつづけた。

「今夜にでも千歳《ちとせ》に行ってもらおうと思ったからだよ」

「千歳……」宗像は眉《まゆ》をあげた。

「そうだ」

「なぜでしょうか」

「最近になって、ソ連の長距離偵察機が非常に頻繁に飛んでくるようになった」緒方はことさらに声をひそめた。

「むろん電子偵察のためだろうが……半自動式防空警戒管制組織《バッジ・システム》が稼働開始したころならともかく、現在《いま》の日本にはソ連がとりわけ神経をとがらせるような事項はないはずだ」

「私にソ連偵察機の目的をさぐれとおっしゃるのですか」

「そうしてもらいたい」

「例の東京急行《エクスプレス》じゃないのですか」

　樺太《カラフト》から千島《ちしま》を経て、房総《ぼうそう》半島沖でUターンして帰るソ連偵察飛行は、なかば定期便の観があった。自衛隊ではこれを東京急行《エクスプレス》と呼んでいるのである。

「違うな」緒方は首を振った。

「飛行ルートが違いすぎる」

「わかりませんな」宗像の声にはまったく抑揚が欠けていた。

「私が千歳に行ったからといって、なにがどうなるものでもないでしょう。ソ連偵察機を監視するなら、稚内《わっかない》の通信情報施設《エレファント・ゲージ》にまかせておけばいい」

「それがそうとばかりも言えないんだ」緒方は机の抽出《ひきだ》しを開けると、なかから一葉の写真を取りだした。

「この男を知ってるかね」

「…………」

宗像は手渡された写真をしばらく見つめていた。若い男の写真だった。社会のあらゆるものに不満を抱いているような、奇妙に鬱屈《うっくつ》した表情《かお》をしている。

「知ってるかね」緒方は質問を繰り返した。

「名前は桐谷《きりや》一郎《いちろう》でしたね」宗像はゆっくりした口調で答えた。

「たしか、そうとう過激な反自衛隊活動のリーダーをつとめていた男でしたね。二年前、戦車に火炎ビンを投げて、全国指名手配を受けているはずだ」

「さすがだな」緒方は満足そうだった。

「この桐谷がどうかしたのですか」

「北海道に潜入したという情報が入った」

「…………」

宗像の唇を翳《かげ》のような微笑が過《よぎ》った。緒方が話をどこに帰結させようとしているかわかったからだ。牽強付会《けんきょうふかい》もいいところだった。

「つまり、ソ連偵察機と桐谷の渡道《とどう》がなにか関係があるのか、きみに調査してもらいたいわけだ」緒方は宗像の微苦笑には気がつかなかったようだ。

「きみなら可能な仕事だと信じている。ジェット機の手配はこちらでするよ……」

——十分後、宗像は猫を思わせる静かな足どりで、防衛庁の廊下を歩いていた。その眼が、何事か見極めようとでもするかのように、細くせばめられていた。

廊下の角で待っていた若手の新戦略専門家《ネオストラテジスト》が、影のように宗像の背後についた。

「緒方陸将補の話はなんだったんですか」その男が囁《ささや》くように尋ねてきた。

「俺《おれ》に千歳へ行けとさ」宗像は振り返りもしないで答えた。

「千歳へ……？」

「どうやら緒方陸将補殿は、どうしても俺を東京からひきはがしたい理由がおありのようだ」

「わかりました、い、い、い」背後の声が笑いを含んだ。

「鼠《ねずみ》たちが動き始めたわけですな。東京はわれわれにまかせてください」

「立花《たちばな》を沖縄から呼んでおいたほうがいいな」

「立花……」

「ああ、奴《やつ》はこんな時にはひじょうに役に立つ男だ」

宗像の歩調がはやくなった。彼にとって、部下との連絡事項はこれですべて完了したのである。

「冬支度をなさって行かれたほうが無難ですよ」

部下の声が宗像に追いすがってきた。

「冬支度を……」振り返った宗像の表情《かお》はいかにも不審げだった。

「もう五月も終わりだぞ」

「今年の北海道は春が異常に遅れているんだそうです」

と、部下は微笑《わら》って見せた。

「そうか……」宗像は呟《つぶや》いた。

「それは知らなかったな」

まるで、自分の知らないことがこの世にあるのが不思議だといわんばかりの口ぶりだった。


――大阪のミナミ地下センターはいつに変わらぬ人出で賑《にぎ》わっていた。全長八百メートルに及ぶこの千日前《せんにちまえ》通りの地下商店街は、あらゆる意味で平和を象徴しているといえた。いや、平和を象徴しているはずだったのだが……。

「殺《い》てまえっ」

男たちの叫ぶ声が人の流れに楔《くさび》を打ち込んだ。

女客たちの悲鳴が地下街に反響《こだま》した。その悲鳴よりさらに大きく、数発の銃声が鳴り響いた。

地下街はさながら地獄絵の観を呈した。十人近いやくざたちが、あるいは匕首《ドス》を、あるいは拳銃《けんじゅう》を手にして乱闘を開始したのである。市民たちは難を避けようと、こけつまろびつして逃げまどっている。

ショーウィンドウが砕けた。流れ弾丸《だま》を受けた数人の男女が、泣き喚《わめ》きながら地を這《は》っている。乱闘のまっただなかに取り残された幼児が、火がついたように泣いていた。

「坊やーっ」

母親らしい若い女が乱闘のなかに飛び込んでいった。不運な女というべきだった。

「こんがきゃーっ」

血迷ったやくざが振りまわした匕首《ドス》が、その女の顔を裂いたのだ。女は顔から血をしぶかせて、地に叩《たた》きつけられた。幼児の泣き声がさらに高くなった。

――後に第四次やくざ戦争と呼ばれるようになる暴力団の一大抗争は、この時から始まったのだった。全国の暴力団の利害は互いに交叉《こうさ》している。起こるべくして起こった抗争事件といえたろう。一触即発の状態を孕《はら》みながらも、これまで各暴力団がまがりなりにも平和を保ってきたのは、菊地大三の存在が大きかったからだ。傘下の暴力団どうしの抗争を菊地が黙って見過ごすはずはなかったのである。

その菊地が撃たれた。どこの組の人間がやったのか。菊地はもう長くはないのではないか。奴らを潰すのは今だ……。

疑心暗鬼が生んだ集団ヒステリーといえた。ダムの決壊に似ていた。いかに菊地がやっきになっても、この流れを止めることはかなわなかった。

事実、第四次やくざ戦争は一週間余もつづいたのである。むろん、やくざの抗争は大阪一市だけにとどまらなかった。全国の暴力団が牙をむき、激突したのだった。白昼、夜間の別なく、彼らは死闘を繰り返した。この時期、抗争に巻き込まれた市民は、死者だけでも二十人を数えた。負傷者にいたっては、その正確な数さえ摑《つか》めないほどだ。

新聞、テレビ、ラジオなどの報道機関は一斉に暴力団攻撃に打ってでた。この時期の三大新聞は暴力団関係の記事に塗りつぶされた観があった。芸能記者、あるいは政治記者までが暴力団担当にまわされる騒ぎだ。

——もうひとつの戦争に気がついた記者たちも幾人かはいた。その戦争に関して、厳重な報道管制が敷かれたことに疑問を抱いたジャーナリストも少なくはなかったろう。が、また、この時期、そんな余裕のあるジャーナリストはひとりもいなかったのである。

——暴力団一辺倒に塗りつぶされたマスコミの流れに逆《さか》らうことは誰にもできなかった。

実は、もうひとつの戦争は、第四次やくざ戦争などとは比べようもないほどの大事件だったのだが……。

2

航空自衛隊千歳基地の滑走路で、その水陸両用飛行艇はとりわけ異彩を放っていた。

機名はＰＳ―８《エイト》。

哨戒《しょうかい》飛行機ＰＳ―１《ワン》の後裔《こうえい》にあたる機だが、特筆すべきは、その偵察機をも兼ねうる優れた性能だろう。対潜哨戒機が偵察機としても使えるということは、作戦展開のうえでどれだけの柔軟性がもたらされるか測りしれないものがある。

機首の波消し装置、境界層制御《ＢＬＣ》、海中吊《つ》りさげ型対潜探知ソナーなど、ＰＳ―１においてその優秀性が実証されている装置は、すべてＰＳ―８に引き継がれている。日本航空技術陣の努力は、さらにこの機に偵察機としての機能を与えることに成功したのである。赤外線偵察装置、レーダーなどを搭載した全天候電子偵察機としても、ＰＳ―８は充分にその任を果たしうるのだ。

ＰＳ―８においては、従来の哨戒機のような人数を必要としない。対潜業務はすべて電子装置《エレクトロニクス》が肩替わりしてくれるのである。操縦士と副操縦士さえいればいいのだ。

最大速度七二〇キロ、全長は二十メートルに欠ける。自動安定操縦装置、各種電子装置、機銃、ロケット弾、対潜用爆弾、核爆雷にいたるまで、およそＰＳ―８に搭載されていないものはないといわれている。

実際、ＰＳ―８は戦後四十数年にして、ようやく日本が独自に開発できた軍用機といっても過言ではないのである。従来の対潜哨戒機、電子偵察機を、ＰＳ—８はその性能において十年はぬきんでていた。他のどの国もついにつくりえなかった夢の軍用機だ。三星《みつぼし》重工のほとんど無制限といえるほどの資本投下があったればこそできたことだ。ＰＳ—８開発のためには五年もの年月が費されているのだ。ソ連はもちろんアメリカにさえもそのメカを知られてはならない、日本最高の軍事機密といえた。

ＰＳ—８はいまだ量産の段階には入っていない。現在《いま》、千歳基地から飛びたとうとしているのが、日本に一機しか存在していないそのＰＳ—８だった。ようやくテスト段階を終了したばかりなのである。

——今夜の飛行は、テストの仕上げのような性質を帯びているのだ。

乗員は小杉《こすぎ》一尉と村山《むらやま》二尉、いずれも千歳に配属されて五年以上になるベテラン・パイロットだった。

等圧面天気予想図、圏界面予想図、悪天候予想図……どれをとっても、その夜の飛行に支障をもたらしそうな悪条件を見いだせなかった。いつもと変わらず、ＰＳ—８は基地を飛びたち、任務を終え、再び戻ってくるはずだった。

二人のパイロットにもなんの異常もないように見えた。村山二尉はチェック・リストを読み、小杉一尉はなかば機械的にＰＳ—８の点検を進めていた。

機の整備は完璧《かんぺき》のようだった。村山二尉は管制指令室《コントロール・タワー》に滑走《タクシー》の許可を求めた。地上滑走の間も、小杉一尉は操縦桿《かん》を左右に動かしたり、方向舵《ラダー》を踏んだりの点検に余念がなかった。小杉と村山はまったく私語を交わそうとはしなかった。

ＰＳ—８は滑走路の端まで動いた。村山二尉が管制指令室《コントロール・タワー》に離陸許可を求めた。

「離陸《クリアード・フォー・テイクオフ》してよろしい」——管制指令室《コントロール・タワー》からの返事が返ってきた。

ＰＳ—８は闇《やみ》のなかに飛びたっていった。

——千歳基地の宿舎のなかで、宗像はＰＳ—８の飛びたつ音を聞いていた。夜の静寂《しじま》のなかで、その音は奇妙に虚《うつ》ろに宗像の胸に響いた。

宗像が千歳に到着してから、すでに三時間以上が経過していた。その時間のほとんどを、宗像はこの部屋に閉じこもって過ごした。空団長への報告は明日《あした》すればよかった。——この男には珍しく、宗像は疲労を覚えていたのである。

宗像はネクタイを取り、ワイシャツだけの姿で、黙々とウィスキーをなめていた。札幌《さっぽろ》まで足を運ばなくても、恵庭《えにわ》市まで行けば、いくらでも自衛隊員相手の酒場はあるのだが、宗像はその類《たぐ》いの場所は嫌いだった。宿舎で、独りウィスキーをなめているほうが性《しょう》に合うのだ。

ある種の厭人《えんじん》癖は、新戦略専門家《ネオステラテジスト》に共通する職業病のようなものだった。人間を駒《こま》のように動かさなければならない男が、真に他者と関わりを持てるはずはなかった。

宗像は緒方陸将補のことを考えていた。緒方が宗像を千歳に追いやった目的はひとつしか考えられなかった。新戦略専門家《ネオステラテジスト》たちを自衛隊から蹴落《けお》とそうとしているのだ。宗像が東京を不在にしている間、緒方はあれこれ暗躍するに違いない。……

緒方は陸上自衛隊のみではなく、航空、海上自衛隊にも大きな力を持っている。親睦会《しんぼくかい》と称して、緒方たち実力者は『愛桜会《あいおうかい》』というグループをつくっている。緒方の意図が、『愛桜会』を基盤にして、自衛隊を掌握することにあるのは明白だった。——新戦略専門家《ネオステラテジスト》たちは、形式の上からは陸上自衛隊に属しているが、内実は防衛庁長官の直属機関員である。緒方たち『愛桜会』にとって、これ以上に目障《めざわ》りな存在はないはずだ。

新戦略専門家《ネオステラテジスト》と『愛桜会』が共存することは不可能だった。『愛桜会』は三星重工と密接な関係を保《も》っている。三星重工が軍事産業の大きなシェアを占めているのも、『愛桜会』の後押しがあったればこそのことだ。誰も立証したことはないが、三星重工から『愛桜会』にかなりの金が流れているという噂《うわさ》があった。

新戦略専門家《ネオステラテジスト》にとって、これほど不都合な事態はない。戦略の上からは、いずれの企業も等しく手駒でしかないのだ。どの企業を軍事産業機関として用いるかは、ただ戦略の有効度だけから考えられるべきなのだ。わいろのために、一企業を優先させるなどもってのほかといえた。

新戦略専門家《ネオステラテジスト》は三星重工の勢力を自衛隊から締めだす必要があった。が……緒方たち『愛桜会』がみすみす金づるを手放すはずもなかった。

宗像の唇に皮肉な微笑が浮かんだ。生き残るのは『愛桜会』か、それとも新戦略専門家《ネオステラテジスト》か。……どうやら新戦略専門家《ネオステラテジスト》たちは初めて実戦の機会に恵まれたようだ。

宗像はグラスをグイッと呷《あお》ると、机上の電話に手を伸ばした。交換手に、東京の自宅につなぐように頼んだ。

宗像には若い妻がいる。結婚して二年になるが、宗像の希望で子どもはまだない。名前は清美《きよみ》、父親もやはり陸上自衛隊の一佐をつとめていた。

「はい……」

清美が電話にでた。

「俺だ」宗像の声にはまったく情感が欠けていた。

「変わりはないか」

「別に……東京にはいつ帰るの」

「はっきりしないが、一週間もすれば帰れるだろう」

「体に気をつけてね」

「きみもな」

それだけを話すと、もう二人の間に交わすべき会話は残っていなかった。一年ほど前から、彼らの仲は急速に冷えていたのである。

「じゃあ、これで切る」

そう告げた後も、なお宗像は受話器を握っていた。受話器を置く音が二重に重なって聞こえてきた。

宗像は笑いを浮かべると、受話器を置いた。緒方の盗聴員はあまり手際がいいとは言いかねるようだ。

不意に背後からドアを閉じる音が聞こえてきた。

宗像はゆっくりと振り返った。

ドアの前にひとりの男が立っていた。髪を角刈《かくが》りにした、小柄な男だった。くたびれた背広といい、妙に皺《しわ》の多い顔といい、一見かなりの年輩のように思える。が、──そのいささかも贅肉《ぜいにく》のついていない体と、鋭い眼とが、実際には男の齢《とし》が宗像とさほど違わないことを示していた。

「鍵《かぎ》をかけておいたはずだが」宗像はいった。

「ノックなんかして、人眼につくとまずいと思いましてね」男は背広のポケットから小さなピンを取りだした。

「ソッと入らせてもらいましたよ」

「油断のならない男だ」宗像は苦笑した。

「まあ、すわれ」

「東京の奥さんに電話ですか」椅子に腰を落ち着けながら、男は溜息《ためいき》をつくように言った。

「私のような子持ちにはなんとも羨《うらや》ましい話ですな」

「皮肉か」

「…………」

男はそれには答えず、ただニヤリと笑った。

「いつ千歳に着いた？」宗像が尋ねた。

「つい三十分ほど前です」男の表情《かお》から笑いがぬぐわれたように消えた。

「電話をいただいて、すぐに出発の準備を整えたんですがね。なにしろ民間航空使用ということだったんで……適当な便が見つからなくてね」

「話は聞いているか」

「だいたいのところは」

「誰もそれ以上のことは知らん」と、宗像は頷いた。

「わかっているのは、ただ緒方が動き始めたということだけだ。こちらは相手の出方を待つしかない。……東京のほうは部下たちにまかせておいても安心だが……正直、俺のほうが独りではいささか心もとない。誰か手足となって動いてくれる男が欲しくて、な」

「いよいよ戦争ですか」

男――自衛隊レインジャー部隊教官、立花泰《やすし》は椅子のなかで体を伸ばした。それはきたる殺戮《さつりく》を楽しみに、充分にリラックスしている虎《とら》の姿を連想させた。


――ＰＳ―８は、ほとんど海面と触れんばかりの低位置で飛んでいた。

海はいくらか荒れていた。が、ＰＳ―８にとって問題となるほどの波ではなかった。ＰＳ―８は波高三メートルの海面でも、着水できる性能を備えていた。

ＰＳ―８の胴体が海面に接した。ＰＳ―８は水雷艇のような水飛沫《みずしぶき》をあげ――そして停止した。

夜闇が海と空を閉ざしていた。月は出ていなく、星も煌《きらめ》いてはいなかった。ただ波音だけが喧《やかま》しいほどに繰り返されていた。PS—8は巨大な魚と化したように、その波間に揺らいでいた。

昼間なら、後方に小さく島影が見えたかもしれない。東方十キロの海上には、北海道最大の属島、奥尻《おくしり》島があるのだった。

不意に闇のなかに緑色の半透明の光が浮かんだ。かなり高い位置だ。光はPS—8に向かってゆっくりと近づいてくる。

それは、船の舷灯《げんとう》のようだった。

——同じころ、奥尻島の賽《さい》の河原《かわら》では、時ならぬ轟音《ごうおん》が響いていた。

賽の河原は六ヘクタールにも及ぶ石河原で、道南《どうなん》五霊場のひとつに数えられている。海難犠牲者の慰霊場としても名高い。むろん、夜のこんな時刻には、誰も訪れる人のない場所のはずだった。

その賽の河原から、こともあろうに一機のヘリコプターが飛びたとうとしているのだ。稲穂《いなほ》岬《みさき》灯台の明かりが、大きく震えるヘリコプターを過っていく。

頭上のローターがしだいに回転数をあげていく音を、パイロットの井上《いのうえ》は軽い興奮を覚えながら聞いていた。井上にとっては、久しぶりの飛行だったのだ。

井上は札付きのパイロットだった。酒乱が災いして、どこの民間航空サービスからもパージされていた。最後の会社をしくじってから、もう半年以上も操縦桿を握っていないのだ。

それが、――突然に雇い主が現われたのである。むろん、一回かぎりの賃仕事だが、逼《ひっ》迫《ぱく》している井上に否《いな》やのあろうはずがなかった。なにより、井上はその手でもう一度操縦桿を握りたかったのだ。

奇妙な仕事だった。賽の河原を飛びたった後、与えられたコースをひじょうな低位置で進んで、十分後に高く浮上しろという依頼を受けたのである。――まったく奇妙な仕事だが、あるテレビ映画に挿入されるシーンを撮《と》るためだと聞かされると、その奇妙さがあまり気にならなくなった。依頼者から渡された名刺には某テレビ局の名が刷られてあった。

ヘリコプターは局のほうで用意し、フライト・プランも出しておくという。まともなパイロットなら一蹴《いっしゅう》するだろう、いかにも眉つばな話だった。眉つばな話だが、井上はまともなパイロットではないし、悪いことにヘリコプターを愛してもいた。

が、いかな井上でも、ついさっきまで半信半疑でいたのだ。井上が初めて仕事を実感できたのは、賽の河原にトラックで運ばれてきたヘリコプターを見た時からだった。

「点検は完全に済んでいる」と、トラックを運転してきた男が言った。

「時間がない。すぐに飛んでくれ」

「ああ……」

井上はここでも札付きパイロットの本領を発揮して、点検をせずに、ヘリコプターを飛ばすことを引き受けてしまった。実際、空を飛べる喜びに、少しぐらいの危険は苦にもならなかったのだ。

ヘリコプターが離陸した。

操縦桿を握りながら、井上はうきうきと夢想していた。この飛行がきっかけになって、俺にも運が巡《めぐ》ってくるかもしれない。井上は考えた。どこかの会社が雇ってくれないとも限らない。そしたら、俺はもう絶対に酒は飲まないぞ。死ぬまで、キッパリと酒を断つんだ。……

井上の禁酒の誓いは守られることになった。二十分後、ヘリコプターは空中爆破し、井上は即死したのである。


——奥尻島の神威《かむい》山は標高五八五メートル、島内では最高点に位《くらい》する。山は適宜な森林に覆われ、奥尻、青苗《あおなえ》などの集落、さらには日本海を一望することができる。

その神威山の中腹に、いまひとりの男が立っている。巨漢である。年齢は二十代の後半というところか。鹿皮《しかがわ》のジャンパーに、厚手のジィーンズ、猪《いのしし》のモカシン靴というその格好は、サファリに臨むハンターの姿を連想させた。

男は双眼鏡を眼にあてていた。ただの双眼鏡ではない。倍率が極端に大きく、さらには赤外線までセットされているという陸軍野戦用の双眼鏡である。

男は太い吐息を洩《も》らし、双眼鏡を眼からおろした。どうやら、男ははるか沖合いのヘリコプター爆破をキャッチしたらしかった。

男は意外に子どもっぽい顔をしていた。丸顔だが、顔には肉はついていない。骨格のめだつ顔だ。大きな眼と、太い眉になんともいえぬ愛嬌《あいきょう》が漂っている。笑うと、犬になめられたような表情《かお》になるのではないか。

が、――いま男の表情には笑いは微塵《みじん》もなかった。それどころか、ひどく沈痛な色を浮かべているのだ。

男は首をゆっくりと振ると、双眼鏡をジャンパーのポケットに突っ込んだ。そして、ボソリと呟いた。

「作戦開始……」


――航空自衛隊千歳基地の管制室には、緊迫した空気が満ちていた。

それまで三次元レーダーの上に、方位、距離、高度を克明に刻んでいたPS―8が、一瞬のうちに消滅してしまったのである。いかなる機も、自動警戒管制組織《バッジ・システム》の網から逃れでるのは不可能なはずだ。符合伝送装置《データリング》によって、すべての基地のレーダー情報は連結され、南朝鮮から南千島までの空は完璧に覆われているのだ。

三次元レーダーの上から機が消滅したとすれば、考えられる結論はひとつしかなかった。

PS―8は遭難したのだ。

レーダー管制官の証言から、遭難地点は奥尻島西方五十キロの海上と判断された。捜索は朝になるのを待つしかなかった。

その夜、千歳基地の管制室は、ジリジリとした焦燥と不安とに包まれていた。誰もが極端な苛立《いらだ》ちに悩まされていた。

同じ夜を、宗像は深い眠りに身をゆだねて過ごした。ＰＳ―８の遭難のことなど、それこそ夢にも知らなかったのだ。

ましてや、この事件によって自分の運命が大きく変わっていこうなどとは、宗像が知るはずもなかったのである。

3

宗像は基地の食堂で不味《まず》いコーヒーをすすっていた。たとえ不味いコーヒーにしろ、広い食堂で朝食らしきものをとっているのは宗像ひとりだった。

実際、千歳基地の自衛隊員たちは朝食どころの騒ぎではなかったのである。遭難機捜索のために緊急発進《スクランブル》するジェット機が、千歳基地をあぶるような轟音で覆っていた。自衛隊員たちは全員外出禁止で、遭難機に関するきびしい箝口《かんこう》令が敷かれた。まったくそれは、有事における自衛隊もかくやと思われるばかりの、度を越した緊張ぶりだったのだ。

宗像は傍観者の気安さで、その騒ぎから一歩身を退《ひ》いていた。新戦略専門家《ネオストラテジスト》の立場からいえば、遭難機捜索のシステムに興味がなくもなかったが、それも単なる好奇心の域を出てはいないようだ。実際、緊急発進《スクランブル》の轟音で眼を醒《さ》まし、ついさっきＰＳ―８遭難の話を聞いたばかりという始末なのだ。

「ＰＳ―８か……」

宗像は寝足りた人間に特有の、なにかけだるいような口調で呟いた。

遭難した機がＰＳ―８でなければ、千歳基地もこれほどの騒ぎにはならなかったかもしれない。ＰＳ―８は六次防におけるいわばエースなのである。――すでに四次防構想のころから、自衛隊の性格に大きな変質が兆し始めていた。〝専守防御〟をむねとするはずの自衛隊に、戦術的攻撃力が要求されだしたのである。直截《ちょくせつ》には、やはりアメリカのアジア撤退がその原因だったろう。核報復力までは望めないにしても、少なくともアメリカ第七艦隊や沖縄基地に代わる戦力は持つ必要がある、というのが戦術的攻勢論者たちの主張なのだった。

戦術的攻撃力は〝短いが、鋭いヤリ〟と形容された。そして、そのヤリの最尖端《さいせんたん》となると目されたのは、早期警戒機、いわゆる〝空飛ぶレーダー〟だった。が、――一機八十億もする早期警戒機を、おいそれと輸入できるはずもなかった。日本はなんとしてでも早期警戒機を国産化する必要があったのである。

この悪条件が、日本にＰＳ―８という独特な軍用機を開発させる原因となったのだ。この軽量小型機ほど、〝短いが、鋭いヤリ〟という形容にふさわしい機はなかったろう。まさしく早期警戒機を顔色なからしめるものがあった。ＰＳ―８は開発如何によっては、〝空飛ぶレーダー基地〟たりうる可能性さえ備えているのだ。

PS―8に事故があってはならない。PS―8は六次防の要《かなめ》なのである。

そのPS―8が遭難した。

宗像でなくても、皮肉な顚末《てんまつ》に意地の悪い笑いを浮かべたくなるだろう。

「ここ、いいですか」

食堂に入ってきた若い自衛官が、宗像と同じテーブルについた。疲れきった顔をしている。ようやくコーヒーを飲むだけの時間を盗むことができたのだろう。

いかにも不味そうにコーヒーをする自衛官に、宗像は声をかけた。

「大変だね」

「ついてませんよ」自衛官は吐き棄《す》てるように答えた。

「ぼくは今日が外出日だったんですがね」

「実はついさっき起きたばかりで、詳しいことを知らないんだが……」宗像はいくらか後ろめたさを感じながら訊いた。

「PS―8は、どこら辺で消息を絶ったんだろうか」

「奥尻島の西方五十キロの海上です」自衛官は即座に答えた。

「まあ、ソ連の領海に入っていないのがせめてもの幸運でしたな」

「消えるまで、ずーっとレーダーはフォローしてたんだろう」

「ええ……」自衛官は頷きかけて、顔をあげた。

「しばらくはレーダーから消えていましたよ。対潜哨戒機ですからね。低空で飛べば、奥尻島に遮られて、レーダーには映らない。……まあ、問題にはなりませんよ。予定の位置でPS—8は浮上して、ちゃんとレーダーに映っていたんですからね。低空で飛ぶのだって、フライト・プランどおりだったんです。レーダーに戻ってきて、十分後には消滅というわけですわ」

「………」

自衛官が食堂を去った後、宗像は両肱《りょうひじ》をテーブルにつき、しばらく床の一点を見つめていた。その眼に奇妙な光が浮かんでいた。

「待てよ」

宗像はそう口に出して呟き、もう一度小さく「待てよ」と呟いた。が、宗像の脳裡《のうり》を過った疑念は、ついに確とした形をとらないまま消えていったようだ。

——鹿皮ジャンパーの男はゆっくりとした足どりでタラップを降りていた。

男の背後には、奥尻島フェリーが白い船影を夕闇のなかに浮かびあがらせていた。奥尻島から江差《えさし》町にいたる最終のフェリーだった。乗客もさほど多くはなかったようだ。

男は埠頭《ふとう》に降りると、しばらく辺りを見回していた。

江差町は渡島《おしま》半島の西海岸に位置している。檜山《ひやま》支庁の所在地であるが、賑《にぎ》やかな町とはいいかねるようだ。——江戸時代、ニシン漁の最盛期には、江差町の人口は二万人を越えたといわれている。が、ニシンが来なくなってから、この町はしだいにさびれ、現在では人口は一万五千人を割っている。

気のせいか、埠頭から見る江差町の町並みには、どことなく凋落《ちょうらく》の気配が感じられるようだ。

男はボストンバッグを軽く揺すると、町に向かって大股《おおまた》で歩きだした。

男の歩行はいかにものびやかで、屈託がないように見えた。誰の眼にも、旅行者が散策を楽しんでいるとしか映らなかったろう。江差の町民は、夏の海水浴に集まる旅行者の姿を見慣れていた。

食堂の白いのれんが見えた。どこの町筋でも見られる、肩のこらない大衆食堂だ。男はのれんをかきわけ、のっそりと店のなかに入っていった。

「カレーにカツ丼《どん》だ」

男は厨房《ちゆうぼう》に声をかけると、巨体を店の隅に落ち着かせた。男の食欲に、ラーメンをすっていた女子高校生たちがクスクスと笑った。

男は女子高校生たちの笑いにはまったく頓着《とんじやく》していないようだ。その駘蕩《たいとう》とした丸顔は、何事にも拘泥《こうでい》しない性格を表わしているように見えた。神威山で双眼鏡を覗《のぞ》いていた時とは、まったく別人のように見えた。

時をおかず、注文した食事が運ばれてきた。コロコロと肥《ふと》った女店員は、厨房に帰る際にテレビのスイッチをひねった。

ちょうどニュースの時間だった。アナウンサーがいかにも無機的な声で、交通事故のニュースを読みあげていた。

男はニュースにはなんの関心も払っていないように見えた。純粋に食べるという行為に熱中しているようだ。てばやくカレーをたいらげ、カツ丼にとりかかっている。逞《たくま》しい咀《そ》嚼《しゃく》音がひとしきりつづいた。

が、――ニュースが終わった時、下を向いている男の眼が光った。

「まだ発表されていないな」と呟いた男の言葉はあまりに低くて、誰の耳にも届かなかった。

食堂を出た男は、ほとんど反射的に周囲を見回している。どうやら、身辺を確かめることが、この男にとってなかば習性と化しているらしい。

男は再び江差の町を歩きだした。

――一時間後、男の姿は、檜山道立自然公園に向かう国道の脇《わき》にあった。江差町からほんの一キロと離れていない地点だ。いかを積んだトラックが時折過るだけで、国道を走る車影はさほど多くなかった。男の背後で日本海が鈍い光を放っている。

風が強くなっていた。

この季節になっても、北海道の夜風は身に染《し》みた。異常低温の今年は、その冷たさが倍増されているはずだ。男が寒さに足踏みしても当然だったのだ。

が、――男はまったく寒さを感じていないようだ。吹き過ぎる風のなかで、悠然とタバコをくゆらしているのだ。スックと身を起こしたその影は、ただ逞しいの一語につきた。

時間が過ぎていった。

不意に男は顔を道の一方に向けた。獲物《えもの》を嗅《か》ぎつけた猟犬の表情《かお》だ。道が鳴動している。爆音と聞き紛《まが》うようなモーターの唸りが近づいてくる。ヘッドライトのぎらつく明かりが、夜闇に大きく浮かびあがった。

トラックだ。それも、ただのトラックではない。

E・セミトレーラートラック……しかも、八〇年のニューモデルだ。超大型トレーラーを別にすれば、おそらく地上で最も巨大な車種に範《はん》するだろう。フルトレーラートラックさえ凌駕《りょうが》する巨体なのである。

突堤が走るのに似ていた。全長が二十メートルに達しているのだ。最大積載量二十トン、最高出力三百馬力の怪物《モンスター》だ。これほどの巨体を持ちながら、最高速度は優に百二十キロを越える。

排煙パイプの吐きだす黒煙と、長い銀色のアルミ・バンとが、そのトレーラートラックに蒸気機関車のような印象を与えている。タイヤが圧倒的な量感を伴って、男に迫ってきた。

男からほんの二、三メートル離れた地点で、トレーラートラックはボディを軋《きし》ませて停《と》まった。

男はあとずさることさえしなかった。巌《いわお》のように身じろぎしないで、迫ってくるトレーラートラックを待ちかまえていたのだ。

耳を圧するほどだったモーターの唸りが、突然に聞こえなくなった。ヘッドライトの翅《は》音《おと》のような響きだけが残された。

トレーラートラックから二人の男が路上に降りた。いずれもニキビのあとがめだつような、若い男だった。

「佐伯《さえき》さんかい」と、男のひとりが声をかけてきた。

「ああ」大男は頷いた。

「俺が佐伯和也《かずや》だ」

「…………」

声をかけてきた若者は、大男の体を上から下へ、ことさらのように時間をかけて眺めおろした。ひどく人を小馬鹿《ばか》にした、生意気なしぐさだった。

「間違いねえようだな」若者は鼻を鳴らした。

「大きな野郎だと聞いているからな」

「…………」

大男――佐伯と呼ばれた男は表情を変えようとさえしなかった。若者の態度は、明らかにチンピラが人を挑発しようとする時のそれだった。佐伯の巨体に、反射的に反感を覚えたのだろう。

佐伯が相手になろうとしないことを察すると、若者はいかにも軽蔑《けいべつ》したように舌を鳴らした。自分の強さに得意になっていた。

「書類《ペーパー》は車のなかに揃《そろ》っている」若者がなかばせせら笑うように言った。

「さっさと受けとってくれ」

佐伯は黙って頷くと、トレーラートラックに向かって歩きだした。

「待てよ」もうひとりの若者が佐伯の背中に声をかけた。

佐伯は振り返った。もうひとりの若者はサングラスをかけ、ごていねいにチューインガムまで嚙《か》んでいた。あまりに典型的なチンピラ・スタイルで、見ているほうが恥ずかしくなるぐらいだった。

「俺たちは鍵を渡されていないからな」と、その若者が言った。

「とうとうトレーラーの中を拝ませてもらえなかった」

「それで?」佐伯の声は穏やかだった。

「なにが積まれているんだ?」

「おまえたちが知る必要はないことだ」

「そんな言種《いいぐさ》はないだろうぜ」若者の声が低くなった。

「乙部《おとべ》町のほうからトレーラーを転がしてきたんだ。積み荷がなにかぐらい教えてくれてもいいじゃねえか」

もうひとりの若者が慣れた動きで、佐伯の背後にまわった。どうやら、この二人にとって、陸送屋はほんのアルバイトに過ぎないらしい。彼らが一様にポケットに突っ込んでいる右手は、おそらくモンキー・レンチでも摑んでいるのだろう。

佐伯は手にしているボストンバッグをゆっくりと地に置いた。そして、ふたたび身を起こした時――佐伯は別人と化していた。圧倒的な力が佐伯の体に宿ったように見えた。その迫力において、とてもチンピラやくざの比《ひ》ではない。

若者たちは小さく悲鳴をあげた。佐伯の突然の変貌《へんぼう》は、彼らの理解を大きく絶していた。ただ、場数を踏んできた彼らの経験が、眼前の男は自分たちなど及びもつかない暴力の熟達者であることを教えていた。

「積み荷がなんであるか、おまえたちが知る必要はない」佐伯はことさらにゆっくりとした口調で言った。

「おまえたちには、十分な労賃を渡してあるんだからな」

厚い鹿皮ジャンパーの上からでも、佐伯の筋肉が力を孕み、大きく膨《ふく》らむのがわかった。その膂力《りょりょく》は、難なく若者たちの首をへし折ることができるだろう。

「わ、わかったよ」

若者たちは意気地なく後退した。恐怖で、首筋が鳥肌だっている。猫――いや、虎の前の鼠に等しかった。

「なにも怒ることねえだろう。ちょっと、積み荷がなんだか知りたかっただけなんだからよォ」

佐伯はヒョイと右手を伸ばし、若者のひとりの襟を摑んだ。右手だけの力で若者は引きずり寄せられ、さらにはその体を宙に持ちあげられた。

若者は泣き声をあげ、両足を見苦しくバタつかせた。その顔から急速に血の気が引いていく。

もうひとりの若者は、佐伯のあまりの怪力に呆然《ぼうぜん》としている。ただ機械的に顎を動かし、ガムを嚙みつづけていた。

「いいか、よく聞け」佐伯は囁くような声で言った。

「積み荷のことは忘れるんだ。積み荷だけじゃない。トレーラーのことも忘れろ。誰かにこのことを喋《しゃべ》りやがったら……」

脅迫者としても、佐伯は若者たちとは格段の差のキャリアを積んでいるようだ。手のつけられない二人のワルたちが、佐伯の言葉にガクガクと小学生のように頷くだけなのだ。

佐伯は小猫を放る気安さで、若者の体を路上に棄てた。若者たちは声さえあげようとしなかった。圧倒的な力の差にうちひしがれて、ただただ虚脱しているのだ。失禁しなかったのがまだしもだったろう。

佐伯は若者たちに一瞥《いちべつ》さえくれようとはしなかった。素早い身のこなしで、数秒後にはもう佐伯の体はトレーラートラックの運転席に収まっていた。

佐伯ほど、この巨大なトラックに似合う運転手はいないだろう。佐伯もトラックも大きく、そして敏捷《びんしょう》だった。

佐伯は挿しこんだままになっているイグニション・キーをまわした。頼もしいディーゼルの唸りが聞こえ始めた。佐伯は満足そうに鼻を鳴らすと、両手をハンドルの上に置いた。

トレーラートラックは十二輪のタイヤで路面を噛み、着実な前進を開始した。その巨体を考えれば、驚くほどの出足のよさといえるだろう。キャビンの下でディーゼル・エンジンが咆哮《ほうこう》を繰り返している。

トレーラートラックの長時間運転は、ドライバーの体力にかなりの負担を強《し》いる。本来が三人がかりの仕事なのである。その負担を少しでも軽くするためには、できるだけはやく佐伯がこの自動車になじむ必要があった。

佐伯は自動車の点検にとりかかった。電流計、油圧計、エアプレッシャーゲージなどの計器に異常はないようだった。アクセルを急にふかし、さらにはブレーキの調子を試してみる。悪くはない。もう少し進んだら、自動車を停めて、伝導装置《トランスミツシヨン》やプロペラシャフトの具合も確かめたほうがいいだろう。が、今のところはトレーラートラックにはなんの不満もない。……

ハンドルを操る佐伯の顔に、再びあの茫洋《ぼうよう》とした、愛嬌のある表情が戻ってきた。佐伯は本来が気のいい男なのである。ただ、仕事となると、徹底した意識を持っているに過ぎない。仕事を邪魔する人間は、誰であろうと我慢できないのだ。

「腹が減ったな……」

佐伯はボソリと呟いた。なんの屈託もない、子どものような声音《こわね》だった。

――トレーラートラックは国道以外の道を走るのには巨大すぎる。第一規制が多すぎておいそれとは通過を許してくれない。人眼につきすぎるという難はあるが、国道を走らせるしかなかった。

佐伯はなんとしてでも、明朝には目的地に着こうと考えている。交通量の多い国道を、昼間このトレーラートラックで走るなど、論外のことといえた。ラウド・スピーカーで喚きたて、のべつ所在を伝えているのにも等しい行為だからだ。

目的地は、札幌だった。

佐伯は229号線を北上しながら、頭のなかでルートを反芻《はんすう》していた。……北檜山町で230号線に入り、5号線と合流するまで走る。5号線から札幌に通じる道は、陸送トラックの軌道のようなものだ。多少スピードをあげたところで、誰からも咎《とが》められないはずだ。

たしかに、楽な道中ではない。5号線の分岐点である長万部《おしやまんべ》町からだって、札幌まで百六十キロはあるのだ。明朝、それもできればまだ暗いうちに札幌に着くには、かなりの幸運が必要とされるようだ。

——幸運？……佐伯は表情《かお》をしかめた。運ほどあてにならないものはないことを、佐伯はこれまでの人生からよく学んでいた。必要なのは、俺の体力とトレーラートラックの馬力、ただそれだけなのだ。……

佐伯はしだいにトレーラートラックと一体化しつつあった。こつを体得し始めたのだ。この自動車《くるま》の運転には、できるだけ足をアクセルから離しておいたほうがいいようだ。これだけの重さがありながら、どうかすると前輪が浮きそうになるのだ。

佐伯はスピードをあげたいという誘惑に駆られていた。実際、230号線に頻繁に出没する覆面パトカーの噂を知らなければ、ギアをサードに入れたいところだった。せっかくの駿《しゅん》馬《め》に軛《くびき》をかけねばならないことが、ひどく非人間的な行為であるように思えた。

が、いまはすべての欲望を排する時だった。たとえ趣味に合わなくても、ノロノロ運転をつづけるべきだ。覆面パトカーに追尾されるような事態に陥れば、すべてが反古《ほご》に帰するのである。

佐伯の視線がわずかに動いた。

ヘッドライトのなかに二つの人影が浮かびあがったのである。若い男女が対向車線の傍らに佇《たたず》んでいるのだ。ヒッチハイカーのようだ。はっきりとは見定められなかったが、二人ともまだ子どもに近い年ごろに思えた。

「ご苦労なことだ」と、佐伯は呟いた。

「この寒さのなかでヒッチハイクか」

たとえ方向が逆でなくとも、佐伯が彼らを同乗させることはなかったろう。気まぐれに同乗者を求めるには、あまりに任務が重要でありすぎるからだ。

第一、金もないのに旅行しようという考えが間違っているのだ。若い連中の北海道熱には、佐伯の理解を絶するものがあった。

ヒッチハイカーたちの姿は急速に小さくなり、やがてバックミラーから消えた。

佐伯は口笛を吹いている。もうヒッチハイカーの存在など念頭になかった。この調子なら、思ったよりはやく札幌に到着することができそうだ。

不意に佐伯の表情《かお》が引き締まった。

前方で自動車が渋滞しているのだ。それもただの渋滞ではない。検問だ。数名の警官たちが非常線を張っているのである。

停められている自動車の数はわずかだ。そのわずかな自動車がほとんど動こうとはしない。警官たちの検問が徹底をきわめている証拠だった。

——なぜだ？　佐伯は自問した。当局が真相の一部なりとも、まだ気がついているはずはなかった。計画では、警察が動き始めるのはもう少し後になっているのだ。

しだいに迫ってくる非常線の赤いランプが、佐伯に決断を強いていた。強行突破するか。

……佐伯は危うくディーゼルをふかしそうになった。佐伯はあの男の計画に磐石《ばんじゃく》の信頼を置いていた。その計画にはやくも狂いが生じたことで、もう少しで恐慌状態に陥りそうになったのである。

もちろん、強行突破など馬鹿げた行為というべきだった。

佐伯はトレーラートラックを停めた。そして、ウィンドウを下げ、ボストンバッグを手近に引き寄せた。いざとなれば、そのバッグのなかの物を使っても、この場を切り抜けるつもりだった。

ひとりの警官が近づいてきた。無遠慮に、懐中電灯の光を運転席に向ける。

佐伯は無言のまま、運転免許証と書類を警官に手渡した。

「積み荷は工作機械ですね」

「ええ」

「どうも……ご協力に感謝します」

「…………」

一瞬、佐伯は呆然とした。これほどあっけなく解放されるとは夢にも思わなかったのである。拍子抜けする思いだった。

運転免許証と書類を返してもらうと、佐伯は慌ててトレーラートラックを発進させた。どうやら検問は、主に自家用車を対象としたものだったらしい。佐伯がその検問から知りえたのは、それがすべてだった。

三日前、札幌で起きた菊地組組長狙《そ》撃《げき》未遂事件のことは知らなかった。検問が、全国から集まってくるやくざたちを牽《けん》制《せい》するために、道警によって張られたものだとも知らなかった。

路上で見かけた二人のヒッチハイカーが、狙撃者とその恋人であったとは、なおさらのこと佐伯が知るはずもなかったのだ。

4

この男には珍しく、佐伯はかなりの狼《ろう》狽《ばい》を覚えていた。

札幌に近づけば近づくほど、非常線はさらにその数を増し、堅固なものになるだろう。いつアルミバンのなかを見たいと言いだす警官が出てこないとも限らないのである。たとえそのための非常線でなくとも、警官に積み荷を見られれば、不審を持たれるのは必至だといえた。

が、佐伯の動転はながくはつづかなかった。考えるのは彼の役目ではない。あの男に任せておけばいいのだ。

佐伯の左手がダッシュボードの下端に伸びた。ダッシュボードには無線ユニットが内蔵されている。佐伯は前方を凝視したまま、無線を操作し、呼び出し周波数《チャンネル・コール》のボタンを押した。

――この時刻、東京丸《まる》の内《うち》は夜の闇のなかに沈んでいた。住民のいない街にふさわしく、建ち並ぶビルはいずれも墓石のような冷やかさを備えていた。野犬さえ、夜の丸の内は敬遠するのだ。

そこには、日本経済の中心地たる昼間の活気は、その残滓《ざんし》さえなかった。ある意味では、夜の丸の内はこの国の経済がいかに脆弱《ぜいじゃく》な基盤の上に成り立っているかを象徴しているともいえた。

そのビルはひときわ高く、丸の内を睥睨《へいげい》するように建っていた。そのビルはただ機能だけを念頭において設計されているようだ。限られたフロアにできるだけ多くのオフィスを設け、できるだけ大勢の人間を収容する。……そのビルの単純明快な設計理論は、なかなかの会社の社風にもかなっていた。

それは、日本経済界の一方の雄と称される埴《はに》商事の本社ビルなのだった。

——総合商社には眠る時がない。世界中に配属されている駐在員から、二十四時間、各種の情報が入ってくるのだ。埴商事のテレックス室からは、のべつ鑽孔《さんこう》テープに打ち抜かれるテレックスの音が聞こえている。

そのテレックス室の上階《うえ》、ビルの最上階に奇妙な部屋が設けられていた。埴商事のビル内にありながら、その部屋にはほんの限られた社員しか立ち入ることが許されていなかった。いや、埴商事の社員で、どれだけの人間がその部屋の存在を知っているかさえ疑問だった。

その部屋に関しては、完璧な保安設備が敷かれていた。警備員の配置はもちろん、監視《モニター》テレビ、さらには金属探知器の類いまで整っているのだ。その部屋の唯一の出入り口としては、一階からの直通エレベーターが使用され、しかも場合によって、三重強化ガラスが部屋とエレベーターの扉とを遮断するという念の入りようだった。

もし誰か新戦略専門家《ネオステラテジスト》のひとりがこの部屋を目撃したなら、自分たちの部屋とのあまりの類似に驚きの声をあげるかもしれない。——巨大なディスプレイスクリーンと、各種の電子装置《エレクトロニクス》……二つの部屋で際立って違うのは、こちらの部屋には小さな鳥籠《とりかご》が吊《つ》るされているということだけだった。

鳥籠のなかでは、つがいのカナリアが心細そうな鳴き声をあげていた。どうやら、鳥籠の真下に位置する無線機がしきりに繰り返している鋭い電波音に怯《おび》えているらしい。呼出し音《コール・サイン》だ。

部屋の隅に押しつけられている長椅子《ながいす》から、ムクリとひとりの男が身を起こした。年齢《とし》は三十代後半から、四十代にさしかかりつつあるというところだろう。人好きのする顔だちとはいえないようだ。深い皺がより、浅黒い肌をしていた。眼も、口もほとんど切れめと見紛《みまが》うばかりに細く、なにより冷酷そうだった。そのいかにも有能そうな顔には、しかし不釣合《ふつりあい》なことに、どことなく挫折《ざせつ》した人間に特有な翳のようなものが漂っているようだ。

男は無線機の前に腰をおろし、イヤホーンを耳にあてた。周波数スイッチを左右に微調整し、相手の声を捉えようとする。

『こちらベア、こちらベア……』

相手の声がイヤホーンに響いた。

「こちらフォックス……」男の声は幾分不機嫌そうだった。

「怒鳴る必要はない。何度言ったらわかるんだ。この無線機はひじょうに優秀なものなんだ」

『…………』

相手はしばらく気圧《けお》されたように沈黙した。

「何かあったのか」と、男がうながした。

『非常線が張られているのです』

「なに……」

『230号線に非常線が張られていました。俺の勘ですが、5号線にも幾つか検問がしかれていると思います……』

「馬鹿な……」男は呻《うめ》いた。

「そんなことはありえない。予定よりもはやすぎる」

『俺を目的とする検問ではないと思います。どうやら自家用車をチェックするのが目的のようです。なにか別の事件が起こったのでしょう。……ただこのまま進めば、積み荷を調べられる危険があります。指示を願います……』

「十分ほど待て」男は言った。

「こちらから連絡する」

男は送信スイッチを切ると、電話に手を伸ばした。

「来てください」男はそれだけを口にすると、受話器を置いた。

無線報告の内容が、男の予期せぬものだったことは明らかだった。が、男の表情にはめだった狼狽の色は見られなかった。それどころか、なにがしか満足げな色さえ窺えるのだった。

エレベーターの扉が開いて、ひとりの男が部屋に入ってきた。世間が重役という言葉から抱くイメージそのままの、肥満した中年男だった。背広の胸につけた埴商事の社章バッジが、いかにもその中年男にはよく似合っていた。

「なにかあったのか」その男の声には苛立ちが含まれていた。

「もちろん、なにかあったんだろうな。藤野《ふじの》くん。……わしをこんな夜中に呼びだすぐらいだからな」

痛烈な自負と、皮肉を含んだ言葉だといえた。普通の人間だったら、その男の皮肉には色を失うはずだ。その男の名は茂森達之助《しげもりたつのすけ》――埴商事の取締役で、最大実力者として知られている。じつに多くの人間の生殺与奪《せいさつよだつ》が、彼ひとりの手にゆだねられているのである。実際に、茂森の含みの多い皮肉を気にして、ビルの屋上から身を投じた男さえいるのだ。が、――藤野と呼ばれた男は、茂森の皮肉を意にも介していないようだった。

「例のテープですがね」藤野は静かな声で訊いた。

「もう送ってしまいましたか」

「今朝、北海道の人間に投函《とうかん》させたが……その予定のはずじゃなかったかね」

「そうですか」藤野は溜息をついた。

「それではもうどうしようもありませんな」

「どうしたんだ……」茂森の表情に明らかな動揺が走った。

「なにか手違いがあったのか」

「手違いといえないこともないでしょうね」藤野の声はあくまでも平静だった。

「いま佐伯から連絡がありましてね。国道230号線に非常線が張られているそうです。おそらくは5号線にも検問が設けられているのではないか、と……」

「…………」

茂森の唇が震《ふる》えた。重役としての虚勢が一瞬のうちに削《そ》げ落ちたようだ。茂森がいかに実力者であろうと、所詮《しょせん》、その力は企業の内部《なか》に限られる。いま対しているような犯罪行為に関しては、つまるところ一介の素人《しろうと》に過ぎないのだ。

どうやら藤野という男は、茂森よりも役者が一枚も二枚も上のようだった。

「あのテープが送られなかったら、運さえよければもう一日稼げたのですがね」藤野が揶揄《やゆ》するような口調で言った。

「送ってしまった以上、どうしようもありませんな。本当は、明晩まで非常線を避けて、佐伯にどこかのモーテルででも待機させておいたほうが安全なんだが……その一日を稼ぐことができないとしたら、作戦を続行するしかないでしょう。佐伯にはこのまま札幌へ向かわせましょう……」

「だが、検問にひっかかったら……」

「検問には当然ひっかかりますよ。だが、まあ積み荷を調べられるようなことはないでしょう。佐伯の話によると、非常線は自家用車をチェックするためのものらしいですから……」

「万が一ということがある」茂森の声はなかば悲鳴に近かった。

「そう……何事も万が一ということはありますな」藤野は茂森との会話に興味をなくしたようだった。

「その万が一の事態にも対処できる男だと思われたから、私を雇ったのと違いますか」

「…………」

茂森は酢《す》を呑《の》んだような顔になった。藤野の臆面《おくめん》もない自己宣伝に、さすがの茂森も言葉を失ったのだろう。茂森の肥大した自我《エゴ》は、作戦決行を境にして、藤野との上下関係が逆転していることにこれまで気づかせなかったのだ。

藤野は茂森に背を向けると、再び無線機のスイッチをオンにし、イヤホーンを耳にあてた。

「こちらフォックス、応答しろ、ベア……」

『こちらベア……』

待ちかねていたように、佐伯の声が返ってきた。

『指示を願います。どうぞ……』

「作戦に変更はない」藤野は断乎《だんこ》とした口調で言った。

「そのまま札幌に向かえ」

『…………』

佐伯の応答が一拍遅れた。佐伯もまた藤野の指示が意外だったのだろう。

「どうした？」藤野が佐伯の応答を促した。

「こちらの指示が理解できたのか」

『……理解はできましたが……』

佐伯の語調には力がなかった。

『しかし、非常線のことが……』

「非常線のことなら心配ない」藤野は佐伯の言葉を遮った。

「絶対に心配はいらん。きみはこちらの指示に従えばいい。以上、交信を終わる」

『了解』

佐伯の最後の言葉にはふたたび力が蘇《よみがえ》ったようだ。改めて、藤野の頭脳を信頼する気になったのだろう。

藤野は送信スイッチを切った。

「どうして、非常線のことなら絶対に大丈夫なのか、その理由《わけ》は説明してもらえるのだろうな」茂森がそれが習い性となっているらしい皮肉な口調で訊いてきた。

「それに、テープのことも釈明してもらおうか。わしはあんな小細工は必要ないと言ったはずだ。きみがあれほど強く主張しなければ、誰もテープを送ろうとはしなかったろう。テープさえ送らなければ、非常線が解けるまで、佐伯くんがどこかのモーテルで待機することも可能だったんだよ。これは明らかにきみの失策だと思うがね」

「テープを送るのは必要措置でしてね」

藤野は動じなかった。

「レーダーで消滅地点ははっきりしているんだ。捜索機が海上の油を発見するのは時間の問題ですよ。発見されるのが油だけならいいが……なにかの破片でも浮かんでいたらことですよ。調べれば、すぐにPS―8《エイト》の破片でないことがわかる。

テープはそのときのための、一種の保険のようなものでしてね。あのテープを聞けば、当局もすぐには北海道を封鎖するというような手段にはでないはずだ。明後日の朝まで、北海道が封鎖されなければ、それであのテープは十分に役立ってくれるわけですよ。初歩的な攪乱《かくらん》戦法ですな……」

子どもに教え諭す口調だった。しかも藤野は意識して、茂森の最初の質問を無視しているのだ。茂森でなくても、苛立ちを覚えて当然だったろう。

「わかっているだろうとは思うが……」茂森は奇妙に圧《お》さえたような声で言った。「今回の計画にはわが社の命運がかかっている。わが社が軍事産業に食いこむためには、三星重工をその独占企業の地位から蹴落《けお》とす必要がある。また、わが社が三星重工の地位にとって替わるためには、あちらが開発したPS―8をなんとしてでも手に入れ、その技術を盗む必要がある……必要はあるが、この作戦が世間に洩《も》れるような事態になれば、それこそ埴商事は潰滅《かいめつ》の憂き目に遭うだろう」

「当然でしょうな」藤野は平然と構えている。

「この作戦では、じつに大勢の人間の生命《いのち》が犠牲数値として計上されている。作戦が世間に公表されるようなことになれば、埴商事は悪鬼の巣窟《そうくつ》と同一視されるでしょうからな」

「わが社はそれほどのリスクを犯しているのだ」

茂森の声は血を吐くようだった。

「ところが、きみは作戦の詳細をわれわれに説明しようとはしない。資金を提供させ、準備工作をさせるだけだ」

「それが私のやり方ですからな。内容を知っている人間が少なければ少ないほど、作戦が洩れる危険が少なくなる……」

「しかし、きみ……」茂森は声を荒らげた。

「きみは少し奇策を弄《ろう》しすぎるのではないかね。たとえば、ソビエト艦船の出動の件にしてもそうだ。きみの依頼で、確かにソビエト艦船を出動させるようには工作した。かなり強引な方法で、な……だが、本当にPS―8をソビエトに奪われるようなことになったら、どう責任をとるというんだ」

「何度もご説明したはずですが……」藤野は微笑した。

「たしかに、ソビエトにはPS―8を渡すと連絡しています。そうできてなければ、ソビエトが船を出すはずがないですからな。だが、彼らが手に入れるのはPS―8のダミーに過ぎません。セスナに毛の生えたような代物《しろもの》です。そのために、わざわざダミーを造っていただくよう依頼したんですが、ね……PS―8はソビエトに奪われた、というのは自衛隊にとってかなり説得力のある話だと思いますがね。むろん、奪ったのは偽物だったと、ソビエトが抗議するはずもないし、……優れた攪乱戦法だと自負しているんですがね」

「きみがそう説明しているだけだ。きみがソビエトのスパイでないと誰が保証する？」

「私を信用できないとおっしゃる」

「なんといっても、きみは外部の人間だからな」

「なるほど」と、藤野は頷いて見せた。

「信用していただけないとは、なんとも残念な話ですな。が、……こうして賽が投げられた以上、私に一任していただくしか方法はないでしょう」

「そうかな」茂森の眼に初めて有能な商社マンらしい光が宿った。

「本当にそうかな……」

茂森のその言葉に呼応するように、エレベーターのドアが静かに開いた。

入ってきた男を見て、藤野の唇がわずかに歪《ゆが》んだ。入ってきた男は、明らかに藤野と共通する体臭を備えていたのだ。――まだ二十代のなかばにも達していないだろう。大学の研究室から、高給で企業に迎えられるような男によくあるタイプだ。フレームの眼鏡と、ダークスーツというういかにも没個性な装いも、その男の独特な個性を殺すまでにはいたっていないようだ。

「こちらは水谷《みずたに》くん……」茂森はじつに得意そうだった。

「ハーバードで勉強していたのを、無理を言ってわが社に来てもらった。わが社の専属経営コンサルタントとしてね」

「そうか」藤野は苦笑した。

「企業戦略家というやつだな」

「新戦略専門家《ネオステラテジスト》も企業戦略家もその内実においては変わりないでしょう」

水谷と紹介された男が、甲高《かんだか》い声で言った。

「いや、今やゲーム理論は日進月歩だ。おそらく戦略家としては、若いぼくのほうがあなたより優秀なはずだ」

「ご挨拶《あいさつ》だな」藤野は水谷の相手になろうとはしなかった。

「この若いのを私のアシスタントにしようというのですか」

「アシスタントじゃない」茂森はかぶりを振った。

「きみのパートナーになるんだ」

「…………」

なかば予期していた言葉なのだろう。藤野の表情に驚きはなかった。埴商事ほどの大企業が、どこの馬の骨ともしれぬ部外者に社運を託すなどありえないからだ。

「作戦の詳細を説明してもらいますか」水谷は勝ち誇ったような声で言った。

「そのうえで、改めて二人で作戦を検討しましょう」

水谷の言葉は圧《お》しつけがましい響きに満ちていた。彼が覇者交替の時期が来たと考えているのは明らかだった。二人で検討しよう、と言ったのは、いわば老人に対する礼儀のようなものに過ぎない。

「冗談じゃない」藤野は溜息をついた。

「茂森さん、埴商事はどうしてもPS—8を手に入れたかったんじゃないかね。こんな若僧を押しつけて、作戦を台無しにするつもりなのか」

水谷が大きく息を呑《の》むのが聞こえた。その顔にうっすらと赤みがさした。

「ぼくを侮辱するのか」水谷の声がオクターブ高くなっていた。

「戦略は経験じゃない。理論だ。年齢を理由に、ぼくを無能呼ばわりするのは承知できない」

「誰もきみを無能とは言ってないよ」藤野はゆっくりと椅子から腰をあげた。

「ただ、厳密には、企業戦略と通常の戦略とでは違うと言いたいのさ。たとえば……」

藤野の右手が鳥籠に伸びた。指のひと弾《はじ》きで跳ね上げ戸《トラップ・ドア》を開ける。恐慌に落ちた二羽のカナリアが、狭い鳥籠のなかを飛びまわっている。

藤野の指の動きは的確だった。瞬《まばた》きする間に、一羽のカナリアをその掌《てのひら》のなかに包み込んでしまったのだ。

「企業戦略家も場合によっては、他者を死に追い込むこともあるだろう」カナリアを鳥籠から出しながら、藤野は言葉をつづけた。

「倒産、一家離散、自殺……だが、どの場合も、直截的な死との関わりとはいえない。優れた戦略家というのはね。必要な時に、必要なだけの人数をためらいなく殺すことのできる人間を指すんだよ。殺人というのは、これでかなり抵抗感のある仕事だからね。必要な殺人をためらう人間に、とても戦略家はつとまらない……」

藤野の手のなかでカナリアが鋭く鳴いた。藤野の親指のひと押しが、カナリアの脆《もろ》い首をへし折ったのだ。

藤野は掌をひろげた。床に落ちたカナリアは、黄色いしみのように見えた。

茂森と水谷、とりわけ水谷は蒼白《そうはく》になっていた。腺病質《せんびょうしつ》の水谷には、生き物の死を眼前に見ることはかなりの衝撃だったに違いない。

「カナリアはもう一羽残っている」

藤野は囁くように言った。

「優れた企業戦略家が、同時に優れた戦略家たりうるかどうかのテストだ。水谷くん、もう一羽のカナリアを殺すんだ」

藤野の言葉に誘《いざな》われたように、水谷が数歩足を進めた。なかば夢遊病者の足どりに似ていた。藤野が体を動かし、水谷のために場所をつくった。

「やるんだ」藤野が命じた。

水谷は意を決したように、右腕を鳥籠に伸ばした。手の動きは早かったが、その指が震えていた。残ったカナリアは弱小動物の敏感さで、相手もまた弱者であることに気がついたようだ。

「チッ……」

水谷は慌てて鳥籠から手を抜いた。手の甲に小さく血の泡が浮かんでいた。カナリアの嘴《くちばし》が水谷を撃退したのだ。

手の甲を唇にあてながら、水谷の顔は激しく歪んでいた。水谷は、はっきりと敗北を覚《さと》ったのだ。

「ご覧のとおりです」藤野が茂森に向かって言った。

「残念ながら、水谷くんは戦略家としては使い物になりません」

「…………」

茂森は黙している。いまさらながらに藤野という男の物凄《ものすご》さを認識したようだ。その顔には脂汗《あぶらあせ》が滲《にじ》んでいた。

「少し眠らせてもらえませんかね」

藤野はゆっくりと長椅子に向かって歩きだした。二人の男を完全に無視した態度だった。

「いいだろう……」茂森はようやくのように頷いた。

「新幹線のほうの準備工作も着々と進んでいるし……きみには少し休眠をとってもらったほうがよさそうだ」

藤野は靴を脱ぐと、ゴロリと長椅子の上に横になった。誰であれ、茂森達之助の前でこんな態度をとれる人間は他にはいないはずだった。

茂森は足音を忍ばせて、エレベーターに向かった。茂森に従う水谷の眼が、憤怒で赤く燃えていた。水谷は藤野から受けた屈辱を終生忘れないだろう。藤野はじつに執念ぶかい敵をつくってしまったのだ。

エレベーターの扉が開いた。

エレベーターに足を踏み入れようとして、茂森が思いだしたように長椅子を振り返った。

「新しい情報が入ったのをきみに告げることを忘れていたよ……」茂森の声は遠慮がちだった。

「宗像旦という新戦略専門家《ネオステラテジスト》が千歳基地に滞在しているそうだ。札幌駐在員からの報告なんだがね」

エレベーターの扉が閉まり、二人の男の姿を隠した。

それまで閉じていた藤野の眼が、うっすらと開いた。藤野の瞳孔《どうこう》に天井の明かりが遠く映っていた。

――宗像旦……藤野は頭のなかでその名を呟いた。一時《いっとき》たりとも忘れたことのない名だった。宗像に対する闘志が、藤野をしてこの作戦に追いやったといえる。戦略ゲームで宗像に対して勝つことが、唯一藤野の再生の道だったのだ。

宗像がこの作戦に介入してくることは、あらかじめ計算済みだった。が、宗像が千歳基地に滞在している以上、その時機が予想よりかなり早くなると見なければならない。

脳漿《のうしょう》のその最後の一滴まで振りしぼらなければならない戦略ゲームが、ふたたび宗像との間に繰り広げられることになるのだ。しかも、今度はコンピューターによるスクリーンの上のゲームではない。日本全土をゲーム盤とし、PS―8をキングとする、本物の戦略ゲームだ。賭《か》けられるものに不足はない。日本の将来がこのゲームのために賭けられるのである。

藤野は……不意に喉《のど》の渇きを覚えた。あの透明で、琥珀《こはく》色の液体を、いますぐこの場で飲みほしたかった。

ほとんど長椅子にしがみつくようにして、藤野は必死にその欲望に耐えていた。

トレーラートラックは5号線に入っている。長万部を通過して、いま蕨岱《わらびたい》を抜けようとしているところだ。

5

さすがに5号線に入ると、この時刻でも交通量は少なくない。が、スピードをあげない限り、こと事故に関しては佐伯が頭を痛める必要はなかった。仮免中のドライバーでも、よもや二十トントレーラーとの間隔を見誤るほど、未熟なはずがないからだ。

佐伯はトレーラーが体の一部になったように感じていた。初めての自動車《くるま》ではひじょうに希有《けう》なことである。どうやら、佐伯はこのセミトレーラートラックとはかなり合性《あいしょう》がいいようだ。

カーブを曲がるとき遠心力がかかりすぎるきらいはあるが、それもトレーラーの巨体を考えれば悪癖とはいえないだろう。その他は、急激な加速、減速にもよく耐えて、ほとんどショックを感じさせない。路面定着性もこれ以上は望めないほど優秀だ。

佐伯はドライブを楽しむ気持ちになっていた。二十トンのセミトレーラートラックを運転する機会など、生涯を通じて二度とはないかもしれない。どうしてドライブを楽しんではならない理由《わけ》があるだろう。

非常線に関しては、佐伯はほとんど気にならなくなっていた。佐伯が誰より信頼している藤野が大丈夫と太鼓判を押したのだ。自分ごときがなにをどう心配する必要もないではないか。

佐伯はヘッドライトをハイ・ビームに変えた。ドライブを楽しむにはそれなりの明るさが必要なのである。

佐伯はミラーに眼をやった。

ミラーにライトが映じていた。一つ眼の追跡者のように、その明かりが急速に大きくなってくる。誰か交通法規を気にしないマシン・ライダーが走っているわけだ。

佐伯は微笑を浮かべた。彼にとっても、オートバイは子ども時代お気に入りの玩具《おもちゃ》だったのだ。あのころ、スズキGT七五〇がどれほど欲しかったことか。

佐伯に少年時代の回想を楽しんでいる余裕はなかった。楽しむどころか、後方のライダーの運転ぶりに舌打ちする思いだった。ひどく稚拙な運転だ。腰が定まらず、スピードを維持するのがやっとのようだ。そのくせ、速度を落とそうとはしない。

オートバイは追い越しをかけようとしているようだ。子どもを相手に運転技術を競いあっても仕方がなかった。佐伯はトレーラーを脇に寄せ、オートバイのために道をつくってやった。

オートバイは轟音を響かせて、通過していった。

佐伯の表情が驚きで弛緩《しかん》し、次にはニヤニヤ笑いが浮かんだ。

オートバイに跨《また》がっていたのは、230号線でヒッチをしていたあの少年と少女だったのだ。

どうやら彼らはコースを逆にとり、そのためのオートバイをどこかで調達したらしい。

佐伯は二人のティーンエイジャーの逞《たく》ましさに拍手を送りたいような気持ちだった。あの二人と会ったことが、ひじょうな幸運の兆しのようにさえ感じた。

佐伯はハンドルを握る手に力を加えた。

札幌に着けば、後は一昼夜をゆっくりと休むことができるのである。


——PS—8が日本海で機影を消してから三十二時間が過ぎている。ある意味では、実りの多い三十二時間といえたろう。この間に、PS—8消滅は遭難から、はっきりと犯罪にと名前を変えたのである。

捜索機が、奥尻島西方五十キロの海上に浮かんでいる油を発見したのは昨日《きのう》のことだ。捜索機からの連絡によって、護衛艦〈ちとせ〉がただちに現場に直行、幾つかの漂流破片を回収した。——その時点では、千歳基地はひじょうに重い雰囲気に包まれていた。誰もが、PS—8の遭難を確実なものとして受け取ったからである。

だから、その破片がPS—8のものでないと判明した時、千歳基地を異常な興奮が襲ったのも無理からぬことだったのだ。レーダーの上から消えたのは、PS—8ではなかったのだ。PS—8が哨戒飛行のためレーダーから消えた時、別の機とすり替えられたとしか考えられなかった。

頻繁に日本領空に侵入してくるソ連長距離偵察機のことが、誰の頭にも即座に浮かんだ。PS—8は日本六次防のなかで重要な要となっている。ソ連でなくとも、この機に興味を抱いて当然なのだ。

　ことの仔細は、航空幕僚監部から防衛庁長官、さらには首相にまで報告された。実際に、ソ連がPS―8盗難になんらかの役割りを果たしているとしたら、これは明らかに海賊行為だ。国際法に照らして、ソ連を訴える必要が出てくる。

　首相はとりあえず絶対的な箝口令を敷くことを決定した。決定はしたが、その効果に関しては、かなり悲観的にならざるを得なかった。現在の日本では、箝口令がさほど功を奏するはずはない。いずれは、耳ざといジャーナリストたちに感づかれてしまうはずだ。子どもの生命が関係した誘拐事件でもない限り、マスコミに対する完全な報道禁止など、望むべくもなかった。が、――マスコミが、市民を巻き込んだ夥《おびただ》しい数のやくざ抗争事件に忙殺されていることが、この場合は大きく幸いしたようだ。実際、マスコミは自衛隊どころの騒ぎではなかったのである。

　首相の意を受けて、公安部外事課と、警務隊とがそれぞれに活動を開始しようとしたその時――事情はさらに三転することとなった。

　千歳基地に、一巻のテープが入った封書が送られてきたのだ。

　そのテープにはPS―8に搭乗していた小杉一尉の声が吹き込まれていた。

『……PS―8はハイ・ジャックされました。現在、私と村山二尉は某所に監禁されています。PS―8は今のところまったく損傷を受けておりません。

　彼らからの要求を伝えます。明後日、正午までに十億円を揃《そろ》えること、札のうちわけは一万円札二万五千枚、五千円札十万枚、残りは千円札……いずれも古い紙幣であることが必要です。

要求が聞き入れられない場合は、私と村山は殺され、PS―8は破壊されることになります。受渡し方法その他に関しては、明後日、正午に改めて連絡するとのことです。以上……』

テープに吹き込まれた声が、小杉一尉の声に間違いないことは同僚が確認した。すると、――PS―8の失踪は金銭を目的とする営利誘拐だったのか。たしかに、PS―8の重要性を考えればあながち犯人の要求も戯言《ざれごと》とはいえなくなる。それにしても、犯人の要求した額の札を揃えることは、日銀の助けを借りても至難の業《わざ》だった。なにしろ時間が限られているのだ。ここでも首相の決断が要求されるようだった。

が、同時に、PS―8の盗難は過激派の策謀ではないかという疑問が、警務隊の一部から持ち出された。反自衛隊活動家として知られている桐谷《きりや》一郎《いちろう》が渡道していることが、その説の有力な論拠となっていた。

さまざまな説が錯綜《さくそう》していることが、捜査陣の足並みを乱した。道警、公安部外事課、さらには旧軍隊の憲兵にあたる警務隊と三つの組織が軋轢《あつれき》を繰り返し、命令系統がはっきりしていないことも、その混乱に輪をかける結果となった。

この三十二時間は、防衛庁が最も多忙をきわめた時間といえるだろう。が、それにもかかわらず、PS―8盗難における対策は一歩も進捗《しんちょく》していなかったのだ。首相の申請は功を奏さず、日銀での要求紙幣準備も遅々としてはかどらなかったのである。

　――窓にはカーテンが引かれていた。木綿《もめん》のカーテンだが、かなり断音効果があるようだ。煮えたつような千歳基地の狂騒も、この部屋までは達していない。

　薄暗い部屋に、テープの声が流れている。

『……滑走路《ランウェイ》が見えた《・インサイト》……』

　テープはその声を最後にして切れた。

「もう一度聞くか」

　テープを操作しながら、宗像が訊いた。

「いや……」立花は首を振った。

「もうひとつのほうを、もう一度聞かせてもらえますか」

　宗像は無言のまま、テープの交換にかかった。

　立花は眼を半眼にして、椅子に深く体を沈めていた。全身を耳にして、ただテープの声にのみ精神を集中しているようだ。

　別のテープが回転を開始した。

『……PS―8はハイ・ジャックされました。現在、私と村山二尉は某所に監禁されています。PS―8は今のところ……』

　昨日《きのう》、千歳基地に送られてきたテープであった。

　立花は身じろぎひとつしないでテープの声を聞いている。その姿勢だけを見れば、まるで音楽に陶然としている男のようだった。

『PS―8は破壊されることになります。受渡し方法その他に関しては、明後日、正午に改めて連絡するとのことです。以上……』

リールの回転音がひとしきりつづいた。立花がながい眠りから醒めたように、上体を動かした。

「まだ聞くか」立花を見つめていた宗像が静かに尋ねた。

「いや、もう結構……」立花はかぶりを振った。

「これで十分です」

宗像はテープを止め、自分も椅子に腰をおろした。

「それで？」宗像はいつになく性急になっているようだった。

「先のテープも小杉一尉の声であることは間違いないでしょうな」

立花が念を押した。

「間違いない」宗像は苛立《いらだ》たしげだった。

「以前、小杉一尉が飛行テストした時に、管制室《コントロール・タワー》で録音したものだ」

「なるほど」と立花は溜息《ためいき》をついた。

「それじゃ言いますがね。……あの送られてきた録音テープだが、けっして小杉は強制されて喋っているんじゃありませんね」

「たしかか」宗像の眼が光った。

「私はレインジャーの教官だが……」立花は自分の掌をじっと見おろしていた。「尋問のエキスパートでもあるんですよ。尋問に関しては、かなりの月謝を払わされているんだ。……尋問術ってのは、結局は一種の演技論になるんですな。被問者の嘘《うそ》をどう見破り、その矛盾をどう突くか。たとえば、送られてきたテープの小杉の声だが……まあ、素人《しろうと》にしてはかなりよく演じているというだけのことですな」

「証明できるか」

「私は学者じゃない」立花は首を振った。

「だけど……『PS—8はハイ・ジャックされました。現在、私と村山二尉は某所に監禁されています……』……小杉一尉の声の質だったら、強制されればこれぐらいの声になるはずです。テープの声はアドレナリンの分泌が足りないというところですかな」

「…………」

立花の突然の声色《こわいろ》に宗像はしばらくあっけにとられていた。物真似師《ものまねし》の比ではない。小杉一尉の口調の微妙な特徴はおろか、その声質にいたるまで、立花はそっくり再現してみせたのだ。

宗像はいまさらながらに、立花という男の底知れぬ能力を思い知らされたような気がした。立花は格闘技、火器操作に優れ、とりわけ生存能力、飢餓耐性力においては人間離れしているという評価を受けていた。こんな男が平和時に生き、妻と子どもひとりの家庭を抱えて生きていかねばならないのは、まさしく悲劇といえたろう。

「なるほど……」と、宗像は頷《うなず》いた。

「そういうことか」

「ところで、どういうことです」立花も大きく頷いた。私にもわかるように説明してくれませんか。小杉と村山が共謀して、税金のかからない金を稼ごうとしているわけですか」

「小杉と村山が共謀したとも、金が目的だとも思えないな」

「たしかに、ね……」立花は顎をなでた。

「PS—8の操縦をまかされているほどのベテラン・パイロットだ。二人とも家庭環境や思想傾向はよく洗われていることでしょうからな。金が目的で、PS—8を盗んでしまおうと考えるような男たちとは思えない」

「テープが送られてきたタイミングが気にかかるんだ……」宗像が眼を細めた。

「ちょうど捜索機が漂流破片を発見したころを見はからって……なにかこちらを混乱させて、時間を稼ごうとしているような、そんな印象を受けるんだ」

「印象ですか」立花が微笑《わら》った。

「新戦略専門家《ネオストラテジスト》にはふさわしくない言葉ですな」

「…………」

宗像は立花の揶揄《やゆ》には答えようとしなかった。彼自身も、どうしてPS—8のことがこれほどに気にかかるのか、理解できなかったのである。——鮮かすぎるからかもしれない。

PS―8を盗む手口があまりにも鮮かにすぎた。まるで新戦略専門家《ネオステラテジスト》が背後で操ってでもいるように……」

「確かに、PS―8の替わりにヘリを飛ばして、消滅地点をずらすなど時間稼ぎのためだとも考えられますな」

立花が頷いた。

「海上で四十キロ違えば、捜索機が遭難機を見つけだすのはひじょうに困難になる。そのヘリがどこかから飛んできたものかいまだにわからないところなんか、お見事としか言いようがないですな。……時間稼ぎだとしたら、これ以上に完璧な仕事はないでしょう。だが、問題がひとつ残る。どうして彼らは時間を稼ぐ必要があるのか。いったい、彼らはPS―8をどうしようというんですかね」

宗像が椅子から腰を浮かして、ゆっくりと窓際に歩いていった。カーテンを一気に引き開ける。――視界に千歳基地の滑走路が入ってきた。空は重い鈍色《にびいろ》の雲に閉ざされていた。

「スティーブンスというアメリカ人が書いた『チェス必勝法』という本を読んだことがあるかね」

宗像は、部屋に背を向けたまま立花にそう尋ねた。

「『チェス必勝法』……」立花は面食らったようだ。

「いや、読んだことがありませんな」

「……そのスティーブンスという男は世界中の高段者《マスター》が指した棋譜《スコアー》をすべて持っているん

だそうだ」

宗像の声には奇妙に楽しげな響きが含まれていた。対象がなんであれ、すべてマニアックな人間は宗像の好むところであった。ある意味では、新戦略専門家《ネオステラテジスト》とは最高にマニアックな人間であるかもしれないからだ。

「その『チェス必勝法』のなかに、第一手をどう打つと、勝ち率が何パーセントになるという奇妙な数字が書かれている。五六九七二局のうち最も多いのが、e4から打ちだす勝負で、これは二八六五九局あるそうだ。この場合、白の勝ち率は五十九パーセントになるという……」

「…………」

立花は頭の中で、チェス盤を思い浮かべている。チェス盤は六十四のマス目がある。縦の筋はaからh、横の筋は1から8というように定められている。左端の最上のマス目なら、a8と呼ばれるわけだ。

「白の勝ち率を最高にしたければ、g4から打ちだせとスティーブンスは書いている。g4を第一手とすれば、勝ち率七十九パーセントにまでなるそうだ。ただし、素人にこの局盤は勧められない。あまりにも危険が多過ぎるからだ。なにしろ七五局しか例がないそうだからね。いいか。五六九七二局のうち、わずか七五局だよ……」

「なるほど」立花がようやく言った。

「なにをおっしゃりたいのか、やっとわかりましたよ」

「PS―8を奪った奴らだが……俺にはどうもそのg4から指したとしか思えないのだ。危険《リスク》は大きくても、勝ち率の高い勝負にでたと……なんのために時間を稼いでいるのかわからん。だが、その時間稼ぎが奴らにとっての危険だ。それさえ過ぎてしまえば、奴はひじょうに高い勝ち率を手にすることができる」

「そうなってしまえば、誰にとっても奴らに勝つのがひじょうにむずかしくなるわけですな」

「今のうちだ」宗像の声はなかば呟くようだった。

「今のうちなにか手を打てば、まだこちらに勝つチャンスがある」

「こちら……？」立花はなにか咎めるように言った。

「新戦略専門家《ネオステラテジスト》にしても、私どものレインジャー部隊にしても、今が最もむずかしい時ですよ。お互い自衛隊の鬼っ子ですからな。特にレインジャー部隊はグリーンベレーを超える殺人集団と、週刊誌にたたかれたばかりですからね。……なにもこんな時に火中の栗《くり》を拾う必要はないでしょう。勝負を挑まれたのは、警視庁公安外事課と自衛隊警務隊なんですよ。連中が転ぶのを、楽しんで見ているほうが無難じゃないですかね」

「…………」

宗像が立花の言葉をどう受けとったかは、その微動だにしない背中から読みとるのは不可能だった。立花は椅子から身を乗りだして、宗像の次の言葉を待った。

「奴らに時間を稼ぐ必要があるとしたら」と、宗像は言った。

「明日の昼までか」

「あのテープには、明日の昼に次の連絡をする、と吹き込まれてありましたからな。うがって考えれば、捜査陣を明日の昼までくぎづけにする手だと思えないこともない」

「明日の昼までですしょう」立花は溜息をつくように言った。

「いつまでのことだろうな」

宗像の眼には滑走路のジェット機が小さな点となって映っていた。

「……時間を稼ぐ必要があるとしたら、二つの場合が考えられる。ひとつはPS―8の機構《メカ》を調べるため、もうひとつは……」

「PS―8をどこかに運ぶため、でしょうな……」立花が宗像の言葉を引き取った。

「前者のほうは問題にならんでしょう。PS―8の機構を調べようと思ったら、とても二、三日ではおぼつかない」

「PS―8を輸送するとしたら、交通手段にはなにが考えられるかな」

「船か、トレーラートラックでしょう。トラックで運ぶ場合は、両翼を外す必要がありますがね」

どうやら立花は、宗像が考えをまとめるための木霊《こだま》のような役割を与えられているらしかった。

「トレーラートラックはあまりにも目立ちすぎる」宗像は首をひねった。

「船で海外へ運ぶとしたら、だいたい時間稼ぎの必要がない。とすると、日本沿岸を往《ゆ》き来《き》する国内貨物船か。北海道から出ているフェリーをなんとか利用するという方法も考えられないではない。だが……」

「それもあまりに目立ちすぎる」立花が宗像の言葉を遮った。

「なにしろPS―8はポケットに隠せるような代物《しろもの》じゃないですからね。……ねえ、宗像さん、いま私たちが話していることは、すべて身代金が奴らの目的じゃない、という仮定の上に立ってのことだ。案外、金が目的なのかもしれませんよ。なんといっても、現実とゲームとでは違いますからね」

「そう思うか」宗像は静かに立花を振り返った。

「本当にそう思うか」

その時、遠慮がちなノックの音が部屋に響いた。

「自動車《くるま》の用意ができました」

ドアの外の声がそう言った。

6

千歳市から北海道縦貫自動車道に入った。昭和五十三年に完成したハイウェイで、函館《はこだて》から稚内《わっかない》まで六百四十二キロを貫いている。

基地が都合してくれた自動車《くるま》はジープだった。自衛官が民間人に会うための最高のデモンストレーションといえる。が――いやしくも一佐の肩書きをつけた宗像が乗るべき自動車ではなかった。三人乗りの小型ジープである。わずか二十八馬力で、そのうえ幌《ほろ》がかからないという代物なのだ。

この一事をもってしても、いかに千歳基地が混乱をきわめているかわかろうというものだ。

「札幌の警察になんの用があるんですか」

ジープを巧みに操りながら、立花が熱のない声で訊《き》いてきた。

「俺は、一応は桐谷一郎のことを調べに来たことになっているんだからな」と、宗像が答えた。

「警察へ一度は顔を出す必要があるだろう。つまらんことで、東京に帰ってから、緒方に攻撃されたくないしな」

「桐谷は小物ですよ」立花が首を振った。

「相手にするに足らない男だ」

「わかってるさ」

宗像は苦笑して、白いハイウェイから眼を外《そ》らした。

——北海道も変わっていく、と宗像は思った。ほんの五年前には、千歳から恵庭を経て札幌にいたるルートには、まだいくらか緑が残っていたものだ。それがどうだ。今ではまるで横浜・東京間に等しいような街並みが連なっている……。

「お気づきだと思いますが……」立花が軽く咳払《せきばら》いをしながら声をかけてきた。

「え？」

「われわれは尾行されています」

「………」

宗像はミラーに眼をやった、一台のブルーバードが映っていた。日本中どこでも走っている、尾行に適した自動車《くるま》だ。が、尾行に適した車種だからといって、必ずしも尾行しているとは限らない。

「あのブルーバードか」

「ブルーバードです」

「尾行されていることに間違いないか」

「二度減速してみましたがね」立花は鼻を鳴らした。

「二度とも、ブルーバードはスピードを落としています……」

「わかった」

宗像は腕を組み、シートに体を沈めた。こういう場合に発揮される立花の勘を、宗像は全面的に信用していた。わかった、とはすべてを立花にまかせる謂《いい》でもあったのだ。

「この先に小さなドライブ・インがあります」立花はいかにも嬉《うれ》しそうに言った。

「そこで方をつけましょう。札幌に入られるとなにかと面倒だ」

——木製のナイフとフォークを看板にあしらったドライブ・インが、しだいに視界に大きく迫ってきた。駐車場には二台の自動車が駐《と》まっているだけだ。

「コーヒーでも飲みましょうや」

ジープを駐車場に入れると、立花は宗像をうながした。敵の出現が、主従の立場を完全に逆転させていた。

どこにでも見られるようなドライブ・インだ。熊《くま》を綾《あや》なした布が壁にかけられているのが唯一の地方色というわけだろう。ジューク・ボックスから三十年このかた変わらぬ演歌が流れていた。

宗像と立花は窓際に席を取った。立花の席選びは巧妙をきわめていた。その席からは駐車場が見渡せるが、駐車場からは、鉢植が邪魔して二人の姿を見ることができない。

二人がそれぞれにコーヒーを注文し終わった時、ブルーバードが駐車場に入ってきた。運転をしている男は、すぐに出せる位置に自動車を駐めるだけの知恵は持ちあわせているようだ。

「ばかじゃなさそうだ」立花が首を振った。

「だが尾行術にかけては素人だ。あいつが俺の生徒だったら、とても合格点はやれないな」

自動車から降りてきたのは、いかにも精悍《せいかん》そうな若い男だった。ダークスーツを着て、懸命に善良な市民を装っているのがご愛敬だった。

男は店に入ってくると、宗像たちには眼もくれないで、隅のテーブルに陣取った。

「さて、と……」

立花は店内に視線を走らせた。他の客の様子を確かめたのだろう。四、五人を数えるだけの客は、いずれも料理か会話に熱中しているようだ。

注文を聞いたウェイトレスが、男のテーブルから去っていった。

立花はゆっくりと腰を上げると、大股で男のテーブルに近づいていった。立花はにこやかな微笑《えみ》をうかべていた。誰が見ても、立花と男とは偶然に出会った知人だとしか思わないだろう。

――宗像の位置からも、男が体を強張《こわば》らせるのがわかった。

「よオ」

立花は快活な声をかけ、男の脇に立った。男が呆然としていたのはほんの一瞬だった。が、――男が立ち上がるよりも、立花の動きのほうが早かった。立花の右拳《みぎこぶし》が男の脇腹《わきばら》に入り、そしてすぐに離れた。男がへたへたと椅子に崩れた。脇腹を突かれた痛みは、人間の肉体、精神力を完全に麻痺《まひ》させてしまうのである。

宗像はすばやく店内を見回した。誰も二人の男に注意を払っている者はいないようだ。大体が、立花の動きは、動きとも呼べないほどにひかえめなものだった。

立花はコーヒー代を、きちんとテーブルの上に並べた。そして男を抱き抱えるようにして立たせると、そのままの姿勢で出口に向かった。久しぶりの邂逅《かいこう》に感激した古い友人たちが、肩を抱きあって歩いていくというわけだ。

宗像は首を振ると、自分もレシートを取り、テーブルから立ち上がった。

ジープのシートに押し込まれた時、男はまだ青息吐息の状態であった。抵抗はおろか、ろくに喋ることもできないようだ。立花のひと突きが、いかに強力で、正確なものであったかの証《あかし》ともいえる。

「運転を替わってくれませんか」立花が言った。

「こいつの持ち物を調べてみたい」

宗像は頷いて、ハンドルを握った。

——尾行者を同乗させたまま、札幌の警察に向かうわけにはいかなかった。宗像はジープを反転させて、車首を千歳に向けた。

「ほう……」

男の背広を点検していた立花が、楽しげに声をあげた。

「こいつの任務はわれわれを跟《つ》けることじゃなかったらしいですぜ。われわれを始末したかったらしいや」

立花の手には、小さな銃が握られていた。銃には違いないだろうが。短く切断したパイプにレバーをとりつけただけの、極端に単純な形をしている。

「なんだ、それは?」ハンドルを操りながら、宗像が尋ねた。

「圧縮空気で作動する銃ですよ」どういうつもりか、立花はくすくすと笑っていた。

「ただし、飛び出すのは弾丸《たま》じゃない。鋭い五寸釘《くぎ》なんですな。高架ハイウェイでも走っている時に、こいつをタイヤにぶちこまれてごらんなさい。タイヤが裂けて、車がガードレールをぶち破ることとうけあいだ。しかも、後で警察が事故検証しても、タイヤに食い込んだ五寸釘が発見されるだけ。誰の眼から見ても、不幸な事故というわけだ」

ようやく痛みから回復したらしく、男は敵意に燃えた表情で、立花の饒舌《じょうぜつ》を聞いていた。立花が彼とは比較にならないぐらいのプロだということをよく理解しているのだろう。向かってくる気配は見せなかった。

「さて、と……」

立花が男に向き直った。立花の動きはひどくリラックスしたものだったが、にも拘《かかわ》らず、男は戦慄《せんりつ》したようだった。立花が胸ポケットから万年筆を取りだしたからだ。

「万年筆を指にはさむ拷問《ごうもん》のことは知っているようだな」立花が穏やかな口調で言った。

「なに、心配することはないさ。血が一滴も流れない。きれいな拷問だ。俺たちを殺すことを誰に頼まれたのか、言いたくなかったら言わなくていいんだよ。この際だ。指が何本折れるまで我慢できるか、試してみるのも悪くないかもしれない……」


——同じ時刻、東京原宿《はらじゅく》から青山《あおやま》通りへ抜ける表参道を緒方陸将補はゆっくりと歩いていた。

私服である。みるからに上等な仕立ての黒いスーツは、緒方から自衛官の印象を一掃させていた。自衛隊の車を用いていないところからすると、この街には私用で来たのだろう。

緒方の足どりは自信に満ちていた。すれ違う若い娘たちが幾人か緒方を振り返った。娘たちの付きあっている若い男たちとは、はっきりと異なる体臭を緒方は備えていた。雄《おす》のにおいだった。

時刻は、正午に近かった。うららかな陽光が表参道に満ちていた。

緒方の姿は瀟洒《しょうしゃ》なマンションのなかに消えていった。

五階のとある部屋の前で、緒方は足を止めた。誰も見ていないのを確かめると、緒方はおもむろにブザーを押した。

ドアが開いて、若い女が顔を出した。

「緒方さん……」

女は驚いたようだった。

「入れてもらえるかね」緒方は自信たっぷりだった。

女はすばやく廊下を見渡すと、緒方を内部《なか》に招き入れた。

ドアが閉まった。ドアのプレートには、「宗像」と書かれてあった。

緒方は部屋に入ると同時に、宗像清美を抱き寄せた。清美は抵抗のそぶりを見せたが、結局は緒方の腕のなかに抱きすくめられていた。ながい口づけの間、緒方の右手は清美の胸をまさぐりつづけていた。清美の乳首は、シャツブラウスの上からもそうとわかるほど、はっきり隆起していた。

「いい表情《かお》だ……」

キスの後、緒方がそう囁いた。

「あのロボットが、きみのそんな表情を見たらなんて言うかね」

「いや……」清美が弱々しく首を振った。

「宗像のことは言わないで」

「……………」

緒方が清美を抱いている腕に力を加えた。寝室へ行こうという意志表示だった。

「こんな時間に？」清美が甘ったるい声を出した。

「しばらくはきみとも会えなくなる」緒方は首筋に唇を這わせていた。

「ちょっとした事件が起こってね。かなり忙しくなりそうなんだ」

緒方は再び腕に力を入れた。清美は雲を踏むような足どりで、寝室に向かって歩きだした。

……レースのカーテンに薄く陽《ひ》が差していた。壁の電気時計が無機的な音を刻んでいた。

緒方と清美は、ベッドの上に全裸で横たわっている。

緒方の体には老いの兆しはなかった。とても五十を過ぎた男の体とは思えなかった。若い時から鍛えに鍛えてきた体なのだ。緒方は今も一週間に二度はジムに通っているのである。

清美の肌理《きめ》の細かい肌は、情事の余韻で赤く染まっていた。乳房が小さいのが難だが、それを別にすればじつに魅力的な体だといえた。――清美の顔は能面に似ていた。眼鼻立ちが整いすぎるほどに整っているのが、奇妙に寂しそうな印象を彼女に与えていた。

「いつ私は宗像から解放されるの？」清美がだるいような口調で訊いてきた。

「もうすぐだ」緒方はベッドに腹這いになって、タバコを咥《くわ》えた。

「もしかしたら、今日にでも交通事故にあっているかもしれんよ」

「はやく自由になりたいわ」

「よほどご亭主が嫌いらしいな」

「…………」

清美はそれには答えず、自分もサイド・テーブルからタバコの包みを取り、一本を咥えた。

「どうなんだ？」紫煙を吐きだしながら、緒方は質問を繰り返した。

「そんなに亭主を嫌っているのか」

「……あの男《ひと》は私の夫とは言えないわ」清美には似合わぬ、硬い声だった。

「機械のような人よ。けっして感情を露《あらわ》にしない人だわ。私が幸福か不幸かなんて、あの人は一度も考えたことがないのよ。女の気持ちがわかる人じゃないわ」

「だから、罰を受けて当然というわけだ」

緒方は清美の口からタバコを取り、自分のタバコと一緒に灰皿に押しつけた。白昼、亭主の留守に、若い人妻と情事を楽しんでいるという状況が、緒方をいつになく昂《たかぶ》らせているようだ。しかも、その亭主たるや緒方が憎悪を集中させている宗像旦なのだ。

前戯の必要はなかった。緒方は最初から清美の下半身を愛撫《あいぶ》した。清美の喘《あえ》ぐ声がしだいに高くなっていった。胸間をつたう汗が、昼の光にきらめいていた。

緒方は清美の手をとると、自分の股間《こかん》に導いた。清美はなかば無意識のように、手を動かし始めた。緒方はうっすらと笑い、清美の耳にさらに何か囁いた。

清美の裸身が白い泥のようにうねった。清美は懸命になって、緒方の男を舌で愛撫し始めた。

……彼らの呻《うめ》き、喘《あえ》ぎは化粧台の下端にテープでとめてあるマイクロフォンがすべてキャッチしていた。マイクロフォンは小さなプラスチックケースに収められていた。コードは電話線に似せて偽装されていた。宗像の部屋には、電話が三台置かれていて、誰もそれを電話線以外のものと疑おうとはしなかった。

コードは隣室まで伸びていた。

隣の部屋は借り手が見つからず、ながく空《あ》き部屋になっているはずだった。空き部屋になっているはずだが、ひとりの男が床にすわっていた。

男はヘッドフォンを被《かぶ》っていて、眼の前の床にはテープが置かれていた。隣室から伸びているコードは、そのテープに接続されていた。テープは回転をつづけている。

「爺《じい》さん、今日はやけに頑張るじゃないか」

男はうんざりしたように呟《つぶや》くと、ヘッドフォンを取り、やはり床の上に置かれてある電話機に手を伸ばした。その指が千歳市の局番を回し始める。

男は宗像の部下、若き新戦略専門家《ネオステラテジスト》のひとりだった。

——宗像がドアを開くのと同時に、卓子《テーブル》の電話が鳴り始めた。宗像は溜息をつき、しばらく鳴りつづける電話を見つめていた。人間である以上、新戦略専門家《ネオステラテジスト》といえども疲労を覚えることもあるのだ。

が、電話はいっこうに鳴りやもうとはしなかった。宗像は渋面をつくり、受話器を手にした。

「宗像です……」

その声は友好的とは言いかねるようだ。

『久野《くの》です』部下の声が返ってきた。

『テープを送ります』

「よし、待て……」

宗像はデスクに放りだしてあるボストンバッグのジッパーを開け、中から小さなカセット・レコーダーを取りだした。そのためのコイルを受話器にとりつけ、カセット・レコーダーに接続した。

後は指を録音ボタンの上に置けば、準備完了だった。

「いいぞ……」そう受話器に命じると同時に、宗像の指は録音ボタンを押していた。

テープ高回転の軋《きし》むような音が受話器に満ち満ちた。

——二分後、宗像は電話を切り、さらにもうひとつのセットをバッグから取りだした。再録《ダビング》、再々録音《ダビング・バッグ》は装置の発達によって、かなり容易な仕事となっている。宗像は二台のセットを調節し、録音を正常な速さに戻した。

盗聴防止としては古典的な方法に範《はん》するだろう。むろん周波数変換電波《スクランブラー》ほどの完璧な盗聴防止法とはいえないが、旅先で完璧を望むのは無理というものだった。

緒方と清美の寝室での会話がテープから流れだした。テープの声が明らかにそれとわかるむせび泣きに移っても、宗像の表情はまったく変わらなかった。ただ、「あの男《ひと》は私の夫とは言えないわ」という清美の言葉に、わずかに眉《まゆ》を動かしただけだった。

テープが終わった時、宗像はゆっくりと背後を振り返った。例によって、立花が影のようにヒッソリと立っていた。

「きみはノックをするという習慣を、自分の人生からまったく排除してしまったらしいな」宗像が静かに言った。

「ええ……」立花も静かに頷《うなず》いた。

「殺人者が徘徊《はいかい》している時には特にね。ノックをしたとたんに、部屋に潜んでいる奴からドア越しに撃たれないとも限らない」

二人の間には、今の録音に対する感想はまったく交わされなかった。宗像のグループでは、緒方と清美の関係を誰ひとり知らない者はいなかった。緒方は清美から情報を得、新戦略専門家《ネオステラテジスト》たちは二人から情報を得ているのである。清美が宗像の妻であるということは、また別の問題だ。

「あの男が吐きましたよ」立花が言った。

「あなたを殺すように命じた奴は、どうやら『愛桜会』に関係している人間らしい。もっとも証人となれるほど、事情を知ってるわけではなさそうですがね」

「テープの緒方の言葉と合致するな」宗像が微笑《わら》った。

「今日にでも交通事故にあっているかもしれん、か。粋《いき》な言葉だ……」

「変ですな」

「……たしかに変だ」

「緒方陸将補ともあろう人間が、いくら目障《めざわ》りだからといって殺人を決意するとはね」立花はわざとらしく首をかしげた。

「あの男のやり方とも思えないですな」

「突発事故が起こったとも考えられる」

「…………」

「緒方がつい洩《も》らしていたじゃないか。ちょっとした事件が起こった、ってな」

「……PS―8ですか」

「その他に該当することは思い当たらんな」

「しかし、PS―8と緒方にどんな関係が……」立花は眼を細めた。

「たしか、PS―8の発注先に三星重工を強く推したのは、緒方たち『愛桜会』の連中でしたな」

「そこら辺から糸をたぐっていけるかもしれんな」と、宗像は頷いた。

「とにかく、はっきりとした理由はわからんが、PS―8の事故は緒方たちにとってひじょうなショックだった。そして、俺がこの事件に介入するのを恐れて、殺人者をさしむけた。本当の意味で、緒方たちの力の及ばないのは新戦略専門家《ネオステラテジスト》、とりわけリーダーたる俺だからな。……こう考えて、それほど間違いはないんじゃないか」

「で、どうします?」立花の眼に期待の光が宿った。

「われわれ新戦略専門家《ネオステラテジスト》は全面的にPS―8事件に介入する」宗像が言いきった。

「まだ便が幾つか残っているはずだ。一人を残して、全員の新戦略専門家《ネオステラテジスト》を今日のうちに北海道に来させるんだ。長官の承諾は後で俺がとる」

「今日のうちに……」

「そうだ。明朝七時に会議を始める」

「しかし……どうしてそんなに早く……」

「今朝、話し合ったばかりだ」宗像の声はあくまでも平静だった。

「奴らは明日の正午まで時間を稼いで、ゲームの勝ち率をあげようとしている。そうさせては、われわれの負けだ。PS―8を奪った奴らが誰だかはわからんが、少なくともゲームの勝ち率をイクォールに持っていく必要がある。そのためには、明日の正午になる前に、なんとかしてこちらのポイントを見つけるんだ」

「………」

立花は頷いて、そのままドアに向かった。

「待て」宗像が声をかけた。

「誰でもいいから、こちらへ渡ってくる時、藤野修一に関する資料を持ってくるよう伝えてくれ」

「藤野……」立花は眉をひそめた。

「何者ですか」

「アル中さ」宗像が答えた。

「アル中になって、新戦略専門家《ネオステラテジスト》から脱落した男だ」

7

巨大な工作所《マシーン・ショップ》だった。むしろ、倉庫という名にふさわしいかもしれない。

旋盤、フライス盤などの工作機械には、ところ構わず赤い紙が張られていた。紙にはそれぞれ〝闘争勝利〟〝スト決行〟などの文字が書かれていた。いずれも力にまかせて書いたような、稚拙な文字だった。

倉庫の入口からはレールの引込み線が敷かれていた。そのレールの上に、幌《ほろ》で覆われたなにか巨大な物体が置かれていた。

その幌の両端から長い、金属板が突きでていた。数人の作業員たちが、それぞれの金属板に就《つ》いて働いていた。整形《フェアリング》らしき物を外している者もいた。電気回路を切り離している者もいた。——どうやら彼らは、その金属板を取り外そうとしているようだ。

「組合には話が通っているのか」作業員のひとりが誰にともなく訊いた。

「大丈夫だろう」別の作業員が答えた。

「ストは明日からだ」

「こんな物をどうして運ぶのかな」さらに別のひとりが尋ねた。

「映画に使うと聞いてるぜ」

「映画に……？」

「ああ……よくできてるよ。本物そっくりだもんな」

「案外、本物なんじゃないか」

剽軽《ひょうきん》な声に、ひとりを残して、作業員の全員が笑い声をあげた。

笑わなかったのは、定年に近いような作業員だった。彼はいかにも辛《つら》そうに腰をかがめ、作業に没頭していた。

「ちくしょう、なんて寒さだ」彼は口のなかでブツブツと呟いていた。

「春も終わりだというのに……なんて寒さなんだ」

倉庫の高窓から覗く空には、すでに夕昏《ゆうぐ》れの気配が濃かった。

――札幌《さっぽろ》には暮色が迫っていた。大通《おおどおり》公園では、勤めを終えた若い男女の散策を楽しむ姿が多く見られた。

噴水の傍らのベンチに腰をおろしている巨漢も、そういった散策組のひとりに見えた。

鹿皮のジャンパーがここでも異彩を放っている。――佐伯和也である。

佐伯の姿は、ゆったりとリラックスしている野生の熊《くま》を連想させた。いかにも満足げにとうきびを齧《かじ》っているのだ。ベンチの横の屑籠《くずかご》から察するに、どうやらそのとうきびは五本めのようだ。

小気味いいような食欲だった。白く頑丈な歯が、ひじょうなスピードでとうきびから実を削いでいく。食べるという行為が、彼にとって喜びの最《さい》たるものであることは間違いないようだった。

とうきびが裸になった。佐伯は名残惜しそうにベロリととうきびを舐《な》めると、横の屑籠にポンと投げ捨てた。

「もう一本買うべきだったな……」佐伯の独白は切実な響きがこもっていた。

佐伯が札幌に着いたのは今朝の八時過ぎだった。あれから二度ばかり非常線にぶつかったが、トレーラーに関心を払う警官はいなかった。佐伯はまったくついていたのである。

佐伯はトレーラートラックを目的の場所に運ぶと、たまたま眼についたビジネス・ホテルに飛び込んだ。冷たいシャワーを浴び、ベッドに横になり――ついさっきまで熟睡していたのである。佐伯のような大食漢が、ひじょうな空腹を覚えるのも無理ない話だったのだ。

佐伯はベンチを立つと、街に向かってゆっくりと歩きだした。食事の美味《うま》い札幌にいながら、なにもとうきびだけで我慢する手はない。美食への期待で、佐伯の表情《かお》は子どものように輝いていた。

　あらゆる意味で、佐伯は子どもに似かよっていた。それも、健康な悪童により似かよっているといえたろう。彼の人生をこれまで太く貫いてきた超人願望は、その最たるものであるようだ。

　誰よりも強くなりたい。現代ではこんな願望を抱く男は、ディノザウルスにも匹敵する存在といわねばならない。遠い昔の化石でしかないのだ。子どもの多くが一度は考え、長ずるにつれ忘れてしまう夢想なのである。

　が、佐伯のこれまでの人生は、ただただその夢想をまっとうするためにのみ費やされてきた。父親が警視庁の剣道師範をつとめていたことが、佐伯の夢には幸いした。子どもの体を鍛えるのに、剣道ほど優れた武芸はないからである。

　ケンカ空手《からて》として名高い空手道場に入門したのは、佐伯がまだ十二歳の時だった。ここでも、生得の勘のよさとひじょうな稽古《けいこ》熱心とで、佐伯はめきめきと頭角を現わしていった。佐伯が十八の時には、その道場でも実力ＮＯ．１と称され、空手界では誰ひとり名を知らぬ者のいない存在になっていたのだ。

　ＦＢＩの空手師範として米国に招かれたことが、佐伯のその後の人生を大きく変えることになった。――佐伯は米国でＣＩＡ破壊工作員の存在を知ったのである。素手なら誰にも負けない自信があった。が、ナイフ、あるいは拳銃を持ったプロの破壊工作員が相手となると、話は大きく違ってくる。最終的には、いかなる武道の達人よりも、相手を殺すということにのみ重点をおいて訓練されてきたプロの破壊工作員が勝利を収めるのだ。

佐伯が破壊工作員の殺人訓練に興味を抱くのは当然の成行きといえた。佐伯はＦＢＩのつてをたどって、強引にＣＩＡとの接触を図った。佐伯が空手師範として名を知られていたことが、ＣＩＡとの折衝にはひじょうに役立った。空手を教えることを条件に、佐伯は殺人教程のすべてを受けるのを承諾されたのである。

その後三年間の殺人教程は、佐伯にとって驚きの連続だった。いかなる不意打ちも、卑劣な手段も、殺人教程ではよしとされた。実際、こつさえ呑みこめば、若い女性が鉛筆一本で、空手の有段者を即死させることも可能なのである。

特筆すべきは、佐伯が火器操作にかけて優れた勘を備えているのが発見されたことだろう。これは佐伯自身にとっても大きな驚きといえた。それまで佐伯はなんとはなしに銃というものを軽蔑していたのだが。……

こうして一人の戦士が誕生することになった。ＣＩＡの破壊工作員にも例を見ない、強剛無比の戦闘機械だ。……いや、厳密な意味では、佐伯を戦闘機械と呼ぶことはできないかもしれない。佐伯が戦うのは常に自分のためでしかないからである。

佐伯はついに集団のなかの一戦士であることを潔しとはしなかった。大義名分、国利国益は、佐伯にとって空虚な言葉でしかなかった。誰よりも強くなりたい、という子どもっぽい願望が佐伯の人生のすべてだったのだ。

現代は、個人の強さに重きをおく牧歌的な時代ではない。その強さが、誰のためにどう使われるかが問題なのだ。その意味で、佐伯は謀略機関の使途に耐えうる人間とはいえなかった。三年の殺人教程の後、佐伯があっさりと巷《ちまた》に放りだされるはめになったのも当然だったのだ。

宝の持ち腐れというべきだった。あらゆる格闘技、火器操作、殺人テクニックをマスターした佐伯が、むざむざ空手講師の地位にあまんじなければならなかったのだ。――佐伯が藤野と出会うことがなければ、ついに彼は欲求不満のまま一生を終えなければならなかったろう……。

佐伯は眼についたジンギスカン鍋《なべ》の店に入り、羊肉《マトン》を三人前軽くたいらげた。単に健啖《けんたん》家という言葉では十分ではない。この男の食欲を満足させるのには、優に羆《ひぐま》の食糧を必要とした。

ようやく人心地がついた思いで、佐伯はジンギスカン鍋の店を後にした。薄野《すすきの》を散策しながら、佐伯はしきりに迷っている。この男にはまったく珍しいことだが、佐伯は酒を飲みたくなったのだ。

佐伯はアルコール常用者ではない。飲めば、いくらでも飲める。のみならず、自分でもずいぶん酒が好きな質《たち》のようにも思える。が、酒を飲むことを自らに禁じているのだ。

アルコールによって、反射神経が鈍るのを恐れているからだった。放縦怠惰な生活は、一月《ひとつき》で戦士を使い物にならなくしてしまう。酒と女こそ、戦士が最も自重すべき二大項目なのである。

が、——今夜は佐伯にとって特別な夜だった。この二日間の重圧が疲労となって、ズシリと彼の肩にかかっているのだ。思いもかけない非常線にぶつかりはしたが、これまでのところなんとか作戦は齟齬《そご》なく進んできている。トレーラートラックを札幌に運び、一応の小休止を得た今、佐伯が酒で疲れをほぐすのもあながち怠惰とはいえないだろう。自身に課している鉄の箍《たが》を、佐伯は今夜に限り外すのを決意した。佐伯といえども人間だ。強靭《きょうじん》な発条《ばね》さえも弾性限界を越えた力が加われば折れてしまうのである。

佐伯の足どりが心持ち軽くなったようだ。悪戯《いたずら》に挑もうとする時の子どもの表情《かお》になっている。佐伯は街路を見まわしながら、気にいった店をさがし始めた。

……佐伯はそのバーの名前さえ確かめようとしなかった。単に店構えが気にいったから、入るつもりになったのだ。どうせ二度と訪れる店ではない。

狭いバーだった。カウンターに、小さなテーブルが二脚ならんでいるだけだ。バーテンも、ホステスも、そして客もそれぞれひとりだけだった。

「オン・ザ・ロック……」

それだけを言うと、佐伯はスツールに腰をおろした。ホステスにはいささかの注意も払おうとはしない。酒だけでも、どことなく後ろめたいのだ。このうえ女を許すほど、自分を甘やかす気持ちにはなれなかった。

が、先客の存在だけが妙に気にかかった。どことい
って変哲のない中年男である。角刈りの髪型と、くたびれた背広とが実直そうな印象を与える。誰の眼にも、家路に就《つ》くサラ

リーマンが、ちょっと飲みに寄り道をしたと映るだろう。黙然《もくねん》と水割りをするその姿からは、どことといって特異な感じを受けなかった。

佐伯はわずかに首をかしげた。平凡な中年男の存在が、どうしてこれほどに気にかかるのだろう。

男のほうは、佐伯が入ってきたのに眼を上げようとさえしない。うがって考えれば、その無関心さが異常といえないこともなかった。佐伯は、他者の眼を惹《ひ》きつけずにおかない巨漢だからである。

佐伯は肩をすくめた。身に備わっている戦士の性《さが》が、この場合はおぞましかった。佐伯は他者を観察するためではなく、楽しむためにこの店に足を踏み入れたのだ。佐伯はたちまちのうちに一杯めを飲みほしている。

「お替わり……それと……」

佐伯は壁に貼《は》られている短冊《たんざく》に眼を走らせた。どうやら、この店はなかばはスナックのようになっているらしい。

「ラーメンとホッケ、野菜サラダに焼肉をもらおうか」

ホステスは笑いだしている。好意を含んだ笑いだ。童顔の大食漢は、容易に女性の母性本能をくすぐることができるのである。

その一瞬にだけ、もうひとりの客は顔を上げた。彼の顔に浮かんでいる驚きは、けっして佐伯の尋常でない食欲にのみ向けられたものではなさそうだ。はっきりと懐疑の表情が過《よぎ》ったのである。

が、男はすぐに顔を伏せた。ドヤドヤと階段を踏みならして、別の客たちが入ってきたからだ。店にとっては歓迎できそうな客ではないようだ。いや、だいたいが客の名に価《あたい》するかどうかも疑問だった。

男たちはいずれも黒背広の襟に、金バッジをつけていた。その金バッジからばかりではなく、男たちが一様に発散している粗暴な雰囲気からも、彼らの素姓《すじよう》は明らかだった。

男たちは五人を数えた。各地で頻発している仲間たちの抗争に、かなり神経を苛立たせているようだ。

「いらっしゃいませ……」

バーテンの微笑は強張っていた。ホステスにいたっては泣きそうな表情になっている。

男たちはわざとらしく店内を見まわした。中年男に対しては鼻を鳴らしただけだったが、彼らの視線は佐伯からながく離れようとしなかった。佐伯の巨軀《きよく》が目障りなのだろう。彼らは誰であれ、めだつ存在は自分たちに対する侮辱と受けとる習性を備えているらしかった。

佐伯は黙然とグラスを口に運んでいる。一種の挑発ととられても仕方のない態度だ。ほんの短い間のことだが、男たちの間に凶暴な空気がみなぎった。

「うどの大木か……」

誰かがそう呟かなければ、確実に男たちは佐伯に対して牙をむいていたろう。犬の喧嘩《けんか》に似ている。相手が自分たちに怯えていると確認できさえすればそれで十分なのだ。その明らかな嘲笑《ちょうしょう》の言葉にも、佐伯がなんの反応も示さなかったことが男たちに満足感を与えたようだ。

「お飲み物はなんにしますか」

雰囲気の変化を敏感に察したバーテンが、勇を鼓《こ》して男たちに声をかけた。

「こんなちんけな店で飲むほど落ちぶれちゃいねえよ」男たちのひとりが肩をそびやかした。

「はァ……」バーテンは泣きそうな表情《かお》になっている。

「小僧と小娘をさがしているんだ」

ひとりの男が佐伯の横のスツールに腰をおろした。その際、わざと佐伯の肩に自分の肩をぶつける。——痛そうな表情をしたのは、むしろ男のほうだった。佐伯の肩は巌《いわ》のように筋肉が盛りあがっているのだ。

男はしばらく忌々《いまいま》しそうに佐伯を睨《にら》みつけていた。蛙《かえる》の面《つら》に小便だ。佐伯は平然とオン・ザ・ロックをすすっているのである。

「こいつらを見たことねえか」

男の誇りはいたく傷つけられたようだ。男は渋面で佐伯から眼をそらし、一葉の写真をカウンターの上に置いた。

どこかの山で写したものだろう。若い男女が肩を並べて笑っている。——川原敬と、如月弓子の二人だった。

「こいつらを見たことねえか」と、男は繰り返した。

「いいえ……」バーテンは即座に首を振った。

「そうか」男は頷いた。

「もし、こいつらを見かけたらすぐに俺たちに連絡するんだぞ。いいな」

「はァ……」

「よし」

男の用事はそれだけだったらしい。彼はそのままスツールを立とうとしたが……その腕をガッシリと摑んだ佐伯の右手が、そうはさせなかった。

男は小さな悲鳴をあげた。万力《まんりき》にはさまれるに等しかったろう。男の顔がみるみる朱に染まっていった。

「なにをしやがるっ」

ほかの男たちが一斉に色めきたった。が、佐伯は彼らを一瞥さえしようとはしなかった。その眼はカウンターの写真にジッとそそがれている。——国道で見かけたカップルと、写真の二人が同一人物であることに気がついたのだ。

「この二人がなにかしたのか」

佐伯の声は穏やかだった。穏やかだったが、その右手にはさらに力が加わったようだ。腕を摑まれている男は泣き声をあげて、床に膝《ひざ》を折った。佐伯の手を振り払うどころか、苦痛にろくに息もできないような状態らしかった。醜く鬱血《うっけつ》していた顔面が、死人の蒼さにと変わっていた。

「なあ、教えてくれよ」佐伯が子どもの無邪気さで繰り返した。

「この二人がなにかしたのか」

四人のやくざたちが一斉に襲いかかってきた。仲間を助けようという殊勝な心がけからではない。暴力を生業《なりわい》とする彼らにとって、自分たちより強力な存在を認めることは耐えがたかったのだ。彼らを衝《つ》き動かした衝動はほとんど恐怖に似ていた。

それに対する佐伯の動きは迅速をきわめていた。

犠牲者は二種類に大別された。鼻柱を割られた者と、胸板を蹴折《けお》られた者の二種類である。

スツールを一回転させたことが、佐伯の動きをさらに爆発的なものにしていた。肱と拳の切れめない動きが、二人の男の戦力を一瞬にして削いだ。顔を血塊に変え、彼らの体はきりきりとフロアを舞った。同時に繰りだされた両の足が、誤たず残りの二人の胸板を捉えた。肋骨《ろっこつ》をへし折る蹴りに、スツールの回転力が加わったのだ。猛進してくる牛さえくい止めるほどの凄まじい威力を秘めていた。

喧嘩《けんか》とはいえなかった。四人のやくざたちは暴風雨に蹂躙《じゅうりん》されたようなものだった。ほんの瞬きする間に、それぞれ組の、〝鉄砲玉〟を自認していた四人のやくざが再起不能に陥ったのだ。

驚くべきは、佐伯がまだ男の腕を摑んで離してはいないことだった。佐伯は片手だけで、四人の男たちをあしらったのだ。佐伯は息を弾ませてさえいなかった。

「かんべんしてくれよ……」男は泣き声をあげた。

「俺たちが悪かったよ」

怯《おび》えているのは男だけではない。バーテンとホステスも蒼白になっている。誰も失禁していないのがまだしもだった。——ただひとり、隅にすわっている中年男だけが、何事もなかったかのような表情で水割りをすすっている。

「訊いたことに答えろ」佐伯の声はあくまでも平静だった。

「この二人がなにかしたのか」

「小僧のほうが菊地組の組長を殺そうとしたんだ……」男は実際にすすり泣いていた。

「それで北海道から逃げだそうとしやがって……俺の仲間たちがフェリーを張っていたもんだから、また札幌に舞い戻ってきやがったんだ」

「なるほど……」と、佐伯は頷いた。

「そういうことだったのか」

佐伯の好奇心は満足されたようだ。若い二人を助けようなどという義俠心《ぎきょう》を起こしたわけではない。ただ、国道をオートバイで走り抜けていった男女の姿が、奇妙に脳裡《のうり》に焼きつけられて、なんとはなしにその事情を確かめたかっただけだ。好奇心以上のなにものでもなかった。

佐伯は男から手を離した。よほど痛かったのだろう。男は腕を押えて、床にうずくまった。

「悪かったな」

佐伯はまだ震えているバーテンに詫《わび》を言い、カウンターに紙幣を置くと、ゆっくりとスツールから離れた。腰がずしりっと据わったその歩き方は、戦士に特有なもののようだ。

「野郎っ」

それまで床にうずくまっていた男が、不意に佐伯の背中に突進していった。いつ抜いたのか、胸の前に匕首《ドス》を構えている。

ホステスが悲鳴をあげた。

その悲鳴に呼応するかのように、中年男の体がカウンターから離れた。肉を打つ鈍い音が聞こえて、やくざの体は前のめりに崩れ折れた。中年男の手刀が正確にやくざの後頭部を捉えたのだ。今日はどうやらそのやくざの厄日だったらしい。

佐伯は肩越しに振り返っている。が、中年男は再びスツールに腰をおろして、佐伯と視線を合わそうとはしなかった。

――何者だろう？　当然な疑問が佐伯の胸裡《きょうり》を過った。が、その男を相手に好奇心を満足させるには、やくざたちに対するように楽にはいきそうもなかった。それこそ死に物狂いになる必要があるだろう。……

佐伯の巨軀が店から消えた。

中年男——立花泰《たちばなやすし》はようやくグラスから眼を上げた。無感動にボソリと呟いた。
「俺の生徒だったら、九十五点というところだな……」

8

PS—8《エイト》が海上に消えてから六十時間近くが経過している。

午前七時。

ここ北大電子工学研究センターの一室には、五人の男が顔を揃えている。宗像と立花、それに急遽《きゆうきよ》駆けつけてきた三人の新戦略専門家《ネオステラテジスト》たちである。

こと戦略に関しては、新戦略専門家《ネオステラテジスト》はゼネラリストたることを要求される。要求されるが、やはりそれまでの経歴、専攻によって自《おのず》と得手不得手《えてふえて》が生じるのはやむをえないだろう。

たとえば右端の机にすわっている久野の場合だが、彼は数学者というより、技術者としての色彩のほうがより濃い。コンピューター・システム工学の専門家としては、日本でも若手のうち五指に入るだろう。盗聴装置、監視装置の開発などにも、類《たぐい》まれな手腕を発揮する男である。

その隣は大沢《おおさわ》、やや小肥《こぶと》りな若者である。大沢は新戦略専門家《ネオステラテジスト》としては珍しく、俳句、和歌などに親しむ、かなり平均的市民指向の強い男だ。新戦略専門家《ネオステラテジスト》のなかでは、最も常識的人物に属するだろう。大沢の場合、その特徴は卓越した暗号解読能力にある。大沢によって各国から大使館に送られてくる暗号通信文はもちろん、通信衛星を中継する商社暗号テレックスにいたるまでがすべて解読されているのだ。

三人めは北村《きたむら》、蒼白な文学青年を連想させる男だ。彼は核戦略において、おそらく日本最高の頭脳を有した男だろう。彼がものした〝核攻撃下における最多最適生存率〟は、各分野から高い評価を受けている。建前はどうであれ、日本が核魚雷程度の核装備を有しているることは、なかば公然の秘密となっている。日本が本格的な核所有国になるのには、多分五年を待たないだろう。その時、北村の能力は最高に発揮されるはずだった。

――普段は講義室に使われている部屋だ。黒板と、机以外はなにもない。ただ早朝の冷え込みを予想してのことか、部屋には小さなガス・ストーブが持ち込まれていた。

三人の新戦略専門家《ネオストラテジスト》たちは、しきりに手元のファイルをめくっている。昨夜、宗像が作成した事件の詳細と備考をコピーしたものである。

窓から、小鳥の鳴き声が聞こえてくる。

「さて、意見を聞こうか」と、宗像が口をきった。

「方法はどうします?」大沢が尋ねた。

「適用できる方法は四つだな」北村が低声《こごえ》で言った。

「仮説修正法、概念転移法、現象論的方法、ブレーンストーミング法……」

「現象論的方法を、ブレーンストーミング法と合わせて使う……」宗像が言いきった。

「……………」

三人の新戦略専門家《ネオステラテジスト》たちは顔を見合わせた。宗像の言葉は、かなり意外なものに聞こえたらしい。

彼らはこの問題に関する最適値を求めるための、その方法を討議しているのである。

ブレーンストーミング法は、最適戦略を求めるためのいわば常法のようなもので、このための場合に採用されるのになんの不思議もなかった。一般企業などにも、新販売、宣伝法探究のために広く採り入れられている一種の自由討論といえた。――問題は、もうひとつの現象論的方法だった。現象論的方法は、哲学者フッサールによって提唱された古典的方法論である。つまり、ある現象を考察するためには、そのいっさいの外部関係を切り離し、孤立させねばならぬという方法論だった。もちろん、切り離された外部関係は、後《のち》に考慮に入れられることになるのだが、その際の操作がかなり面倒なため、現代の意志決定科学ではひじょうに非実際的な方法とされていた。

「現象論的方法ですか」久野が首をひねった。

「この場合は、仮説修正法のほうが妥当だと思いますが……」

「仮説修正法は不可能だ」

「なぜですか」

「仮説修正法を進めるためには、決定的にデーターが不足している。基本仮説の立てようがない。こちらには、PS―8を盗んだ奴らの意図がまったくわからないからだ」

「ですが、現象論的方法を使うとなると……」

「久野……」

「はい」

「現在、現象論的方法が実際に採用されている分野を言ってみろ」

「それほど多くはありません」久野は視線を宙に這わせた。

「流体工学……染料を使うことで流体の流れを観察しているはずです。ある意味では、事象の変化を撮ったフィルムを、ひとコマずつに分解するのも、現象学の応用といえないことはありません。それから……」

「なるほど……」北村の呟きが久野の言葉を遮った。

「われわれはPS—8の動きだけを問題にするわけですね」

「そうだ」と、宗像は頷いた。

「奴らの動機、その背景などはすべてカッコに入れる。それらのことは、後に作戦に組み入れればいい。……われわれはただPS—8の動きを把握し、機を取り返すことにのみ全力を尽くすんだ」

「PS—8の消滅について、整理してみる必要がありそうですな」大沢がこの場合にもどことなくノンビリした口調で言った。

「PS—8がレーダーから消えたのは奥尻《おくしり》島の西方五十キロの地点……すぐさま捜索機が飛びたち、遭難付近を探索、翌日には海上の油と破片を発見している。ところが、調べた結果、その破片はヘリコプターの回転翼《ローター》であることが判明……ええと、このヘリコプターの機種、及び持ち主などについてはまだ解明されていない」

「ヘリコプターが奥尻島の賽《さい》の河原から飛びたったことは確認されている」宗像が補足した。

「賽の河原の稲穂《いなほ》岬灯台の人間が目撃しているんだ」

「PS―8は哨戒《しょうかい》飛行のため、奥尻島を過ぎたころからひじょうな低空に入ることになっていた。一時的にレーダーから消えるのは、予定の飛行だったわけだ……」

大沢は言葉をつづけた。

「当夜、レーダー消滅予定時間に、PS―8は哨戒飛行を中止、そのまま海上に着水したと思われる。これは、PS―8のパイロット、及び副パイロットの意志が働かねばとうていかなわぬ行為で……」

「パイロットたちの問題はこの際カッコに入れる」北村が発言した。

「今はただPS―8の動きだけを追うべきだろう」

「了解……」大沢は表情を変えもしなかった。

「PS―8がレーダーから消えるのと前後して、ヘリコプターが賽の河原から飛びたった。ヘリコプターはひじょうな低空で飛んだため、やはりレーダーで捉えることができなかった。夜間、しかも海上を低空飛行したことから、ヘリコプターのパイロットはかなりの技量の持ち主だと想像される。……ヘリコプターが浮上した地点が、ちょうどPS―8が哨戒飛行を終え高度を上げる地点だったため、管制指令室《コントロール・タワー》ではレーダーの光点《ブリップ》をPS―8と信じて疑おうとはしなかった。

　ヘリコプターが爆発したのは奥尻島の西方五十キロの地点……パイロットが脱出したのか、それとも爆死したのかは不明。以上の経過から、実際にＰＳ―８が消滅した地点は、奥尻島西方十キロ前後の海上と推定される……」

「いいだろう」宗像は頷いた。

「つまり、きみたちにはＰＳ―８が奥尻島の西方十キロの地点からどこへ行ったかを推理してもらうわけだ」

「海底探査機の出動を要請します」久野が静かに言った。

「ＰＳ―８の軌跡を追うのが不可能な場合が二つ考えられます。一つはすでにＰＳ―８が国外に運び去られた場合……もう一つは、ＰＳ―８が海底に沈められた場合……後者の可能性の有無《うむ》については、海底探査機が確認に役立ってくれるはずです」

「ＰＳ―８が国外に運び去られているという可能性は少ないと思う……」大沢が異議を唱えた。

「ＰＳ―８が国外に運び去られたとしたら、北海道という位置関係から、その国はソ連だと推定されます。ソ連大使館に送られる本国からの暗号通信は、すべてわれわれが傍受しています。ソ連にその種の動きはないと、私が断言します……」

「よし」宗像は満足そうだった。

「すぐに海底探査機の出動を要請する。きみたちには、ＰＳ―８がどこかへ運ばれるものと仮定して、討論をつづけてもらう」

「時間がわれわれに与えられている唯《ただ》一つのファクターだと考えていいでしょうね」北村がこめかみを押さえた。

「例のテープを送ることで、時間を稼ごうとしているという仮説が正しいのなら……なぜ奴らにはその六十数時間が必要なのか」

「輸送所要時間か……」久野が呟いた。

「それとも、なにかを待っているのか」

「輸送所要時間とは考えられん」

北村が苛立たしげに首を振った。

「沿岸警備隊からの報告で、PS—8を運ぶのに船舶を使用した可能性は消えている。当夜、北海道から本州に下ったPS—8運搬可能な巨船は一隻も存在していないからだ。ここ数年間、海上自衛隊の日本海での警備はひじょうに強固なものとなっている。彼らの報告は信用に価すると思う。……ただし、外国領海から日本領海に入り、即外国領海へ出ていくという芸当は不可能ではないが……ソ連がこの件に噛んでいるという可能性はすでに否定されている」

「………」

宗像は内心呻き声をあげている。改めて部下たちの優秀性を思い知らされるような気がした。彼ら三人の新戦略専門家《ネオステラテジスト》が千歳に到着したのは、昨夜もかなり遅くなってからのことなのだ。――それが、宗像から渡されたファイルをもとに、もう相当の確認を済ませている様子なのである。

「トレーラートラック運搬の可能性は、船舶よりもさらに薄くなる……」大沢が机を指で弾《はじ》いた。

「PS―8を運ぶためには少なくとも二十トン以上のトレーラートラックが必要なはずだが……ここ二日間、青函《せいかん》連絡フェリーにはそんな大型トレーラーの搭載は記録されていないからな」

「輸送所要時間とは考えられん」と、北村が繰り返した。

「PS―8は北海道を出ていないのだ」

「なにかを待っているのか」久野が呟いた。

「今日の正午まで待っているんだ」

「とは限らんだろう」北村が即座に切り返した。

「たとえば今日の正午、ふたたびテープが届くのかもしれん。そのテープで、奴らがさらに時間を稼ごうとしないとは言えないだろう……」

「…………」

　彼らのブレーンストーミングは早くも膠着《こうちゃく》状態に陥ったようだ。新戦略専門家《ネオステラテジスト》といえども万能ではない。情報が極端に不足している場合は、作戦の打ち立てようがないのだ。

「不可能です」やがて、北村が言った。

「われわれの手にある情報だけでは、なんとも戦略の立てようがありません。われわれにはこれが非ゼロ和《わ》ゲームなのか、それともゼロ和《わ》ゲームなのかさえ判断しようがないのです」

北村の言葉に、久野と大沢も同意しているようだった。彼らの表情《かお》には、敗北感、あるいは屈辱感に類する色はいっさい浮かんでいなかった。情報不足は彼らの責任ではないのだ。

壁際で新戦略専門家《ネオステラテジスト》たちのブレーンストーミングを聞いていた立花は、いささか拍子抜けする気持ちだった。戦士と新戦略専門家《ネオステラテジスト》の違いはよく心得ていたつもりだが、それにしても彼らのあきらめ方はあまりにあっさりしすぎているように思えた。

が、――立花は知らなかったのだ。非ゼロ和ゲーム、ゼロ和ゲームの別さえはっきりしないゲームは、だいたいがゲームとして成立しえないのである。

新戦略専門家《ネオステラテジスト》たちは、ひじょうな悪条件のもとに作戦を立てることを強《し》いられていた。現在の状況で彼らが確信しうるのは、これが有限・二人ゲームであるということだけなのだ。――二軍の戦略家《プレーヤー》が存在し、ゲームは有限である……ただそれがわかっているにすぎないのである。有限・二人ゲームは大きく二分することができる。それが、ゼロ和ゲームと非ゼロ和ゲームなのである。

ゼロ和ゲームとは両プレーヤーの利害が相反するゲームの総称である。それに比して、非ゼロ和ゲームとは誘拐事件のような、合意点が成立しなければ両プレーヤーが損害をこうむる場合を指している。今回の場合、PS—8盗奪が金銭を目的としたものでないと証明されない限り、非ゼロ和ゲームの可能性が依然として残るのだ。

正確には、ゼロ和ゲームはさらに完全情報・ゼロ和ゲームと一般・ゼロ和ゲームの二種に大別される。が、幸運なことに、完全情報・ゼロ和ゲームが現実の社会において成立することはまずない。完全情報ゲームが成立しうるのは、ほとんどがチェスなどの室内ゲームに限られるのだ。完全情報ゲームの条件として、不意打ちはない、という一項が必要とされるからだ。

だから、現実に新戦略専門家《ネオステラテジスト》たちが問題とせねばならないのは、それが一般・ゼロ和ゲームなのか、それとも非ゼロ和ゲームなのかということである。そのみきわめがつかない限り、新戦略専門家《ネオステラテジスト》は一歩も先へ進むことができない。戦略の打ち立てようがないのである。

たとえば三目ならべゲームの必勝法のひとつとして、できるだけ右寄りの上方の目に駒《こま》を置く、というものがある。しかしその必勝法も、プレーヤーが自分のしているゲームが三目ならべであるかチェッカーであるか判然としていない場合には、なんの役にも立ちはしないのだ。

現在《いま》、新戦略専門家《ネオステラテジスト》たちはまさしくその立場に身を置いているのだ。……

「これは一般・ゼロ和ゲームだ」宗像が膠着状態を破った。

「少なくとも非ゼロ和ゲームの可能性がひじょうに薄いといえるのではないだろうか」

「なぜですか」大沢が訊いた。

「考えてもみたまえ。PS—8消滅と符丁を合わせたように、過激派のリーダーである桐谷なる男が渡道している。しかも、ソ連の長距離偵察機が頻繁に飛んでくるこの時期に、だ。さらに、あの子どもだましのテープを考えあわせれば……」

「奴らはこちらを攪乱《かくらん》するのが狙いだというのですね」北村が眼を細めた。

「たしかにありうることだが、だからといって、これが非ゼロ和ゲームでないと断じる根拠にはならないでしょう」

「いや……」宗像は首を振った。

「それは一般・ゼロ和ゲームでなければならない。いいか、奴らはもっと高性能の火薬でヘリコプターを爆破することができたはずなんだぞ」

「…………」

宗像の言葉が一同に染みわたるのにはかなり時間がかかったようだ。

「そうか……」北村の声はなかば呻くようだった。

「奴らはヘリコプターがPS—8とすり替わったことを、なんとしてでもこちらに報《しら》せる必要があったんだ。あのテープはだめ押しの意味もあったんだな」

「そうだ」大沢も大きく頷いた。

「金が目あてのハイ・ジャックのはずがない。これが非ゼロ和ゲーム……金目あてのハイ・ジャックだとしたら、テープの小杉の声だけで十分なわけだからな」

「ちょっと待ってくださいよ」立花は口をはさまないではいられなかった。「テープの信憑《しんぴょう》性を高めるために、ヘリコプターの破片が海上に漂っているほうがより好ましかったとは考えられないですか。その場合には、金銭目あてのハイ・ジャックの可能性が依然として残りますよ」

「理屈に合わない」

そう答えた久野は、立花を振り返ろうともしなかった。

「ヘリコプターの破片を海面に残すほどの自信があるなら、ヘリコプターの存在そのものが必要じゃなかったはずだ。PS―8は哨戒飛行でレーダーから消えているんだよ。そのまま盗めばよさそうなものじゃないか。それで、後からテープを送るほうが、金銭目あてのハイ・ジャックとしてはずーっと理にかなっている。

いいかい。PS―8をヘリコプターとすり替えたのは、遭難位置をずらして、時間を稼ぐためだったとしか考えられない。そうまでの苦労をして時間を稼いでおきながら、一方では不完全な爆薬を使って、ヘリコプターの破片が海上に残るような真似を平気でする。金銭目あてのハイ・ジャックに、こんな苦労は必要ないはずじゃないか」

「奴らのジレンマだったんだ」と、宗像は断定した。

「PS―8が奪われたことをこちらに報《しら》せる必要があった。そのくせ、奴らには時間がなにより重要だったんだ。だから、そんな綱渡りをしなければならなかったんだ」

「わざと、性能の劣る火薬を使用したとは限らんでしょう」立花が弱々しく抗議した。

「火薬の知識に乏しかったのかもしれない。海上にヘリコプターの破片が残る可能性など考えてもいなかったかもしれないですぜ」

「PS—8のフライト・コース、性能を知悉《ちしつ》しているような人間が、こと火薬にかけては盲目同然だったというのか」

北村の声音には嘲《あざけ》りが含まれていた。

「それはまた恐ろしく都合のいい意見だな。考えられないね。こいつは明らかにプロの仕事だよ」

「…………」

立花は口をつぐまざるをえなかった。

あるSF作家が書いた小説のなかにオッド・マンなる言葉が出てくる。ブレーンストーミングのとき、専門、経歴をまったく異《こと》にする人物がひとり混じっていたほうが、いい結果が出る場合が多い。それを、そのSF作家はオッド・マンと名づけたのである。——立花はこの席ではまさしくオッド・マン以外の何者でもなかった。立花にはまったく別の局面からの、発見的直感が求められていたのである。

が、今のところ、立花はこの議論になんら寄与するところはないようだ。新戦略専門家《ネオステラテジスト》のブレーンストーミングは、普通人の発言をおいそれと許すほど甘いものではないのだ。

議論はつづいている。

「たしかに、これは有限・二人・ゼロ和ゲームには違いないでしょう」久野が発言する。

「ですが、両戦略家《プレーヤー》の利害が完全に対立するゼロ和ゲームとは考えられません。このゲームにはミニ・マックス定理があてはまるものと断定していいのではないでしょうか」

「そうだな」宗像は頷いた。

「なにが狙いかはわからんが、奴らがＰＳ―８を奪ったことをこちらに報せる必要があったらしいところを見ると……どうもミニ・マックス定理があてはまりそうだな」

「戦略ゲームのモデルのような事件だな」北村がなかば独白のように言った。

「どうも、むこうの戦略家《プレーヤー》も新戦略専門家《ネオステラテジスト》たる訓練を受けていそうだ……」

「………」

久野と大沢は緊張に体を強張《こわば》らせていた。両方の戦略家《プレーヤー》がともに新戦略専門家の訓練を受けている場合、ゲームの結果いかんによっては、共倒れにもなりかねないのだ。

ミニ・マックス定理はゲーム理論における基本的な定理である。――ミニ・マックス定理は、あらゆる「有限・二人・ゼロ和ゲーム」に値Ｖを措定《そてい》することから成り立っている。値Ｖは、プレーヤー１とプレーヤー２がともに賢明に行動するなら、プレーヤー１がプレーヤー２から勝ちとると期待できる平均額を指している。したがってゲームは、プレーヤー１は平均値Ｖ以上の収益を得ようとし、プレーヤー２はプレーヤー１の収益をＶに限定しようとする形で繰りひろげられることになる。

今回の場合、ＰＳ―８を奪った側はプレーヤー２となり、宗像たち新戦略専門家はプレーヤー１を受け持っているわけだ。なぜかＰＳ―８を奪った側は、全面的な勝利を望んではいないようなのだ。おそらくは作戦そのものが、全面的な勝利を望めない性質のものなのだろう。……彼らはPS―8を奪ったことをこちらに報せ、さらにはテープで時間を稼ぐことによって、どんな方法でか宗像たちプレーヤー1の収益をVに限定しようとしているのだ。宗像たちがV以上の収益をあげるためには、なんとかプレーヤー2の作戦意図を見抜くしかなかった。

「われわれ以外に、新戦略専門家《ネオステラテジスト》たる訓練を受けている人間か……」大沢が奇妙にボソボソした口調で言った。

「なるほど、どうやら藤野修一が関係していそうですな」

「藤野に関する資料を読みあげてくれ」宗像が命じた。

久野が業務用の茶封筒のなかから薄いファイルを取りだした。全員に二葉の写真が配られた。

渡された写真を見て、立花の表情がわずかに強張った。

「藤野修一ですが……」久野は言いかけ、小さく咳払いした。

「どうも一期上の先輩ですからな。なにかやりにくいですね。……新戦略専門家《ネオステラテジスト》を脱落してから、藤野は四国に赴いています。四国にはアル中を矯正するためのサナトリウムが幾つかあるそうで……藤野はそのうちのひとつに入院しています。アルコール中毒から立ち直るためにかなり苦労した様子ですね。退院までに三年近くかかっています。その間の生活費、入院費等は、幾つか新型のパズルを考案して、その特許料でまかなっていた模様です。さすがは優秀な新戦略専門家《ネオステラテジスト》ですな。……ご存じのように藤野は天涯孤独の身の上です。ハイ・スクールの時代からアメリカに留学していた関係で、友人といえる人間もごく少ない。したがってサナトリウムに面会に来る人間はほとんどいなかったらしいですね。ただその写真の男……彼だけはちょいちょい面会に来ていたということです」

「何者なんだ？」

写真に眼を落としながら、宗像が静かに訊いた。

「佐伯和也……」久野が答えた。

「危険な男です。民間人なんですが、諸々《もろもろ》の事情で破壊工作に精通した男です。実際、某方面からの情報によると、ＣＩＡのＡ級破壊工作員として立派に通用する男だそうです。

新戦略専門家《ネオステラテジスト》が解任となった場合、常時監視は二年と限られています。その後は、有時監視に切り替えられるわけです。佐伯がちょくちょく面会に現われるようになったのは、藤野がサナトリウムに入ってから三年めのことで……監視員も佐伯の写真を撮りはしたが、ついその正体をさぐるのをおろそかにしていたということで……まあ、やむをえなかったわけですな。

サナトリウムを退院してからの藤野の行方は不明です。われわれとしては……」

「その佐伯という男だが……」不意に立花の声が久野の言葉を遮った。

「どうも、私が薄野のバーで昨晩見かけた男と同一人物のようですな」

9

「新全国総合開発計画」が制定されたのは昭和四十四年のことである。その計画によると、昭和六十年までには、旭川《あさひかわ》から鹿児島《かごしま》まで全長七千二百キロの全国新幹線が完成されることになっている。

当然のことのように、工事には遅滞が生じた。札幌市に新幹線のターミナルが建設されたのはほんの数年前のことなのである。

それだけに新札幌駅の外壁はなおさら眩《まばゆ》く、その貝殻型の建物の荘重感《そうちょう》を際立たせているのだ。新札幌駅の建造によって、札幌の北海道中心都市としての位置は揺るぎないものになったといえる。日本高速交通通信体系の北の要として、新札幌駅はその腕を青森に、あるいは旭川にと伸ばしているのである。

が、――今日の新札幌駅はいつもの活気をまったく喪失しているように見えた。構内には人影はほとんど見えず、いつものアナウンスも沈黙しているのみだった。新札幌駅の広大な駐車場にも、数えるほどの自動車《くるま》しか駐まっていないのだ。

現在《いま》、午前十一時――あと一時間で、国鉄労組は全面的ストライキに突入しようとしていた。……

そのひっそりとした構内の地下通路から、二人の男女が姿を現わした。どうやら地下で一晩を過ごしたらしく、その足どりは重く、体は凍《こご》えきっているように見えた。

川原敬と如月弓子だった。

二人は互いに腕を相手の体にまわし、能《あた》うかぎり自分の体温を提供しようと努めているように見えた。彼らの姿は直截に番《つがい》の小鳥を連想させた。苛酷《かこく》な逃亡生活が、彼らの結びつきをよりいっそう強くしたのは間違いないようだった。

「寒くない？」と、弓子が囁いた。

「いや……」敬は怒ったように首を振った。

「俺は男だから……きみこそ寒いんじゃないか」

「……………」

弓子は微笑《ほほえ》んだ。逃亡生活は確実に彼女を成長させていた。彼女にとって敬は自分の男であり、同時に愛児《いとしご》でもあった。惨めな逃亡生活の最中《さなか》にあって、彼女はおそらくこの地上でもっとも幸せな女性のひとりに数えられたろう。

「コーヒーを飲もう」敬が言った。

「きみは体を暖める必要がある……」

そのぶっきらぼうな口調には、敬の思いやりが感じられた。今の敬にとって、逃亡をつづけることは、自分の身を護《まも》るためではなく、弓子を無事に故郷へ送ることを意味していた。

二人はゆっくりと新札幌駅の構内を横切り始めた。――彼らの足どりに元気がないのも無理はなかった。彼らは挫折を経験していたのである。……札幌を脱出し、一度はヒッチで230号線まで出たものの、それ以上にはどうしても先に進むことができなかったのだ。警察の非常線、やくざたちの監視……函館に入れば、どちらかの網にひっかかるのは眼に見えていた。オートバイを盗んで、札幌に戻ることができたのさえ、奇跡に近いといえるほどだった。

彼らが新札幌駅に潜り込んだのは、なんとかして東京行きの新幹線に乗ろうと考えたからだった。所持金のほとんどを使い果たすことになるし、やくざたちが網を張っていることも当然予想されたが、ほかに彼らのとるべき途《みち》はなかった。それだけに新幹線全面ストのニュースは、二人をいたく消沈させたのだった。

不意に敬が足を止めた。

「どうしたの?」弓子がけげんそうに尋ねた。

「なにか聴《き》こえる……」敬は首をかしげた。

「おかしいな、新札幌駅はほとんど無人のはずなんだけどな」

なにか予感に似たものが働いたのかもしれなかった。敬は弓子を誘《いざな》い、その音めざして歩き始めたのだった。弓子は常にそうであるように、敬の気まぐれにただ従った。

——超近代的な新幹線といえども、操車場の類《たぐい》を必要としないはずはなかった。新札幌駅においては、その操車場が地下に設けられていた。巨大な格納庫に似た地下操車場に、幾台もの列車がその滑らかな肢体を横たわらせていた。どの列車も今日からしばらくは眠りに入るはずだった。

従来の操車場とはいちじるしく趣を異《こと》にする。総合指令室やATC信号機器室などの部位《セクション》も、この操車場の一角に設けられているのである。飛行場に言葉をかりれば、ちょうど管制指令室と滑走路との両方が、そっくり地下に移行したようなものだった。

敬が聴きつけた作業音は、この地下操車場から流れていた。

二両だけ切り離された新幹線列車に大勢の作業員たちがとりついていた。通常、新幹線列車の機器配置は二両を一単位としている。……常識的に考えれば、彼ら作業員たちは故障車両を突貫で修理しているだけのことだろう。なんのふしぎもない情景であるはずだった。

事実、作業を物陰から見ている敬たちの眼には、その場の情景はごく普通の車両修理として映っていたのである。

が、――敬たちにもう少し新幹線車両の知識があったら、その修理の異常さに気がついたかもしれなかった。たしかに、主電動機から汚物タンクにいたるまで、通常の車両に備わっている機器はその車両でもそっくり見ることができた。その意味では、なんの異常もない車両といえたろう……ただ車両補強が異様に強固なのだ。作業員たちは車両補強に全力を尽くしているのである。まるでその車両は過去になかったほど重い物を運ぶという役目を負わされているようだ。

作業は終わりに近づいているらしかった。作業員たちの多くは締切弁や排気風道の点検に取りかかっていた。

「あの列車は走るのかもしれない」敬が傍らの弓子に囁いた。

「そうだとしたら……ぼくたちが北海道を脱出するチャンスだぞ」

——新戦略専門家《ネオステラテジスト》たちは激しい焦燥に身を灼《や》かれていた。佐伯和也が札幌にいたという事実が、それまでの彼らの論議を無意味なものに変えてしまったのである。

現象論的方法はあくまでもＰＳ—８が北海道から持ち出されようとしていることを前提としてのみ可能なのである。その前提が崩されれば、ＰＳ—８の動きだけを問題にするという論議それ自体が不毛なものとならざるをえない。

佐伯和也は札幌にいてはならないのだ。

すでに時刻は正午に近くなっていた。テープで指定されていた時刻だ。宗像の推理によれば、その時刻に新戦略専門家《ネオステラテジスト》たちは決定的な敗北を喫するはずだ。奴らは時間を稼ぐことに成功し、新戦略専門家《ネオステラテジスト》たちはついにその理由《わけ》を見抜くことができなかったのだ。

室内は真空状態に満たされていた。新戦略専門家が四人も揃《そろ》っていて、敵戦略家《プレーヤー》の意図するところさえ見極《みきわ》められないのだ。これ以上の屈辱はまず考えられなかった。

「仮定が間違っているのだ」北村がなかば放心の態《てい》で言った。

「そうとしか考えられない」

「そんなはずはない」久野が首を振った。

「これがゼロ和ゲームであるとするまでの筋道に間違いはない……」

「だが……」

大沢が苦しげに唸った。彼が濁した言葉がなんであるかは明白だった。筋道に間違いがなければ、佐伯が札幌にいるわけがないのだ。

さまざまな策を弄して時間を稼ぎ、そのくせ佐伯がまだ札幌に留《とど》まっているというのだ。どう考えても理屈に合わなかった。それでは、時間を稼いだのは、PS—8を道外に運びだすためではなかったのか。

新戦略専門家《ネオステラテジスト》たちの間違いは幾つか考えられる。……藤野がこの件に関係しているという宗像の推理がそもそも間違っているかもしれないのだ。そうだとしたら、佐伯もまた事件に関係あるはずがなかった。敵戦略家《プレーヤー》が時間稼ぎを意図しているという仮定はどうだろう。これにしたところで、歴然とした証拠があるわけではない。間違っている可能性が大いにあるといわねばならなかった。……

絶対的にデーターが不足していた。新戦略専門家《ネオステラテジスト》たちはその多くを直感に頼って、論議を進めなければならなかったのだ。が、彼らはその全員が、直感をなにより大切とする科学者の訓練を受けていた。ひとりだけならともかく、四人もの科学者の直感が、結果においてこれほど大きく狂うことはありえないはずだった。

四人の新戦略専門家《ネオステラテジスト》たちはなべて深刻な自信喪失に陥っていた。

「佐伯が指揮についているとは考えられないだろうか」大沢が気を取り直したように言っ

た。

「実際に、PS—8を運輸しているのは別の人間ではないのか」

「佐伯は指揮者型ではない」久野がにべもなく否定した。

「奴が動くか、さもなければ誰もうごかないか、だ……」

議論は堂々巡りに入っていた。この不毛な罠《わな》を突き破る人間がいるとしたら、それはリーダーたる宗像の役であるはずだった。が、宗像も部下たちと同じく、いや、それ以上に困惑しきっているのだった。

宗像の脳裡《のうり》には嘲笑《ちょうしょう》する藤野の顔が白く浮かんでいた。……コンピューターにおける戦略ゲームでは、宗像と藤野はついに勝敗を決することができなかった。その藤野が、極端な非人間性を強いられる新戦略専門家《ネオステラテジスト》の訓練に圧《お》し潰《つぶ》され、アルコールへの逃避に走ったとき、微《かす》かにではあるが宗像は勝利に似た想いを抱いたものだった。バランス・シートは常に公平に働く。宗像はその時のつけをいま払わされようとしているのだ。

——立花はひどい居心地の悪さを感じていた。佐伯を薄野のバーで見かけたという彼の言葉が、議論をこれほどの膠着《こうちゃく》状態に追い込んだのである。図太さが身上《しんじょう》の立花もさすがに恐縮せざるをえなかった。……が、それと同時に、いくばくかの失望もまた感じていた。新戦略専門家とはただこれだけの存在にすぎないのか。

「……われわれの負けのようだな」

大きな吐息とともに宗像が言った。壁時計の針が十二時を示していた。

「なにか……なにか……見落としていることがあるはずなんですが……」北村が獣の唸りに似た声を出した。

　ここ一、二時間のうちに、北村の相貌《そうぼう》がいちじるしい消耗を見せていた。程度の差こそあれ、ほかの二人も憔悴《しょうすい》していることに変わりはなかった。めったなことには動じないはずの大沢さえも、赤く眼を血走らせているのだ。

　知力をなにより頼みとする新戦略専門家《ネオステラテジスト》が、知的競争で敗北を喫したのである。むしろ、当然の憔悴といえた。

「われわれは東京に帰ったほうがよさそうですね」と、久野が呟くように言った。

「これ以上ここにいても、われわれは案山子《かかし》ほどの役にも立たない」

「…………」

　宗像は頷いた。新戦略専門家《ネオステラテジスト》がすべき仕事は、東京に山積みとなっている。宗像はやむをえないとしても、ほかの三人は一刻も早く東京に帰る必要があった。

「今日中に帰れるかな」大沢が手刀で首筋を機械的に叩きながら言った。

「うまく飛行機の席が取れればいいが……」

「駄目なら、新幹線で帰るさ」北村の声音《こわね》には放心が感じられた。

「席が取れなければ立って帰ればいい。無能な新戦略専門家には分相応《ぶんそうおう》だ……」

「新幹線は無理ですよ」

　立花がなにげなく言葉をはさんだ。

「今日の正午からストライキですからな」

「………」

四人の新戦略専門家《ネオステラテジスト》の間を雷電が走ったようだった。彼らは揃って発条に弾かれたように腰を浮かしたのだ。その形相《ぎようそう》が一変して、鋭いものになっていた。

立花は自分の言葉が新戦略専門家たちに与えた反応に呆然としている。新戦略専門家たちの思考法はまったく立花の理解の範囲を超えていた。

「新幹線だ」宗像が呻いた。

「PS—8を札幌から新幹線に乗せようとしているとしか考えられない。だから、佐伯は札幌にいたのだ……」

「やはり仮定が間違っていたのです」北村は興奮した口調で言った。

「われわれはPS—8の輸送手段を船舶とトレーラーに限って考えていた……」

「だが、そんなことが可能だろうか」久野の声も興奮に満ちていた。

「PS—8の胴体部を完全に分解することは不可能だ。時間が決定的に不足していたからな」

「両翼、尾翼、天蓋《てんがい》、着陸着水装置などを取り外すことはできたろう」大沢は手刀を首筋にあてたまま制止していた。

「PS—8は通常の対潜哨戒機ではない。全高が四メートルに満たない特殊機だぜ。あるいは新幹線列車に搭載することも……」

「いや……」と、久野は首を振った。

「列車の内部《なか》に搭載するのは不可能だ。座席を取り外したとしても、新幹線列車の収容能力はたかが知れている」

「どうして、PS—8運搬にストライキの時が選択されたと思う?」宗像がうっそりした声で全員に尋ねた。

「それは、ダイヤの関係……」北村が反射的に答えかけ、不意に眼を見開いた。

「そうか。ストライキ期間中なら、新幹線レールの上を別の列車が走ることができるんだ」

「別の列車……」久野が首をかしげた。

「そんなことができるのか」

「普通時には不可能だ」と、北村は断じた。

「列車無線基地、ATC地上信号機器室、総合指令所……列車は完全にコントロールされているからな。だが、これらのコントロールがなく、電気が断たれている時にも走行可能な列車が存在する。ディーゼル機関車だよ」

久野は愕然《がくぜん》とした表情《かお》になった。

「新幹線用の二千馬力液体式ディーゼル機関車だ」宗像が静かに言った。

「PS—8運搬にストライキ時が選ばれたのは、ディーゼル機関車に引かれるのが新幹線列車ではないからだ。むろん外観は新幹線列車に擬装されているだろうが……故障列車がディーゼルに引かれている風を装う必要があるからだろうからな。

だが、実際に引かれているのは頑強な貨車だろう。軌幅《きふく》を別にすれば、この貨車にはほとんど制約がない。車高が幾分高くても構わないのだ。外観が新幹線なら、誰も異常に気がつきもしないだろう。正常に走行している列車と、ディーゼルに引かれている列車とでは印象が異なるのも当然だ……」

宗像の話が終わらないうちに、立花は電話に飛びついていた。ストライキを取材するために、新聞社は記者を札幌駅に派遣しているはずだ。ストライキ後、札幌駅を発《た》った列車があったかどうか、新聞社に尋ねるのが最も賢明だった。

「国鉄労組がわれわれの敵だというのですか」久野が殺したような声で言った。

「そんな列車を走らせるにはひじょうに大勢の人間の共謀が必要なはずです。私にはとても可能とは思えません」

「俺にも思えないさ」と、宗像は頷いた。

「だが、それが可能だったという結論しかないのだ」

宗像の眼は暗い予感を湛《たた》えて、壁の電気時計に向けられていた。時刻はすでに正午を大きくまわっていた。

第二章　中盤戦

1

いつもならば、高速で往《ゆ》き来する新幹線列車のために、鉄路は轟音《ごうおん》を発しているはずだ。旭川《あさひかわ》から鹿児島《かごしま》までを貫く鉄路がこれほどに沈黙しているのも、ストライキ時ならではのことだろう。新幹線鉄道に限っていえば、日本はいま眠りに入っているも同然だった。

ストライキにおける国鉄労組の要求は二十年このかた変わっていない。待遇改善、賃金値上げ……いずれもあまりに使われすぎたために、年寄りの唱えるお題目に等しく、空虚な単語と化しているのだ。国鉄のストライキはほとんど年中行事の観があり、もう国民にどんな衝撃《インパクト》を与えることもできなくなっているようだ。

七千二百キロに及ぶ新幹線鉄道はいますべての機能を排除していた。これから三日間は、鉄路は完全な休息に入るはずだったのだが。……

——長万部《おしやまんべ》から青森に通じる新幹線鉄路の上を一台のディーゼル機関車が驀進《ばくしん》をつづけている。

驀進という言葉は、まさしくそのディーゼル機関車のために考案されたようなものだった。本来、新幹線用の二千馬力液体式ディーゼル機関車は、夜間送電が止められている時に使われる場合が多く、その優れた機能性に関しては定評がある。従来の九一一形式ディーゼル機関車でさえも、運転整備重量九十トンの巨体を時速百六十キロで運ぶ機能を備えていたのだ。現在採用されている新幹線用ディーゼルには、さらに改良が加えられ、軌道試験車、あるいは工事用ホッパー車を引いていても高速を保つよう設計されている。

その武骨《ぶこつ》な外観からは想像もつかないが、新幹線用ディーゼル機関車にはATC装置、列車無線などの設備もあり、場合によってはATC運転も可能となっている。当然なことではあるが、直通管制御、ブレーキ管制御の両方が可能な構造となっているのである。

が、——そのディーゼル機関車はあらゆる中央コントロールから解放されているようだ。それ自身の力だけで、いま青森に向かって驀進《ばくしん》しているのだ。……

ディーゼル機関車は二両の新幹線車両を連結していた。送電が止められている期間、新幹線車両は無用の長物と化す。誰《だれ》が見ても、その情景はごく自然なものとして映ったはずだ。仮に、誰か新幹線に詳しい人間がその車両のサイズに不審を抱いたとしても、その不審を晴らす間もなく、ディーゼル機関車は走り去ってしまうのだった。

……新幹線車両のただ二人の乗客も、車両のサイズに疑問を抱こうとはしなかった。彼らには新幹線列車の知識が決定的に不足していたし、故障車両だと信じきっているために、少々の異様さは気にもとめなかったのだ。

乗客は敬《けい》と弓子《ゆみこ》の二人だった。ながい労苦の果てに、ようやく彼らにもなにがしかの幸運が訪れたのである。作業員が引き払い、ディーゼル機関車と連結されるまでのわずかな間に、二人は車両に忍び込むことに成功したのだった。

その幸運を喜ぶあまり、二人には車両の異様さに思いを寄せる余裕はなかった。――実際、忍び込んだのが彼ら二人でなかったら、新幹線車両の外装がまったくの擬装でしかないことに気がついたはずだ。

貨車といえるだろう。それも、ただ頑強さにのみ気を配った、おそろしく武骨な貨車なのだ。もちろん、硬質ポリウレタンフォームや、塩化ビニール床仕上材が敷かれるなどの配慮がされているはずはない。鉄タルキ、波状鋼板がむきだしになっている荒っぽさだった。

その貨車をほとんどいっぱいに占めて、巨大な円筒形のものが積み込まれていた。厳重に幌《ほろ》がかけられているため、それがなんであるのか見定めることはできないようだ。

敬と弓子にはいずれにしろ積み荷を詮索《せんさく》する興味はなかった。それどころではない。高速走行する貨車はおよそ快適な乗り物とは縁遠い代物《しろもの》なのである。敬たちは肺腑《はいふ》がねじれるような震動に耐えねばならなかったのだ。

弓子は蒼《あお》くなっていた。脂汗《あぶらあせ》が額に滲《にじ》んでいる。両腕を体にまわして、彼女は必死に嘔《おう》吐《と》感に耐えていた。敬の前で醜態をさらすぐらいなら、弓子はむしろ舌を嚙《か》むのを選びたかったろう。

「もうすぐだよ」

弓子の背中をさすりながら、敬は生真面目《きまじめ》な表情《かお》で囁《ささや》いていた。

「もうすぐ北海道を出られるはずだよ」

――佐伯《さえき》はトレーラートラックの傍らに腰をおろし、タバコをゆっくりとくゆらしていた。

函館《はこだて》ターミナルのコンクリート敷地は、晩春に似つかわしくない寒さで凍付《いてつ》くようだった。そのコンクリートに直接《じか》に腰をおろし、悠揚せまらぬ態度でタバコをくゆらしているというのも、佐伯ならではの芸当だろう。

トレーラートラックの前後は、夥《おびただ》しい数のコンテナートラックで埋まっていた。どのトラックも、東日本カーフェリーの積み込みが開始されるのを待っているのだ。

カーフェリーはすでに桟橋に着いている。まだ開発されて間のない、陸送トラック専用のカーフェリーだ。二層の自動車積載用甲板《デッキ》は広大なスペースをトラックに保証し、その航海速度も従来のカーフェリーの二倍近くに高められている。函館を出たカーフェリーは、二時間そこそこで青森港に着くのである。

佐伯はタバコを投げ捨てると、腕時計に眼《め》を落とした。一時をまわっている。もうしばらくで、トラックの積み込みが開始されるはずだった。

佐伯は立ち上がって、上体を勢いよく反《そ》らした。見る者がつい微笑《ほほえ》んでしまうような、なんの屈託もない動作だった。大男が屈伸運動に熱中している様子は、それだけで絵になった。雄《おす》ライオンが大欠伸《おおあくび》をしている時の、あのなんともユーモラスな印象を伴うのであった。

る。

　事実、佐伯はそれ以上もなくリラックスしていた。作戦はすでに佐伯の手から離れている。彼に関していえば、作戦はすでに終わったも同然なのだ。体操に熱中しながら、佐伯は頭のなかでしきりに青森の美味《うま》いものを物色していた。

「これはあんたのトレーラーかね」

　不意に傍らから声がかかった。

　ゆっくり振り返った佐伯の眼に、二人の男の姿が映った。ひとりは明らかにそれと知れるフェリーの搭乗員、もうひとりは……背広を着てはいるが、警察官に特有なにおいを発散させていた。

「そうだが……」

　佐伯はあけっぴろげな微笑を顔に浮かべている。誰が見ても、佐伯を破壊工作に精通した男だとは思わないだろう。

「ちょっと積み荷を見せてもらえんかね」フェリーの搭乗員はいかにもすまなそうに言った。

　彼自身もこの仕事に乗り気でないのは明らかだった。フェリー発船まぎわだというのに、誰が煩雑な積み荷点検など敢《あ》えてしたいものか。これが、警察の一方的な意向であることは間違いないようだ。

「いいですよ」

佐伯は快諾して、トレーラーの背後にまわった。鍵《かぎ》をガチャつかせて、アルミ・バンの扉を開く。——刑事らしい男は佐伯を押しのけるようにして、アルミ・バンの内部《なか》を覗《のぞ》き込んだ。

佐伯は内心ほくそえんでいる。刑事の眼には不審なものはなにも映っていないはずだ。送り書に著《しる》されているとおり、大型工作機械が幾台か積まれているだけなのである。

「どうも……」

刑事はモゴモゴと口のなかで礼を言い、足早にトレーラーから立ち去っていった。気の毒な話だ。フェリーが発船する前に、PS—8《エイト》の運搬可能なトレーラーをすべて点検する義務を、その刑事は負わされているに違いなかった。

「すまなかったね」

その言葉を残して、フェリーの搭乗員も佐伯から去っていった。

佐伯は仏頂面《ぶっちょうづら》をして、アルミ・バンの扉を閉じた。実際は、勝ちどきの声を上げたいような気持ちだった。この瞬間、佐伯は一点の疑念もなく、作戦の成功を信じていた。

——乗船を報《しら》せる汽笛が鳴った。トラックの列に血液が流れたようだった。トラックのエンジンが一斉にかかり、いずれの車体も激しく震え始めた。

佐伯も慌ててトレーラートラックの運転席に戻った。その唇には子どものような微笑が浮かんでいる。

もうほんの数秒、佐伯が戸外に留《とど》まっていたら、事態をさほど楽観視することはなかったはずだ。――トレーラートラックが発進した時、なにかを告げるかのように、微細な雪片が地上に舞い降りてきたのである。藤野《ふじの》の作戦をすべて反古《ほご》にする降雪の、その最初の一片だった。

――新戦略専門家《ネオステラテジスト》たちは疲労の極に達していた。

無理もなかった。彼らがこの部屋に顔を揃《そろ》えたのは、午前七時のことなのである。それがいま午後一時……五時間余もブレーンストーミングはつづけられてきたのだ。たしかに、ブレーンストーミングは際立った成果をあげている。成果をあげはしたが、すべてが手遅れでしかなかったのだ。肉体的な疲労より、むしろその徒労感のほうが、ずっしりと重く彼らの肩にのしかかっているようだ。

新聞社からの返事で、正午前に一台のディーゼル機関車が札幌を出発していることが判明していた。新戦略専門家たちにとっては鉄槌《てっつい》の一撃に等しい報せだった。

彼らの指揮で動く兵数が、たとえ一小隊なりとも東北に確保されてあれば、話は簡単なのである。自衛隊員を動かして、新青森駅を圧《お》さえるだけでことは済むのだから。……が、残念ながら、新戦略専門家《ネオステラテジスト》たちが誰の許可を得る必要もなく、自由に動かすことのできるのは、東京クーデター鎮圧のための特別隊に限られていた。

陸上幕僚監部などに兵の出動を要請するのは問題外だった。新戦略専門家たちがこの事件に介入することを決意したのは、緒方たち『愛桜会《あいおう》』がＰＳ―８になんらかの利害関係を有していると判断したからだった。ＰＳ—８事件を解決することが、『愛桜会』潰滅《かいめつ》に役立つに違いないと考えたからだ。

陸上幕僚監部の主流は『愛桜会』によって占められている。陸上幕僚監部に協力要請などすれば、宗像《むなかた》たちの努力はむしろ『愛桜会』に利する行為となってしまう。本末転倒もいいところだ。それぐらいなら、事件の推移を坐視《ざし》していたほうがまだましというものだろう。

新戦略専門家《ネオストラテジスト》は、あくまでも独力でＰＳ—８を追う必要があったのだ。

——この場合、宗像たちが採りうる方法は、唯一、数学的な時間回復システムだけといえたろう。正午以前に札幌《さっぽろ》を出発しているディーゼル機関車と、これから実際的な作戦行動にでなければならない宗像たちとの時間差を、なんとか縮めるしかないのだ。

ディーゼル機関車は可能な限りの最高速度を保っているだろう。時速百五十キロというところか。——すると、ディーゼル機関車を追い、さらには先回りできる乗り物も自《おの》ずと限られてくるわけだ。

ヘリコプターである。ジェット機、あるいはセスナ機を使うことさえ論外だ。新幹線鉄道のかなりの路線が街のなかを貫いているからである。……第一、そのいずれを使うにしても、輸送航空団の力を借りなければならないのだ。ヘリコプターなら、長官直轄の実験航空隊から独断で借り受けることができる。新戦略専門家《ネオストラテジスト》たちが隠密《おんみつ》行動をとれる範囲はかなり限られている。神出鬼没というわけにはいかないのだ。

ヘリコプターを使うしかない。が……ヘリコプターを使うにしても、決定的に時間を回復できない地点が存在する。その地点が存在するというだけで、新戦略専門家《ネオステラテジスト》たちの敗北は必至とならざるをえないのだ。

——新青森駅である。

「いかにヘリを急がせても、新青森駅に着く前にディーゼル機関車に追いつくのは不可能だ……」

と、宗像が言う。

「その段階で、すでにわれわれの時間回復システムは破綻《はたん》をきたす。彼らが新青森駅で採りうる道が四つあるからだ。——PS—8をディーゼル機関車に積みつづけた場合が二つ、PS—8をトレーラートラックに積み替えた場合が二つ……ディーゼル機関車は盛岡《もりおか》、秋田いずれにも方向を採ることができる。トレーラートラックの場合も、4号線、7号線そのいずれの国道を選ぶことも可能だ。

残念ながら、われわれにはその四つの可能性すべてを圧さえる力はない。兵数は決定的に不足しているし、機動力も十分とはいいがたいからだ……」

理路整然としている。宗像はいとも理論的に新戦略専門家《ネオステラテジスト》の敗北を断定したのである。

「みごとな作戦ですな」北村《きたむら》が吐き棄《す》てるように言った。

「PS—8をディーゼル機関車で運ぶという発想がまず普通人の頭には浮かばない。ごていねいなことに、例のテープで時間を稼いでいますしね。おそらく、この件に関して、徹底した報道管制が敷かれるだろうということもあちらの計画に入っていたのでしょう。追うほうが大規模な作戦を展開できないだろうということが、ね……。

東京までに限って言っても、トレーラートラック走行可能な国道と交叉《こうさ》している大きな新幹線の駅は七つあります。青森、盛岡、秋田、新潟、福島、富山《とやま》、高崎《たかさき》……事実上、PS―8運搬の可能性をすべて圧さえることは不可能に近いでしょう。あえて圧さえようとすれば、それこそ日本中をひっくり返すような騒ぎになる。日本中の警官を総動員しても可能かどうか……そうなれば、報道管制を維持することは困難でしょうな」

新戦略専門家といえども、時間差だけはいかんともしがたい。新たな要因《ファクター》が加わらない限り、敵の作戦を打ち破るのは不可能だといえた。

「まだわれわれの敗北が決定的となったわけではないでしょう」

大沢《おおさわ》がいつになく咳込《せきこ》んだような声で言った。

「われわれには藤野を調べるという手が残されているじゃないですか」

「調べるということなら、国鉄労組を調べるという手も残されているな」宗像が熱のない口調で答えた。

「だが、調べてどうなる？　われわれは警察ではない。犯人を捕える必要もなければ、PS―8に対してどんな責任も負っていない。もっとも、藤野がこの件に関わっている証拠を残すほど愚かな男とは思えないが……これは新戦略専門家《ネオステラテジスト》の訓練を受けた人間の仕事です、だから、藤野が犯人です、では裁判所も納得《なっとく》できないだろう。……いずれにしろ、緒方たち『愛桜会』にダメージを与える目的で、われわれはこの件に介入を定めたのだ。犯人逮捕はわれわれの関知したことではない」

「…………」

大沢は頷《うなず》いた。頷く以外、彼にできることはなにもなかったろう。

「どうしようもないというわけですか」

部屋の隅から、立花《たちばな》が囁《ささや》くような声をかけてきた。

「そういうわけだ」と、宗像は頷いた。

「みんなご苦労だった。明日、できれば今日にでも東京へ……」

宗像の言葉が唐突にとぎれた。

それまで力なく視線を落としていた新戦略専門家《ネオステラテジスト》たちは、宗像の態度に不審を抱いて、一人、二人と顔を上げた。

まったく宗像の様子は尋常ではなかった。食いいるように、窓を見つめているのだ。その表情が一変して鋭いものになっている。

全員の視線が窓に集中した。なにが宗像をこれほど緊張させたのか。

窓の外には白いものがちらついていた。雪が降っているのだ。さほどの降雪ではなさそうだ。すぐにも、降りやむような様子だった。

「やれやれ……」立花がうんざりしたような声で言った。

「春も終わりだというのに……」

「立花っ」

宗像の緊迫した声が立花の言葉を断ち切った。

「はァ……」

「すぐに東北の気象状況を調べてくれ」

「……わかりました」

宗像の声からなにかを感じとったのだろう。立花の動きは敏速だった。数秒後には、彼の姿は部屋から消えていた。

「まだチャンスはある」宗像は熱に浮かされたように呟《つぶや》いた。

「まだ俺《おれ》たちに勝つチャンスは残っているんだ……」

2

外界に陽光が満ちていた。窓から望む東京は、春の陽射《ひざ》しのなかで午睡《ひるね》をしているように穏やかに見えた。

散策を楽しむ若い男女の姿が目立った。今日は金曜日だ、彼らのほとんどが、しばらくは枷《かせ》から解放され、春の休日を存分に楽しむことができるのだ。

——藤野にもまた休日が訪《おとの》うたはずだった。ディーゼル機関車は北海道から離れた。作戦の、その最も困難だった部分を、手品さながらにすり抜けることに成功したのである。後は、完全係数が加速度的に増加していく。ディーゼル機関車が本州に渡った時点で、藤野の勝利はなかば保証されたも同然だった。

が、――なぜか藤野は勝利を確認しきれないでいた。およそ休日を楽しむ気持ちとは縁遠かった。なにかひじょうに重大なことを忘れているような気がするのだ。

　三枚構造の強化ガラスが、藤野と外界とを隔てていた。決定的な隔たりといえたろう。藤野のような男には、春の陽光を楽しむ機会は、ついに訪れてこないのである。……

藤野は窓から離れた。どんなに無機的で、冷やかな部屋であろうと、ここだけが藤野に許された場所なのだ。新戦略専門家《ネオステラテジスト》の訓練を受け、しかも脱落せざるをえなかった男に、どんな平和な世界が望めるというのか。

　藤野の細い眼にかすかに苛立《いらだ》ちの色が宿っていた。なぜ勝利を確信できないのか。作戦は完璧《かんぺき》なはずではなかったか。……

　藤野にはその答えがよくわかっていた。藤野は徹底して負け犬なのだ。勝利はすでに不快な状態と化している。負けつづけることに、自虐的な喜びさえ感じているのではないか。

　――違う。藤野は頭のなかで叫んでいた。この種の強迫観念が俺の不運の源となっているのだ。宗像とのコンピューター戦略ゲームで少し負けがこんだことが不運の始まりだった。焦る必要はなかったのだ。トータルすれば、俺と宗像との勝ち率は五分五分になっていたはずだ。それを。……

　藤野は当時の自分の姿をいまもまざまざと思い浮かべることができる。理由のない焦燥感に身を灼《や》き、ついにはアルコールに耽溺《たんでき》するようになった自分の姿を……指に刺さったトゲに似ていたようだ。最初はとるに足らない痛みだったのだが、治療を誤ったばかりに、むざむざ化膿《かのう》を招いてしまったのである。

　藤野は掌《てのひら》を見つめていた。暗い回想に、藤野の眼はほとんど光を失っていた。その指が最初に震えた夜、藤野は自分が敗残者であることを覚《さと》ったのだ。その夜をさかいに、新戦略専門家《ネオステラテジスト》の栄光は永遠に彼の手から去っていったのだ。

「考えるな」と、藤野は呟いた。

「昔の話だ。今の俺は宗像に勝ったのだ」

　しかし、その独白とは裏腹に、藤野の意識は病院時代の回想で占められていた。お話にもならない時代だ。酒癖を断つというただそれだけのために、人生の重要な時期をむなしく費やさなければならなかったのだ。本来なら、新戦略専門家《ネオステラテジスト》たる道を着実に進んでいたはずの時期を。……

　まさしく、堕地獄《だじごく》だった。知力をなにより頼みとしていたかつての新戦略専門家《ネオステラテジスト》が、酒を欲するというそれ以上もない肉体的な苦痛に耐えて、呻《うめ》かねばならなかったのだ。夢想することだけが、当時の藤野に許された唯一の慰めだった。その夢想のなかで、藤野は新戦略専門家《ネオステラテジスト》として宗像に対決を挑み、常に勝利を収めていたのである。

　アルコールから解き放たれるにつれ、しだいにその夢想が堅牢《けんろう》なものとなっていったのは当然の帰結だったろう。ある意味では、その夢想は藤野にとって扉のようなものだった。その夢想を現実に過《よぎ》ることなく、藤野が人生に立ち帰ることは不可能だったのだ。

自衛隊に在籍していた当時から、藤野は書類で佐伯の存在を知り、その経歴に興味を抱いていた。夢想を現実とするためには、佐伯こそ格好の人物だったのである。――藤野は興信所を使って、佐伯の所在を求め始めた。それが、作戦の第一歩だったのだ。――俺は勝った。藤野はことさらにその言葉を頭のなかで繰り返した。なんとしてでも勝利を実感したかった。それだけが、恥辱に満ちた過去を忘れるための、唯一の方法だったのだ。が、なお勝利は彼のうちで実感として湧《わ》いてはこなかった。……

エレベーターの扉が開いた。ゆっくりと振り返った藤野の表情からは、もうあらゆる感情がぬぐいさられていた。肉の仮面に等しかった。

部屋に姿を現わしたのは茂森《しげもり》だった。

「やあ……」茂森は機嫌がよさそうだった。

「調子はどうかね」

「順調です」藤野の声にはまったく抑揚がなかった。

「ひじょうに順調です。ＰＳ―８はもう本州に渡っているはずです」

「結構……」

茂森は満足そうに頷いた。巨大企業の重役にとって、変わり身の早さもまた才能のひとつであるようだった。一昨夜の経験で、藤野に対して敵対関係をとることの愚かさを、十分に覚ったらしかった。いまの茂森は十年来の知己のような表情《かお》をしている。

「なにか情報が入りましたか」

藤野は茂森の変節にはなんの関心も抱いていなかった。藤野にとって、茂森はしょせん資金を引きだすためだけの存在にすぎなかった。

「ああ……」茂森は顎《あご》を引いた。

「たいした情報ではなさそうだが……」

「新戦略専門家《ネオステラテジスト》に関する情報ですか」

「はっきりとはしないんだが……その可能性が大きいんじゃないか、と」

「………」

藤野は茂森の言葉を待った。茂森という男は、何事につけ勿体《もったい》ぶらずにいられない質《たち》のようだ。

「二機のヘリコプターが千歳に入ったということだ」と、茂森は言った。

「長官直轄の実験航空隊からまわされてきたヘリコプターということで……情報提供者も確認したわけではないが、どうも新戦略専門家《ネオステラテジスト》が派遣を依頼した公算が大ということらしい……」

「いつ入ってきた情報ですか」

「ついさっきだよ」

茂森は顎を二重にくびらせて笑った。いかに情報連絡が密であるか、自分の手腕にこの上もなく満足しているようだ。

「ヘリコプターが基地に入った直後、こちらにも無線連絡があったわけだ」

「…………」

藤野は意外だった。

藤野は新戦略専門家《ネオステラテジスト》、なかんずく宗像の性格を知悉《ちしつ》しているつもりだった。この世には、絶対に勝てないゲームが存在する。そんなゲームを見抜き、手を引くこともまた新戦略専門家《ネオステラテジスト》の重要な職務であるのだ。宗像は意地や見栄から勝てないゲームに介入するほど馬鹿《ばか》な男ではないはずだが。……

藤野は時間を稼ぎ、新幹線鉄道を利用することで、こちらが負けるはずのない作戦を打ち立てたつもりでいる。新青森駅が存在するというだけで、作戦の成功は揺るぎないものになっているのだ。それを宗像ともあろう男が、二機のヘリコプターでどうにかできると考えているのか。

藤野のうちで重くわだかまっていた不安が、より鮮烈なものとなってきたようだ。計画になにか重大な間違いがあったのではないか。たとえば、命令系統の混乱と、報道管制の必要から、自衛隊は大規模な作戦行動を採れないはずだ、という読みが甘すぎたのではないだろうか。……

「自衛隊の動きはどうですか」と、藤野は訊《き》いた。

「新幹線の駅を圧《お》さえるというような動きには出ていないでしょうな」

「そんな情報は入っていないが……」茂森は不審げだった。

「ヘリコプターの機種はわかっていますか」

「そこまでは聞いていない」茂森の眼に臆病《おくびょう》そうな光が浮かんだ。

「なにか気にかかることでもあるのか」

「いや……」

藤野は曖昧《あいまい》に首を振った。実際、彼自身にもなにが気がかりなのかはっきりとわからないのだ。

――結局は、宗像を過大評価していたにすぎないのかもしれない。宗像にはこのゲームの性質がよく呑《の》み込めていないのではないだろうか。

「いや……」藤野は再び首を振った。

「ほかになにか情報は？」

「うむ……」

茂森は釈然としないようだった。できれば藤野の肚《はら》をたち割ってでも、その真意を確かめたかっただろう。

「ほかにはこれといった情報は入っていないようだな。そうそう、テレビの天気予報で言ってたんだが、東北は吹雪だそうだ。八甲田山《はっこうださん》辺りが特にひどい降りだということだ」

「…………」

藤野の表情には変化はなかった。その両の拳《こぶし》が強く握りしめられたのが、彼の体に表われた唯一の変化だった。茂森の眼がなければ、藤野は叫びだしていたかもしれない。――茂森の言葉は、これまで築きあげてきた藤野の作戦を微塵《みじん》に砕いたのだ。実際には、全身の血が逆流する思いだった。

「それじゃ、よろしく頼む……」

気楽な言葉を残して、茂森の姿は部屋から去った。エレベーターの扉が閉まるのと同時に、藤野は行動を開始していた。

藤野の形相《ぎようそう》が変わっていた。彼はようやく、宗像がなぜヘリコプターを飛ばす気になったのか理解ができたのだ。

無線機の前にすわると、藤野はヘッドフォンを被《かぶ》った。その指がもどかしげに震えていた。

「こちらフォックス……」藤野の声はなかば叫ぶようだった。

「応答しろ、ベア」

『こちらベア……』佐伯の戸惑ったような声が聞こえてきた。

『どうぞ、フォックス』

佐伯の戸惑うのも当然といえた。PS—8はいま佐伯の手から離れている。藤野との交信はしばらくないはずだったのだ。

「作戦を変更する」

藤野はつとめて声を殺そうとしている。戦略家が恐慌《パニック》に陥っているのを兵士に知られるのはなにより避けねばならないからだ。藤野は危うく初歩的な過ちを犯すところだったのである。

『……作戦変更ですか』佐伯の声が奇妙に低くなった。

「そうだ」と、藤野は頷いた。

「浪岡《なみおか》、黒石《くろいし》……いや、どんなルートを通ってもいいから、トレーラートラックを秋田に走らせるんだ」

『そんな……作戦ではしばらく青森に待機しているはずじゃなかったんですか』

「そちらでは雪が降っているか」

『え……』

「雪が降っているのかと訊いているんだ」

『ええ……かなり激しい吹雪です。予報では今夜のうちにも止《や》むだろうと……』

「この季節だ」藤野の声は呻くようだった。

「チェーンを巻いている自動車《くるま》などあるはずがない。青森を貫く4号線・7号線のいずれかが封鎖になる可能性は多い。この冬、降雪時の事故がいずれの国道でも多発して、あの辺りはひどく神経質になっているからな。悪くすると、両方が封鎖されるかもしれない」

『………』

佐伯は沈黙した。ようやくことの重大さが理解できたようだ。国道が封鎖されれば、PS―8運搬を可能にするのは唯一ディーゼル機関車だけということになる。PS―8は袋小路に追い込まれたのも同然なのだ。晩春の雪という異常気象が、完璧《かんぺき》だったはずの藤野の作戦をそれ以上もなく稚拙なものにと変えたのである。

「千歳基地の新戦略専門家《ネオステラテジスト》が二機のヘリコプターを呼んだという情報が入っている」藤野は言葉をつづけた。

「彼らに二機のヘリコプターがあれば、ディーゼル機関車を追いつめるのはいともたやすい仕事だろう。なんとしてでも、奴らの眼をディーゼルから外《そ》らす必要がある」

『わかりました……』佐伯の声は落ち着きはらっていた。

『俺は陽動作戦をとるわけですね』

「国道が封鎖されている場合は、トレーラートラックの動きはとれないことになっている。それを無理押しで走らせるんだ。できるだけ県道か、間道、トレーラーの走りそうもない道を選んでもらいたい」

藤野の声は冷徹そのものだった。

「奴《やつ》らの眼を惹《ひ》きつけるんだ。少なくとも、ヘリコプターの一機はトレーラーに惹きつけて欲しい……」


――藤野との交信は終わった。

その交信が、佐伯和也の体に圧倒的な精気を吹きこんだようだ。ほんの三十分前、フェリーを降りた時の佐伯とは別人の観があった。戦士たる地金《じがね》を覗《のぞ》かせたのだ。佐伯の休暇は終わったのである。

本来の作戦では、フェリーを降りたトレーラーはそのまま青森港の倉庫に直行する運びとなっていた。そのつもりで、佐伯はトレーラートラックに乗り込み、吹雪が穏やかになるのを待っていたのだ。佐伯にとっても、視界も定かではない吹雪のなかを運転するのが嬉《うれ》しいはずはなかったのだった。

が、——いま事情は大きく変わった。場合によっては、戦闘を覚悟しなければならないかもしれないのだ。囮《おとり》とは、犠牲者の謂《いい》でもあるのだ。

吹雪は激しさを増している。青森港は紗幕《しゃまく》の白で覆われているようだ。時ならぬ吹雪に右往左往する自動車《くるま》も、影の薄い甲虫《かぶとむし》としか見えない。強風が海を白く牙《きば》だたせていた。

佐伯はまずカーラジオのスイッチを入れた。チャンネルをニュースに合わせる。——ニュースから察するに、この吹雪はさほど長くはつづきそうになかった。吹雪に覆われている距離範囲もたいしたことはないようだ。気狂い吹雪だけあって、ひどく足のはやい吹雪だということである。

——いける、と佐伯は判断した。佐伯ならではの判断であったろう。普通の人間なら、この吹雪のなかを大型トレーラートラックを走らせるのは二の足を踏むに違いなかった。しかも、コースにはとびきりの悪路を選ばねばならないのだ。

佐伯は座席の下から小さな魔法瓶を取りだすと、ゆっくりとトレーラートラックから降りた。吹雪は肌を刺す氷片の鋭さだった。鹿皮《しかがわ》ジャンパーが、みるみる霜がおりたように白くなっていく。

歩行にさえ困難を覚えるほどだ。たとえ白熊《しろくま》でも、こんな吹雪に身をさらすのは厭《いと》うに違いない。事実、こんな時間からは考えられないぐらい、青森港には人影は少なかった。

佐伯はターミナルの建物に向かって急いだ。鹿皮のジャンパーが強風を孕《はら》んで、蛇の腹のようにふくれていた。手に下げた魔法瓶の紐《ひも》が、いまにもひきちぎれそうだった。

ターミナルの建物に入った時、佐伯の体は大きなスチーム・アイロンのようになっていた。全身から湯気をたてているのだ。――そうでなくても、佐伯の体は人眼につきやすいのだ。人々の眼を一身に惹《ひ》きつけるのは、どうにも避けようがない事態だった。

佐伯はためらわず、喫茶コーナーに向かって歩を進めた。カウンターの女の子が珍種の態を見るような表情で佐伯を迎えた。

「この魔法瓶にコーヒーをつめてくれ」と、佐伯は言った。

「それからミート・サンドを五人前、できれば函《はこ》につめてもらいたい。それとは別にピザとココアをくれ。そっちのほうは、ここでたいらげる……」

喫茶コーナーは、突然に戦場の忙しさとなった。実際、カウンターが客ですずなりになっても、これほどの忙しさにはならなかったろう。

「サンドウィッチを五人前もどうするの」レタスを一心にきざみながら、女の子が尋ねてきた。

「ピクニックの弁当だ」佐伯はタバコを咥《くわ》えながら、平然と言ってのけた。

「こんな天気に？」

「絶好のピクニック日和《びより》じゃないか」

「…………」

からかわれたと思ったのだろう。女の子はもう佐伯に声をかけようとはしなかった。

佐伯にとっても、そのほうがありがたかった。それが誰であれ、詮索《せんさく》好きな人間は佐伯の最も苦手とする手合いだった。

佐伯はロード・マップを仔細《しさい》に調べている。まったく三百馬力のセミ・トレーラートラックを運転するとなると冗談ごとではないのである。それが、国道を走れないとなるとなおさらのことだ。

「むずかしいな……」と、佐伯は呟いた。

「秋田に抜けるには、かなりの時間が必要なようだ」

佐伯の任務は困難をきわめていた。追尾ヘリコプターの注意を惹き、しかも断じて捕えられてはならないのだ。ヘリコプターの注意を惹くことは、それほど困難な仕事ではないだろう。県道、もしくは山道を走るトレーラートラックは、水族館のオウムのように目立つ存在に違いないからだ。が、なおかつ捕《つか》まってはならないとなると。……

「うむ……」

佐伯は太い吐息をついた。トレーラートラックが、国道以外の道を走ることがすでに法規に反しているのだ。さぞかし覆面パトカーが興奮することだろう。——運転上の困難を充分に予想される。トレーラートラックの巨軀《きょく》が山路を走るのには、かなりの幸運が必要とされるのである。

吹雪の動きも気になった。こんな吹雪のなかでは、いかなるヘリコプターも飛ぶのは不可能だ。ヘリコプターが吹雪を迂回《うかい》することも、こちらの計算に入れておかねばならないだろう。

「うむ……」

佐伯は再び唸《うな》った。――せめてヘリコプターの機種だけでも知りたい。彼は切実にそう考えていた。

――いま千歳基地を二機のヘリコプターが飛びたとうとしていた。

ただのヘリコプターではない。米陸軍・空中火力支援機ブラックホークを模して、日本が独自に開発した攻撃ヘリコプターだ。最大速度こそ時速二百キロに満たないが、悪天候飛行の安定性に関しては抜群の能力を備えている。――武装が凄《すご》い。三十ミリ機関砲はもりろん、四十ミリグレネードランチャー、固定翼下にはロケット弾まで積んでいるのだ。

ＰＳ―８消滅で浮き足だっている千歳基地の自衛隊員たちにとって、長官直轄の実験航空隊から、突然まわされてきたこの二機のヘリコプターに興味を抱いている余裕はないようだった。搭乗員の名前を知る者もほとんどいないのではないか。

一機には新戦略専門家《ネオステラテジスト》の久野が、そしてもう一機には、レインジャー部隊教官の立花が乗り込んでいるのだ。

「揺れそうだな……」

立花が安全ベルトを締めながら、うんざりしたように呟いた。

「やむをえんでしょうね」と、パイロットが答える。

千歳での降雪はほとんど問題にならない。今にも降りやみそうな具合なのだ。が、青森に向かうのには、かなりの悪天候が予想された。

立花の頭上で回転翼《ローター》がしだいに回転数をあげ始めていた。

3

ある種のサウナ・バスのように見えた。ただしその小部屋には板壁が張ってあるわけではなく、身を休めるための椅子《いす》も用意されていなかった。打ちっぱなしのコンクリートが象の肌のような粗《あら》い面を露出させているだけである。

室温はひじょうに高かった。おそらく八十度に近いのではないか。床面にたまっている水は湯気を発していた。

「う、う……」

その男の呻きが低く聞こえた。まだ若い男のようだ。床に投げだされている四肢から察するに、まだ三十に達していないのではないだろうか。

その男はほとんど身動きしなかった。が、意識を失っていない証拠に、その両の指がひっきりなしに床をかいていた。神経症の前兆が明らかな、ひどく異常な動きだった。

不意に男が顔を上げた。そのやつれた顔に、おそらく何度めかであろう怯《おび》えの色が浮かんでいた。——男の視線は壁角の細いパイプを捉《とら》えていた。そのパイプはいま白く凍った空気を吐きだしつつあった。

「やめてくれ……」男は放心したように呟いた。

「頼むから、やめてくれ」

室温が急速に下がり始めた。

——男の様子はあますところなくテレビ・スクリーンに映しだされていた。スクリーンのなかで、男は身を縮め、何事か喚《わめ》きちらしていた。

「どうやら、本当になにも知らないようですな」

監視装置《モニター・セット》の前にすわっている男が、残念そうな口ぶりでそう言った。

「たしか、か」

傍らに立っている男——緒方《おがた》陸将補が念を押した。

「あの男は、もう一時間以上もこの状態がつづいています」監視装置《モニター・セット》の前の男は自信ありげに答えた。

「アクテドロンとメスカリンから開発された薬を射《う》たれ、極端な高温と低温とに、ひじょうに短い周期で襲われる。人の意志力を打ち砕くのに、これ以上の方法はまずないでしょうな。この状態から抜けだすためなら、どんな男でも実の母親だって売り渡すでしょう。この方法はナチスのオリジナルですがね……」

「なるほど……」

緒方は不承不承《ふしょうぶしょう》のように頷いた。

「すると、桐谷一郎はやはり今度の事件には直接には関係していないわけか。誰とも知れぬ人物に北海道まで呼びだされた……その言葉を信用するしかないんだな」

緒方の背後のドアが開いて、秘書のような役目をしている部下が顔を覗かせた。

「そろそろお約束の時間です」

「よし……」

緒方はテレビ・スクリーンの男——反自衛隊活動のリーダー桐谷一郎にちらりと最後の一瞥《いちべつ》を投げると、ゆっくりと部屋から出ていった。

「三星重工の重役連中はどんな様子だ？」

廊下を進みながら、緒方は背後の部下にそう尋ねた。

「怯えていますね」答えが、即座に返ってきた。

「今度の事件が、自分たちの命取りになるのではないかとしきりに心配しています」

「肚《はら》の据わっていない連中だ……」緒方は鼻を鳴らした。

が、今度の事件で動転しているのは三星重工の重役連中ばかりではなかった。『愛桜会』の理事たちも、重役同様に慌てふためいているのである。——実際、今度の事件の方向いかんによっては、『愛桜会』の存在そのものが危うくなるかもしれないのだ。そんな事態を避けるためにも、ぜひこの事件は緒方の手で解決する必要があった。

「桐谷の処置はどうしますか」背後の部下がそう尋ねてきた。

「どこかの道端に放り出せばいい」緒方は不機嫌に答えた。「薬の作用で、自分の身になにが起こったのかもわかっておらんだろう。まさか警察に訴え出るはずもないからな」

そう答えながら、緒方はしきりに宗像のことを考えていた。新戦略専門家《ネオステラテジスト》たちの動きが妙だという情報を、ついさっき受け取ったばかりなのだ。緒方としては、宗像のことを気にせざるをえなかった……。


長かった一日が終わろうとしている。薄紫色の夕昏《ゆうぐ》れの空に、羽毛のような雪片が漂っている。眼下は青森の光の海だ。

盛岡にと至る新幹線鉄路のはるか上空を、立花の乗ったヘリコプターは南下をつづけている。久野の乗るヘリコプターとは、青森に到着した時点で別れていた。久野の任務は、秋田に向かう新幹線鉄路をフォローすることなのだ。どちらのヘリがディーゼル機関車を発見することになるかは、およそ予想がつかないのである。

立花は計器に内蔵されている赤外線モニターを見つめていた。夜戦用に開発され、三十倍の倍率を誇る偵察装置なのだ。監視員がそのこつを充分に呑み込んでいれば、地雷すら発見できる性能を備えているのだ。——むろん、この場合はそれほど倍率を高める必要はなかった。ディーゼル機関車は、地雷より大きい。

新幹線鉄路は、モニターの上では黒い二本の条《すじ》にすぎなかった。二本の条を見つめつづけることは、誰にとってもたやすい仕事ではない。回転翼《ローター》の轟音がのべつ頭上から聞こえてくる時は、なおさらに精神を集中するのはむずかしいはずだ。

むずかしいはずだが、立花泰はなみの人間ではない。ナイフ一本と着古した外套《がいとう》を与えれば、極寒の冬山で一か月を生きのびる男なのである。立花の眼からはなにも逃れることはできない。いまの立花は全身を眼と化しているのだ。

「停止飛行《ホバーリング》だ……」

立花がボソリとパイロットに命じた。

パイロットはことさらのように舌打ちし、急激に操縦桿《かん》を引いた。パイロットにとって嬉しい仕事であるはずがなかった。この時間、どこかの空では確実に吹雪が荒れ狂っているのである。下手に吹雪に突っ込みでもすれば、ヘリコプターが失速するのは眼に見えていた。しかもパイロットは実験航空隊から派遣されてきただけで、この飛行の目的がなんであるのかさえ知らされていないのだ。

立花はパイロットの不満を気にするような男ではない。彼はモニターの角度を調整するのに余念がないようだ。

「よし……」と、立花は頷いた。

「前進しろ」

「航続距離の問題がありますよ」パイロットがついに不平を鳴らした。

「そうそう停止飛行《ホバーリング》はできませんな」

「…………」

立花は耳がないような表情《かお》をしている。事実、パイロットの声すら耳に入っていなかったのかもしれない。立花にとって、所詮《しょせん》はパイロットなどヘリコプターの付属品にすぎないのである。

回転翼《ローター》のピッチが変わった。ヘリコプターが再び前進を始める。モニターに映っているのは、相変わらず二本の黒い条だ。

荒気流《ラフ・エアー》の最中《さなか》、ヘリコプターの搭乗員となるのはひとつの災難だといえる。機首がのめり、尾部が落ちる……この繰り返しに耐えられる人間はごく限られているのだ。ひどい時には、ベテラン・パイロットさえ嘔吐することがある。揺れの激しさは、荒海の小船の比ではないのである。

が、――立花は平然としている。終始変わらぬ鷹《たか》の眼で、モニターを見つめつづけているのだ。

その鷹の眼がついに目的物を捉えた。轟進《ごうしん》するディーゼル機関車が、モニターに浮かびあがったのだ。

「見えた……」立花は口のなかで呟いた。

「少し発見が早すぎるな」

まだ青森からさほど距離を隔てていない地点だ。ディーゼル機関車の速度を考えると、異常なほどのもたつきぶりだといえる。立花の予測では、もしディーゼル機関車がこの路線を走っているなら、その発見は盛岡のごく近くになるはずだったのだが……それとも、足のはやい吹雪が、ディーゼル機関車の進行を防げたのか。

いずれにしろ、新幹線車両を牽引《けんいん》するディーゼル機関車が眼下を走っているのは紛れもない事実だった。疑う余地のない、絶対の事実なのだ。いまの立花になにより必要とされるのは、宗像の指示だったろう。

立花は無線のマイクを取りあげた。さすがにその顔がいくらか興奮しているようだ。

「こちら立花……」

立花の視線はモニターに据えられたままでいる。

「目標を発見しました。指示を願います」

『…………』

返事が戻ってこなかった。無線は墓石のように沈黙している。計器に異常のないのを確かめると、立花は再び連絡を繰り返した。

「こちら立花です。目標を発見しました。指示を願います……」

『俺だ……』宗像の声が聞こえてきた。

『ついさっき久野から連絡が入ったばかりだ。あちらの路線でも、ディーゼル機関車が発見されたそうだ……』

――宗像は無線機を見つめながら、立花の衝撃を推し測っていた。かなり大きな衝撃だったはずだ。立花からの報告を受けた時、宗像自身もとっさに返答ができなかったぐらいなのだ。

宗像の背後には大沢と北村が立ち、やはり緊張した面持《おももち》で無線機を凝視している。立花からの報告は、彼らの業務を停止させてしまったのである。ディーゼル機関車が二台存在するという事実は、新戦略専門家《ネオステラテジスト》の作戦に根本からの変更を迫っていた。

無線機は彼らの凝視をあびながら、かたくなに沈黙をつづけている。ここ北大電子工学研究センターの一室には、ひじょうによく似合った計器だといえる。ヘリコプターとともに、実験航空隊から借り受けてきた四チャンネル・ダイアル、周波数帯自動変換器がついた最新型の無線機なのである。

『どういうことなんですか……』

ながい沈黙の末、ようやく立花の声が返ってきた。

「藤野のほうも吹雪に気がついたんだろう」と、宗像は言った。

「だから、新青森駅から急遽《きゅうきょ》もう一台のディーゼル機関車を出発させたのだ。秋田に向かうディーゼル機関車、盛岡に向かうディーゼル機関車、どちらか一方はダミーにすぎないわけだ」

『なるほど……』立花の声音はすでに落ち着きを取り戻していた。

『よほど藤野の勢力が国鉄労組の深奥部まで浸透しているらしいですな。新幹線鉄道は藤野の意のままじゃないですか』

「そうは思えんな」宗像は眼を細めた。「国鉄労組はそれほど強固な団体じゃない。なんといっても所帯が大きすぎるからな。国鉄労組が一致協力して、ある陰謀に荷担《かたん》するなど、事実上ありえない話だ。この裏にはなにか隠されていそうだ」

『まあ、その詮索は宗像さんにお任せしますよ……』立花の笑い声がかすかに聞こえた。『私のほうはこのままディーゼル機関車を追えばいいわけですな。まさか新幹線鉄道を爆撃するわけにもいかないだろうが……なんとかディーゼル機関車を停止させる方法を考えてくださいよ。そうすれば、どちらがダミーかたちどころにわかる……』

「ディーゼル機関車をそれ以上追う必要はない」宗像は言いきった。

「きみには、別の任務を引き受けてもらう」

立花の報告を受けてから、宗像の頭のなかで錯綜《さくそう》していたさまざまな作戦が、ようやく一つに絞られたのである。

『別の任務……』立花はうんざりしたような声をあげた。

『どうしてですか。こちらのディーゼル機関車がダミーだと決まったわけでもないでしょう』

「久野のほうには追跡をつづけてもらう」宗像が言った。

「あちらのディーゼル機関車の動きは予断を許さないからな。秋田から路線は新潟と福島の二方向に分かれている。さらに新潟からは、富山と高崎に分かれている。ＰＳ—８をどこに運ぶのかわかっていない以上、あちらのディーゼル機関車を見逃してしまうような危険を犯すわけにはいかない。……

だが、きみが追跡しているディーゼル機関車は路線が単純だ。盛岡、福島、東京とただの一本だ。福島から秋田に行けないわけではないが、ちょっと後戻りするとは考えられないからな。ここで見逃しても、再発見はひじょうに容易だ……」

『トレーラートラックの可能性はどうなるんですか』立花が反駁《はんばく》してきた。

『仮にこちらのディーゼル機関車がPS―8を運んでいるとして、盛岡から、あるいは福島からトレーラートラックに積みかえられたとしたらことですぜ』

「そのトレーラートラックのことに関しても久野から情報が入っている。大型セミ・トレーラートラックが青森を出て、どういうわけか走行を許されていない道を走っているそうだ。青森県警の交通課が相当にカリカリしているようだが、ドライバーがかなりな腕の持ち主らしく、いつでも逃げられているということだ。報告では、トレーラーは秋田に向かっているらしい……」

宗像の言葉に、ほんのしばらく立花は沈黙していた。新情報を頭のなかで反芻《はんすう》しているのだろう。

『そのトレーラートラックこそダミーに違いありませんぜ』やがて、立花のそう断じる声が返ってきた。

『4号線と7号線が吹雪で封鎖されたというんで、そんな手段を使っているんだ。攪乱《かくらん》作戦は奴らの常套《じょうとう》手段じゃありませんか。新青森駅でPS―8をトレーラーに積みかえたが、国道が封鎖されたため、やむなく別の道を走っている……奴らはそんな筋書きをこちらに読ませようとしているんだ。第一、PS―8が本当にトレーラーに積まれているなら、そんな目立つ動きにでるはずがない。危険すぎますよ』

「多分、な」と、宗像は頷いた。

「だが、裏のまた裏ということもある。われわれとしてはそのトレーラーを黙認するわけにもいかんだろう」

『わかりました……』

さすがに立花は呑《の》み込みが早かった。

『私はそのトレーラーを追うわけですな』

「そうだ」宗像の瞳孔《どうこう》が細くなった。

「トレーラーを追って、チャンスがありしだい破壊してもらいたい。PS―8を壊されるのは困るが、ドライバーが死ぬのはいっこうに構わん。新幹線を爆撃できない以上、せめてトレーラートラックだけでも破壊して、奴らの持ち駒《ごま》を減らす必要があるからな」

『宗像さんたちはこれからどうします？』

「北村には、これからの作戦のために東京に帰ってもらう。俺と大沢はすぐに新潟に向かうつもりだ」

『新潟に？』

「久野の追っているディーゼル機関車だが、なんとしてでも新潟で食いとめる必要があるんだ。富山に抜けられると、高崎、敦賀《つるが》、名古屋とまたゲームが複雑になるからな。トレーラートラックが一台だけとは限らん。どこかの駅でPS―8を積みかえられて、中京工業地帯にでも逃げ込まれたら、どうにも手の打ちようがなくなる」

『わかりました』立花の声は自信たっぷりに笑いを含んでいた。

『どうやら、東京で笑ってお会いすることになりそうですな、では……』

「…………」

立花との交信が切れた後、宗像はしばらく体を凝固させていた。立花の最後の言葉が奇妙に強く宗像の胸に残ったのだ。――なぜか立花との東京での再会は絶対に実現しないような気がしたのだった。

4

佐伯は疲労困憊《こんぱい》していた。全身の筋肉が熱をはらんだように痛かった。眼球の痛みにも耐えがたいものがあった。

徹夜の運転はいちじるしく人を消耗させる。運転しているのが大型トレーラーで、しかも通常なら走行不可能な道を走らねばならないとなると、その消耗にはなおさらに輪がかかる。佐伯といえどもまったくの鉄人でない以上、疲労を覚えて当然だったのだ。

夜明けが近づいてくる。いまトレーラートラックは浪岡《なみおか》、黒石《くろいし》を走破し、弘前《ひろさき》を大きく迂回《うかい》して、ようやく青森・秋田の県境にさしかかろうとしていた。標高一一七八メートルの田代岳《たしろだけ》に連なる、急峻《きゅうしゅん》な山道を進んでいるのである。

どうやら吹雪はこの地には影響していないようだ。佐伯にとっては唯一の幸運といえたろう。いかな佐伯でも、雪に覆われた山道をトレーラートラックで走るのは困難な業《わざ》だったに違いない。

伐採《ばっさい》のために設けられた山道であるらしい。もとより大型トレーラートラックが走るのに十分なほど整備されてはいない。場所によっては、三トン・トラックでさえ通行可能かどうか怪しいものだ。

九十九折《つづらおり》の道は上下を林に挟まれていた。——路《みち》にのしかかる巨木が、それでなくとも悪い視界をさらに小暗《おぐら》く塞《ふさ》いでいる。眼下には貧相な樹木が連なっている。運転するのに、これ以上の悪路はないといえた。

トレーラートラックの重圧に、はたして道が耐えうるかを疑問といわねばならなかった。乏しい曙光《しょこう》のなかを、トレーラートラックはひじょうにゆっくりと進んでいる。路面に歯をたてる慎重さだ。いまの佐伯にはいささかの運転ミスも許されないのである。

佐伯にはこの種の仕事が不得手だった。生来が、慎重さとはほど遠い男なのである。態に編物をさせるようなものだ。——佐伯が全身を汗みずくにするのも無理はなかったのだ。

三百馬力のディーゼル・エンジンはかなりの傾斜登攀《とうはん》を可能にする。エンジンに問題はなかった。問題は、佐伯がこのトレーラーを運転するのにさほどの経験を積んでいないということだった。国道ならともかく、この種の山道を、その全長さえいまだ完全に把握しきっていない自動車で走るのは、あまりに危険が多すぎるといえた。いつ後輪が道から外れないとも限らないのだ。

小鳥がかまびすしく鳴き始めている。木々の梢《こずえ》が波のような音をたてている。今日も風が強くなりそうだ。

佐伯はブレーキを踏んだ。トレーラートラックは車体を軋《きし》ませて停《と》まった。前方を見つめる佐伯の表情《かお》に、苦笑に似た色が浮かんでいる。

道が狭《せば》まっているのだ。片面が削《そ》がれたような崖《がけ》になっている。地崩れでもあったらしく、武骨な岩肌がむきだしになっていた。化粧を落とした中年女の無残さだ。――そんな隘路《あいろ》が十メートル以上もつづいている。材木運搬のために、むろんそれなりの補修はほどこされていた。線路の横木に似た板材がならべられているのである。

佐伯はトレーラートラックから降りて、その板材を強く蹴《け》ってみた。溜息《ためいき》をつかざるをえなかった。板材がトレーラーを支えるに足る頑強さを備えていないのは明らかだったからだ。綱と釘《くぎ》で補強されているにすぎないのだ。

崖はそれほどに深いわけではない。すぐ下にはもう林が拡《ひろ》がっているのだ。が、たとえそれが三十センチの溝であろうと、トレーラートラックが落ち込む危険を犯すわけにはいかなかった。この場合、佐伯に要求されているのは、まったくの安全運転なのである。

長考している余裕はなかった。佐伯自身の手で道を補強するしか仕方ないのだ。後戻りするにはもう遅すぎる。

——補強のためには木材を入手する必要があった。

佐伯は斜面の林に分け入り、手ごろな木を探しにかかった。トレーラートラックの一回の通過に耐えられれば、それで十分なのである。それほどの巨木である必要はない。第一、いかに佐伯の膂力《りょりょく》をもってしても、巨木を道まで運びだすのにはかなりの困難が予想された。

「これでいいかな……」佐伯はボソリと呟いた。

やはりスギが最も目的にかなった木であるだろう。その枝ぶりが頑強そうで、いかにも頼もしく感じられた。いま佐伯が眼にしているスギなら、大きさもちょうど手ごろなのではないか。

佐伯はモカシン靴からナイフを引き抜いた。肉斬《き》り包丁ほどの大きさのナイフだが、料理用と考えるにはいささか無理があるようだ。実際、誰の眼から見ても、それは殺人用ナイフ以外の何物でもなかった。

佐伯は大きくナイフをふるった。信じられないほどの切れ味だ。強固な樹皮がまるでバターのように削られていく。ナイフの鋭さもさることながら、佐伯の怪力こそ驚くべきだった。

乾いた高音がひとしきり林に谺《こだま》した。野鳥たちが鋭く鳴き交わしながら、林から次々に飛びたっていった。

佐伯はふたたびナイフをモカシン靴に収めた。さすがにその童顔にはうっすらと汗が浮かんでいた。が、息遣いにはいささかの乱れも生じていなかった。

樹皮は白く裂けめを覗《のぞ》かせている。五センチほどの深さにえぐられているのだ。これほどの短時間にしては、驚嘆すべき仕事量だといえた。

佐伯は鹿皮ジャンパーのジッパーを外した。ズボンのベルトに巨大な拳銃《けんじゅう》が突っ込まれているのが見えた。銃把《じゅうは》に手をかけると同時に、鋼《はがね》の芯《しん》が貫いたように、佐伯の印象が一変した。その巨軀《きょく》に、なおさら、力が加わったようだった。

銃声が林をつんざいた。落雷の響きに似ていた。樹皮が弾《はじ》け散り、その白い顎《あぎと》をさらに大きく拡げた。誰かに聞きつけられても、密猟者の放つ銃声と思ってくれるだろう。

佐伯は執拗《しつよう》だった。無表情に、引き金《トリッガー》を絞りつづけた。スギが倒れるまで、何発でも撃ちつづけるつもりでいるのだった。


——パイロットは立花に対する認識を新たにしたようだ。誰であれ、震動の激しいヘリコプターのなかで、いま立花がしているような作業を行なうことは困難なはずだった。立花はいとも冷静な手つきでライフルの分解をつづけているのだ。

ただのライフルではない。米軍制式銃M16ライフルに擲弾《てきだん》発射器を装着した、いわゆる擲弾発射用ライフルというやつだ。擲弾発射器には高性能炸裂弾《さくれつ》が使用され、射程距離は四百メートルに達する。通常のライフルとしても使用可能なのはもちろんである。——優れた射手の手にあれば、擲弾発射用ライフルは一個小隊の戦力に匹敵するだろう。そして、立花泰は疑いようもなく、ひじょうに優れた射手なのである。

立花は武装ヘリコプターに頼るつもりはまったくないようだ。自身の技量しか認めてはいないのだ。パイロットに援助を求めようともしなかった。

田代岳の山巓《さんてん》を右に見ながら、ヘリコプターは飛行をつづけている。曙光《しょこう》にウィンドウが金粉をまぶしたように輝いていた。

「あれは？」

立花が眼下を指差した。

「矢立峠《やたてとうげ》でしょう……」

パイロットの声は疲れきっている。無理もなかった。給油に降りたときを別にすれば、一晩をヘリコプターは飛びつづけているのだ。

「あれがそうか……」

立花は頷いた。その手が、会話と関係なく動いている。弾倉を銃にはめ込む時の、小気味のいい音が響いた。

「よし」立花は顔を上げた。

「別のルートをあたろう。奴とはもう首ひとつとは離れていないはずだ……」

「………」

奴とは誰のことか、パイロットにはわかるわけがなかった。すでに好奇心も、逆らおうとする覇気《はき》も彼のうちから失《う》せている。立花に完全に圧倒されているのだ。

パイロットは踏み棒に力を加えた。左手でピッチレバーの握りを回転させる。

ヘリコプターはゆっくりと方向を転じた。

「いいぞ」

立花は満足そうに頷くと、ふたたび擲弾発射用ライフルの分解組立てに没頭し始めた。

間もなく、擲弾発射用ライフルが存分に吼《ほ》える時がくるはずだった。


――佐伯の動きには寸分の無駄もなかった。その体力、精神力の悉《ことごと》くが、ただ道を補強するという目的にのみ絞られているのだ。優れた戦士たる所以《ゆえん》だろう。限られた時間に、道を補強するなどということは、所詮は独りの人間にできうる仕事ではない。機械と化すのが最も賢明なのである。

佐伯は、いま倒したスギの木を道に引きずりだそうとしている。恐ろしい膂力《りょりょく》だ。鹿皮ジャンパーの上からも、上半身の力瘤《ちからこぶ》が浮かびあがるのがはっきりと見えた。倒木の端を抱え込み、佐伯は着実に歩を進めている。

倒木を道の真ん中に運び終わった時、さすがに佐伯の息は弾んでいた。が、彼は自分にいささかの休憩も許そうとはしなかった。ふたたびナイフの活躍する時だ。佐伯は腰をかがめると、ナイフですべての枝木を切り落としにかかった。

佐伯のナイフさばきは正確の一語に尽きた。ものの十分と過ぎないうちに、倒木はまったくの裸となったのだ。

　佐伯の奮闘はなおもつづいている。今度はトレーラートラックのアルミ・バンの内部《なか》に入ると、ひと抱えもあるワイヤーロープを持ちだしてきたのだ。——どうやら佐伯の目的は、一種の吊橋《つりばし》をつくることにあるらしい。両端からワイヤーで固定した倒木を、板材の下に差し込もうというのだろう。

　数人の労務者が半日がかりでやる仕事だった。佐伯でなければ、とても独りでやろうなどという気は起こさなかったろう。第一、普通の男には絶対に不可能だ。

が、佐伯はあらゆる意味で普通の男ではなかった。クレーン車の猛力を備えた男なのである。

　佐伯は倒木にナイフで溝をつけ始めた。ワイヤーロープが滑るのを防ぐためだ。さしもの鋭利なナイフも、あまりの酷使に切れ味が鈍くなっているようだ。倒木の両端に溝を刻み終わるのには、予想外の時間をとられてしまった。

　佐伯は太い腕《かいな》で顔の汗をぬぐった。ゲリラ訓練で、即席の吊橋をつくることは教程のひとつに入っている。入っているが、そのなかで吊橋を渡るものとして想定されているのは人間、せいぜいがジープにすぎないのだ。いまだかつて誰も、トレーラートラック渡橋可能な吊橋のつくり方など、佐伯に教えてはくれなかったのである。

　機械なしで、ワイヤーロープを十分に締めつけるのにはかなりの熟練が必要とされる。第一級の熟練者にしても、掌の皮が破れるのはまずまぬがれないはずだ。トレーラートラックの重量に耐えうるほどにワイヤーロープを締めつけるには、それなりの犠牲が要求されるわけだ。佐伯はそれこそ渾身《こんしん》の力を振り絞らねばならなかったのだ。佐伯の両の掌から鮮血が滴り落ちたのも、当然の成行きといえたろう。

倒木の両端にワイヤーロープを巻き終わった時、さすがに佐伯はいくらか面《おも》変わりして見えた。

すでに作業を始めてからかなりの時間が経過していた。黙然と働きつづける佐伯の体は、朝の光のなかに巨大な武神像のように浮かびあがって見えた。

佐伯は野営《ビバーク》の装備をすべて持ち運んでいるようだ。トレーラートラックから次に持ちだしてきたのは、一対《つい》の巨大な鉄楔《てつくさび》と、握りのながい鉄槌《てつつい》だった。強固な岩盤を求めて、佐伯の視線が地を這《は》った。

佐伯はドライブ用の皮手袋をはめた。そして、地の一点に片膝《かたひざ》を落とすと、それぞれの手に鉄槌と楔とを握りしめた。大きく振りかぶった鉄槌に、一瞬、朝の光がギラリときらめいた。

鼓膜を貫く金属音が繰り返された。ピストンの正確さで、金属音は鳴り響いている。楔はひじょうなはやさで岩盤に沈んでいった。佐伯にとって、この仕事がかなり手慣れたものであることは間違いなかった。

楔は深く地に打ち込まれた。——佐伯はもう一本の楔を摑《つか》むと、おもむろに腰を上げ、板材の上を歩き始めた。地崩れの影響を受けていない地点まで歩を進め、再び片膝を落とす。その地にも楔を打ち込むつもりなのだ。

二本めの楔も打ち終わると、佐伯は元の場所に戻ってきた。倒木を締めつけているワイヤーロープの一端を、最初に打ち込んだ楔と結びつける。これは、さほどに困難な仕事ではなかった。

本当に困難なのは、次に佐伯が果たすべき仕事のほうだった。倒木を板材の上まで運ばねばならないのだ。

佐伯は皮ジャンパーを脱ぎ、Tシャツだけの姿になった。もう一方のワイヤーロープを背中にまわし、両の拳《こぶし》に強く巻きつける。――その姿勢のまま、佐伯は大きく息を吸い、ゆっくりと呼吸を整えた。倒木に向けられている眼が、眠りに入るかのように細く狭まった。

「うむ……」

佐伯の全身に力がみなぎった。ワイヤーロープがピンと張った。佐伯の体はほとんど筋肉の束《たば》と化したようだった。異常な鬱血《うっけつ》に、首から顔が真っ赤に染まった。靴底の鋲《びょう》が幾筋もの溝を地に刻みつけている。

倒木がわずかずつ動いていた。佐伯は歯をぎりぎりと咬《か》み鳴らしていた。鬼神の物凄《ものすご》さを秘めていた。

佐伯の筋力が爆発した。倒木は不意に地を滑り始めた。佐伯は後半をほとんど一気に駆けぬけていた。たしかに一度は、倒木が宙に浮かびさえしたようだ。

倒木が板材の上に横たわった時、佐伯はガクリと膝を折った。息遣いは全身を波打たせる激しさだった。死人の顔色をしていた。

体力が回復するのを待つだけの余裕《ゆとり》は、いまの佐伯にはなかった。大体が、普通の男ならけっして立ち直ることのかなわぬ仕事だったのだ。佐伯でなければ、間違いなく脳の血管を破裂させていたろう。

数秒後、佐伯はもう次の仕事にとりかかっていた。もう一方のワイヤーロープを楔に繋《つな》ぎ、倒木に両腕をかけ、全身で押し始めたのだ。同じ力仕事といっても、この場合は前回に比べてはるかに楽だ。瞬時をおかず、倒木はグラリと回転して、板材の下に宙吊りとなった。板材との間隙《かんげき》は五センチとは開いていない。

後は仕上げといってもよかった。さらに別のワイヤーロープを使って、板材と倒木とを固く繋げばいいのだ。佐伯はほとんど放心状態で、最後の仕上げを済ませた。――過度の労働は、人間から外界に対する反応をいちじるしく削いでしまうのである。

どうにか、道の補強は終わった。これが実際にどれほどの役に立つものか、佐伯にも心もとない気がした。もしかしたら、気休めの域を出ていないのではないだろうか。

が、今さらどうなるものでもない。とにかくトレーラートラックを動かしてみるしかないのだ。

佐伯は鹿皮ジャンパーを拾いあげた。序曲は終わったのである。これからが、佐伯の運命を定める本当の正念場だ。――衰弱しきっていた佐伯の体に、再び精気が甦《よみがえ》ったようだ。

大きな困難に直面した時、実力のすべてを発揮できる者だけが真の戦士たりうるのだ。

ある意味で、佐伯は優れて精神主義者だといえた。信念のまえには、疲労しきっている体のことなど問題にならないのだ。火事場の馬鹿力というやつだ。この場合、トレーラートラックを進めることが佐伯の信念を意味していた。

運転席に乗り込むと、佐伯はトレーラートラックのエンジンをかけた。ディーゼル・エンジンはこのうえもなく好調だ。熱い唸りが周囲の空気を震わせる。

佐伯はトレーラートラックを発進させた。亀《かめ》が這うのに等しいような速度だ。ひじょうに遅い速度だが、それでもこの情況ではやすぎるといえた。一瞬の過誤が、確実に佐伯を死へと導くのだ。なにも奈落《ならく》へ向かうのに急ぐ必要はないだろう。

トレーラートラックの前輪が最初の板材を捉えた。氷の割れるような音が聞こえた。明らかに、板材はトレーラートラックの重量に大きくたわんでいるのだ。ほとんど裂けかかっているのかもしれない。

佐伯はまったくの無表情だった。このままトレーラートラックを進める以外に、彼が採りうるどんな方法も存在しないのだ。狼狽《うろた》えてみても、ただ情況を悪化させるだけのことだろう。

が、――そんな佐伯も表情を変えざるをえない事態が生じた。バック・ミラーに一機のヘリコプターを認めたのだ。どうやら、そのヘリコプターはこちらに向かって急速に接近してくるようだった。

5

トレーラートラックの十二個のタイヤが板材を嚙《か》んでいる。ボートに巨象を乗せるようなものだ。倒木一本の補強が、どれほどの支えになるか疑問といわねばならなかった。

佐伯は慎重にハンドルを操っている。背後のヘリコプターを考えれば焦りを禁じえなかったが、しかしこの情況で焦ることは直截《ちよくせつ》に死を意味していた。いまはただ運転にのみ専念すべき時だった。

土砂が崩れる音が聞こえてくる。極端な重量に、道そのものが崩壊の危機にみまわれているのだ。ワイヤーロープの一本が鋭い音を発して切れた。一瞬、佐伯は自動車《くるま》が沈み込むような感覚に襲われた。事実、並べられた板材が、倒木もろとも下がりつつあるようだ。ワイヤーロープだけが文字どおりの頼みの綱だった。

土砂の崩壊音がさらに大きく響いた。胃が痛くなる音だ。どんな剛気な人間も、土台が崩れていく恐怖には屈せざるをえない。自動車から飛びだしたいという強い衝動に、佐伯は必死に耐えていた。

まさに地獄の蓋《ふた》が開きつつあった。背後から接近してくるヘリコプターは、さしずめ亡《もう》者《じや》の臓腑《ぞうふ》を喰《くら》う地獄の凶鳥といったところだろう。――さらにもう一本のワイヤーロープが切れた。トレーラートラックは大きく傾き、危うく安定を逸しそうになった。

板材の裂ける音がつづけざまに聞こえてくる。人を恐慌状態に陥れずにはおかない音だった。強く噛みしめた佐伯の唇に血が滲んでいる。狼狽《うろた》えてディーゼル・エンジンを噴《ふ》かしでもしたら、その時には間違いなく逆落《さかお》としとなることだろう。どんなに耐えがたくても、ゆっくりと車輪を進めるしかないのだ。

十メートルそこその道程が、無限の距離に思える。軋《きし》み、揺らぎ、さらには沈みさえする道なのだ。事実、どこへも行き着くことのできない道かもしれなかった。

トレーラートラックの前輪が堅固な路面を噛んだ。忍耐の限界だ。佐伯は一気に自動車をダッシュさせた。叫喚に似た轟音《ごうおん》とともに、道が砂けむりをあげて崩れ落ちた。トレーラートラックの最後の車輪は、たしかに空《くう》を走っていた。

佐伯はついに渡りきったのである。

佐伯はアクセルを踏みつけた。抑圧されていた闘志が、ここにいたって爆発したのである。ヘリコプターと存分にわたりあえる立場をようやく確保したのだ。佐伯にはもう怖《おそ》れるものはなにもなかった。

トレーラートラックはその巨軀《きょく》を震わせた。ディーゼル・エンジンが咆哮《ほうこう》を繰り返す。投石器から放たれた石に似ていた。文字どおり宙を飛ぶ勢いで、トレーラートラックは走り始めたのだ。

視界が濃い砂ぼこりに覆われた。道に張りだしている枝木が、鎌《かま》で叩《たた》かれたように舞い飛んでいく。一度は、トレーラーの車体《ボディ》にひっかけられたグミの木が、確かに根こそぎにされたようだ。

無謀を極めた運転だ。この山道を、トレーラートラックの巨体が六十キロを越す勢いで驀進《ばくしん》しているのだ。ほとんど自殺行為に等しいといえた。

むろん、佐伯は単なる浄化作用《カタルシス》から、これほどまでに自動車を飛ばしているのではない。彼なりの計算があってのことだ。いまのトレーラートラックはSLに似ている。もうもうたる砂ぼこりが、ヘリコプターの搭乗員の眼からトレーラートラックを隠してくれるはずだった。

佐伯は片手だけでハンドルを右に左に操っている。もう一方の手は、シートの下の切り込みに深く突っ込まれている銃を取りだすのに使われているのだ。佐伯の手の動きにつれて、銃がゆっくりとその全容を露《あらわ》にし始めた。

佐伯の表情《かお》にしぶとい笑いが浮かんだ。久しぶりの、まったく久しぶりの戦闘なのだ。忘れかけていたあの興奮を、再び満喫できる機会が巡《めぐ》ってきたのである。佐伯がこれを楽しんではならない理由はなかった。

いま佐伯の手にあるのは散弾銃《ショットガン》だった。ただの散弾銃ではない。銃身を短く切り、特製の火薬を使用した強力無比な散弾銃《ショットガン》なのである。マフィアの殺し屋が愛用している代物《しろもの》なのだった。

ヘリコプターが不用意に接近してきた時、この散弾銃は大いに役立ってくれるはずだった。天蓋《てんがい》を穴だらけにさせて、それでもなおヘリコプターが飛びうるかどうか早く試してみたかった。佐伯は熱い期待で胸をワクワクさせていた。

これほど野放図に期待を持てたか疑問といわねばならなかった。佐伯が、――薄野《すすきの》のバーで会った中年男がヘリコプターの搭乗員だと知っていたら、佐伯が

――パイロットは悪戦苦闘を強《し》いられていた。

立花ができうる限りヘリコプターの高度を下げるよう命じたのである。さらにトレーラートラックの砂ぼこりをかぶることになるのだ。パイロットが渋面をつくるのも当然といえた。

が、立花は他人《ひと》の感情を斟酌《しんしゃく》するような男ではない。およそ思いやりからはほど遠い男なのである。それに、砂ぼこりをかぶるのは立花も同様ではないか。

トレーラートラックがしだいに視界の大部を占めるようになった。有史前のマンモスを連想させた。上から見ても、威圧感を覚えるほどの巨軀なのだ。

「もっと低くできないか」

立花は極めて冷静だった。擲弾発射用ライフルがその体の一部であるかのように収まって見えた。眼を覆う砂ぼこりになんの痛痒《つうよう》も感じていない顔だった。

パイロットは従順そのものだ。同行者の非人間性は骨身にこたえて納得させられたようだった。

ヘリコプターはさらに大きく降下した。樹葉が一枚一枚識別できるほどの高さだ。ノーズギヤホイールがほとんどトレーラーの高さと等しい位置にあった。回転翼《ローター》の風圧が、砂

ぼこりを楔を打ち込んだように二分した。

「よし、もう少し近づくんだ」立花が擲弾発射用ライフルを持ち直した。

「そして、できるだけ等距離を維持するようにしろ」

トレーラートラックの轟音と、回転翼《ローター》の回転音が渾然《こんぜん》となって、凄《すさ》まじい騒音となっていた。立花の予定では、さらにこれに銃声が加わるはずだった。

立花は扉を開け、半身を乗りだした。激痛を感じるほどの風圧だ。眼を開いていることがすでに苦痛だった。

射撃手《スナッパー》にとって、これほどの悪条件はまず考えられなかったろう。銃を支えることさえ困難に違いない。が、——立花はぬきんでた射手だった。加えて、あらゆる情況での戦闘に耐えうるゲリラ戦士なのだった。

立花は銃床を肩に固定した。彼の意識にはただトレーラートラックだけが大きく占位していた。高性能炸裂弾を一発、それできれいにけりがつくはずだった。

不意にトレーラートラックが鋭い音を発した。急停車とともに、そのタイヤが横滑り《スキッド》したのである。巨獣の反撃だ。パイロットが悲鳴をあげて、ヘリコプターを浮上させようとした。

が、立花の動きには一瞬の遅滞も生じなかった。眼前に大きく迫ってくるトレーラートラックめがけて、高性能炸裂弾を発射したのだ。

トレーラーのアルミ・バンが激しく火を噴いた。間《かん》一髪、ヘリコプターはトレーラーを掠《かす》め飛んでいる。ノーズギヤホイールをひっかけられでもしたら、それこそヘリコプターは一回転して、地に叩きつけられていたことだろう。

銃声が聞こえた。ヘリコプターの轟音のなかで、銃声を聞きつけることができたのは立花ならではのことだったろう。ウィンドウに白く蜘蛛《くも》の巣が張った。立花は左腕に激しい灼熱《しゃくねつ》感を覚えた。散弾銃《ショットガン》に違いなかった。

立花は負傷をほとんど意識していなかった。首をねじまげるようにして、後方に遠ざかっていくトレーラートラックを見つめている。……トレーラーのアルミ・バンから黒煙が立ち昇っている。が、決定的な損傷《ダメージ》を与えたとはいいがたいようだ。どうやら、アルミ・バンは鋼板に内装されているらしかった。

トレーラートラックは体勢を立て直そうとしている。明らかに、まだ走りつづけるつもりなのだ。

「旋回しろ」立花の声はなお冷静だった。

「まだ決着はついていない」

「冗談じゃないっ」

パイロットは完全に逆上していた。

「戦争するなんて話は聞いていないぜ。俺はまだ死にたくないよォ」

「…………」

立花の左手がパイロットの肩を摑んだ。オレンジを絞り潰《つぶ》す握力だ。パイロットは肩を咬《か》みきられる激痛を覚えたはずだ。あまりの苦痛に息さえ満足にできない様子だった。
「戻らなければ、俺がきさまを殺す」立花の声は地鳴りに似ていた。
「きさまが俺の生徒だったら、落第させるところだぞ」

——この男には珍しく、佐伯は恐怖に似た思いを抱いていた。ほとんど自分の眼が信じられない思いだった。

ヘリコプターが戻ってくるのだ。散弾を撃ちこまれて、なおヘリコプターの搭乗員は戦いを続行するつもりでいるようだ。想像を絶する闘魂といわねばならなかった。

必ずしも、佐伯のほうが有利だとも断定できなかった。現実に、アルミ・バンは黒煙を立ち昇らせているのだ。いつガソリンに引火しないとも限らなかった。

佐伯は咆哮した。荒々しい動作で、トレーラートラックを発進させる。戦いは常に佐伯の望むところだった。

生命《いのち》を賭《と》した闘牛だ。ただ佐伯自身にも、自分が闘牛士なのか、それとも牛《トロ》なのか判然とはしなかった。倒されるべきは、どちらなのか。

銃弾が唸りをあげて飛んできた。鋭い音を発して、フロント・グラスに白い弾痕《だんこん》をうがった。——佐伯は微動だにしなかった。その弾丸がいわば誘い水であることは、佐伯は本能的に承知していた。その誘いに乗せられ、サイドから首を覗かせでもすれば、容赦なく頭を吹っとばされるはめとなるだろう。相手が擲弾発射銃だけではなく、ライフルをも持っているのを知ったのは収穫ではあったが。

ヘリコプターのノーズギヤホイールがアルミ・バンを擦過した。巨大な影が頭上を過るのとほとんど同時に、佐伯はサイドから散弾銃を突きだし、体をひねりざまに発射した。

——ヘリコプターはわずかに腰を振って浮上していった。その様子は、追いすがる散弾をうるさげに振り払っているかのように見えた。

すでに耳孔《じこう》はリベットを打ち込まれたように痺《しび》れていた。凄まじいほどの騒音のただ中にあって、なお理性を保つことは、佐伯のような男にとってもひじょうに困難だといえた。執拗《しつよう》に追いすがるヘリコプターの狂騒音は、豪胆な象の群れさえも恐慌《パニック》状態に陥らせるのである。

佐伯はブレーキ・ペダルを踏んだ。トレーラートラックの十二輪のタイヤが、高い叫喚を発した。横滑《スキッド》りしたアルミ・バンに、幾本かの樹木が裂けた。

ひっきょう地上にいる者は、空からの襲撃には抗しうべくもないのだ。いずれはピンに刺される虫のように、地に縫いつけられるしかないのである。佐伯が敢《あ》えてトレーラートラックを出て、ヘリコプターを迎え撃つ決意をしたのは賢明といわねばならなかった。それだけ的が小さくなるからだ。

佐伯はまず散弾銃《ショットガン》をアルミ・バンの上に投げあげた。そして、フレームに足をかけると、その卓越した膂力《りょりょく》で体をアルミ・バンの上に引きあげた。強烈な熱気が顔を叩いた。アルミ・バンはまだ黒煙を立ち昇らせているのである。

その黒煙が文字どおりの煙幕となってくれるはずだった。うまくいけば、引き返してきたヘリコプターに、正面から散弾をあびせかけることが可能なのだ。鬼神でもない限り、ヘリコプターの搭乗員はまず即死をまぬがれないだろう。

佐伯は腹這《はらば》いになり、胸の前に散弾銃《ショットガン》を構えた。鷹《たか》の眼となっている。誰《だれ》であろうと、佐伯に狙《ねら》われた者は戦慄《せんりつ》を禁じえないだろう。反撃に転じた佐伯の体には、恐ろしいほどの力がみなぎっていた。

ヘリコプターが三たび旋回した。その執拗な追撃に、佐伯は相手の強い自信と、執念《しゅうねん》をかいま見る思いがした。いずれにしろ、この戦争はどちらか一方が倒れるまでつづけられるはずだった。

ヘリコプターは極端に高度を下げた。石が落ちるのに似ていた。——佐伯は激しい焦燥を感じた。黒煙が両刃《もろは》の剣《つるぎ》と化したのである。黒煙に遮られて、佐伯もまたヘリコプターを見ることができないのだ。

——見破られた。佐伯はそう直感した。ヘリコプターの異常な動きは、佐伯の待ち伏せに気がついたものとしか思えなかった。敵は馬鹿ではないのだ。

回転翼《ローター》の音が、思いがけず高く佐伯の鼓膜をつんざいた。黒煙がふたつに裂けた。ヘリコプターの前面が佐伯の視界に大きく迫っていた。拡大された昆虫の顔に似ていた。

佐伯の体が弾《はじ》けたように転がった。迎撃など思いも寄らぬことだった。ヘリコプターがバシッと火矢を放った。佐伯が地に転がり落ちた時、その左腕から血が噴き出ていた。

佐伯の知らぬことだったが、それは立花の傷と正確に同じ箇所だった。

佐伯に傷を思い煩っている余裕はなかった。耳を轟《ごう》する回転翼音とともに、ヘリコプターが頭上を通過した時、佐伯はすでにトレーラートラックの運転席に転がり込んでいた。

――立花の唇には微笑が浮かんでいた。佐伯の左腕を狙ったのは、立花特有の諧謔《かいぎゃく》だった。立花は文字どおり一矢を報いたのである。

が、これ以上遊びに時間を費やすべきではなかった。ヘリコプターの燃料も少ないのである。――立花は次には再び高性能炸裂弾を放つ気でいた。今度こそトレーラートラックを仕止めるのだ。

そのトレーラートラックが高速で走りだしていた。片面をほとんど崖に接している。軋むような金属音がつづいていた。瀕死《ひんし》の甲虫《かぶとむし》さながらの姿だった。

立花は肩越しにトレーラートラックを見つめながら、ある種の失望を抱いていた。佐伯をみそこなったような思いだった。立花が佐伯なら、断じてトレーラートラックを走らせるような真似《まね》はしない。的を大きくするだけのことなのだ。自殺行為に等しいといえた。

いずれにしろ、死すべきは立花ではない。相手の技量が自分の予想を下回っていたとしても、立花が文句を言う筋あいはまったくなかった。

「戻るんだ」と、立花はパイロットに指示した。

「今度はトレーラーの背後にまわり込んで、地上すれすれに飛ぶんだ」

パイロットにはもう立花の指示に抗《あらが》うだけの気力は残されていないようだ。肩筋を摑《つか》まれた痛みがよほど骨身にしみたのだろう。立花は他者を従わせる技術にひじょうに長《た》けているのだった。

ヘリコプターが旋回した。立花の視界を斜めになった大地が過《よぎ》った。トレーラートラックの巨軀が視界に戻ってくるまでに、ほんの数秒を要しただけだった。

俯瞰《ふかん》の角度が急速に変わった。トレーラートラックがほとんど正方形にその尾部を見せた。ヘリコプターはいま地上二メートルを飛んでいた。

立花の胸裡《きょうり》を悲哀に似た感情が揺曳《ようえい》していた。敵にとどめを刺す時、常に戦士が抱かずにはいられない感情だった。一種の鎮魂曲《レクイエム》といえるだろう。

が、立花は同じ戦士でも、苔《こけ》むした中年男なのだ。敗者に対する哀惜から攻撃に手心を加えるなど、およそ立花には縁遠い行為といえた。泣くのは、相手が死んでからだって遅くはないのだ。

立花は半身を外に乗りだした。擲弾発射用ライフルは最後の咆哮に備えて、凝《じ》っと身構えているように見えた。

反撃される心配はほとんどなかった。トレーラーのアルミ・バンが、立花にとって衝立《ついたて》の役割を果たしてくれる。立花は死角の位置を確保しているのだ。トレーラートラックは恐竜さながらに、自身の巨軀に裏切られて滅びることになるのである。

が、——なお佐伯にも反撃の手段《すべ》は残されていたのだ。

トレーラートラックが尻《テール》を気狂いじみた激しさで振り始めたのだ。同時に、凄まじいほどの加速がつけられた。いずれラリーのテクニックのひとつに違いなかろうが、その威力には爆発的なものがあった。

トレーラートラックは、路上の小石を散水車のように後方に弾《はじ》き始めたのである。常識では考えられないほど、小石の飛速距離は大きかった。佐伯ならではの仕事だったろう。

小石の数は散弾の比ではなかった。ヘリコプターのフロントが氷のように砕け始めた。

さすがの立花も、あまりのことにとっさには抗すべき手段を思いつかなかった。身を伏せるしかなかったのである。

「う……」

パイロットが顔を押さえて呻《うめ》いた。両手の指の間から鮮血が迸《ほとばし》っていた。小石のひとつが、この不運なパイロットの頭蓋《ずがい》を砕いたに違いなかった。

立花には同情心が欠けていた。敗北を認めるほどの潔さも欠けていた。この場合にも、立花はただ戦いつづけることだけを考えていたのである。

立花は苦しむパイロットの手から操縦桿をもぎとった。ヘリコプターはいましも地に衝突する寸前だったのだ。まったく操縦を知らないはずの立花が、とにもかくにもヘリコプターを浮上させることに成功したのは、ただただ執念の力というほかはなかった。

ヘリコプターはわずかに浮上し、速度を増した。が、それ以上に操縦をつづけるのは不可能であり、また立花にその気もなかった。――立花は擲弾発射用ライフルをひっつかむと、宙に身を投じたのだ。

立花の体はトレーラーのアルミ・バンの上に落ちた。二転、三転して、立花がようやく体を立て直した時、背後に太い火柱がたった。

地に激突したヘリコプターが爆発したのである。


――バック・ミラーは紅蓮《ぐれん》の炎に染められている。黒煙は天を覆うばかりだ。断末魔のあがきに似て、回転翼《ローター》がゆっくりと回っていた。テールコーンの塗装が高熱に黒い滴《しずく》をしたたらせていた。

すべてが一瞬の出来事だった。背後に爆破音を聞いた時、佐伯はとっさにはヘリコプターが衝突したのだとは気がつかなかったほどである。自分の苦肉の策がこれほどに効果をあげようとは予想だにしていなかったのだ。

佐伯はほとんど虚脱していた。トレーラートラックの機構《メカ》と一体化した運動神経だけが、なかば機械的に運転をつづけていた。――この虚脱状態は、戦いに慣れているはずの佐伯にはいかにも珍しいことであった。敵の頑強さは、佐伯の経験の範囲を大きく越えていたのである。

バック・ミラーのなかに燃える炎は、しだいに小さな点と化しつつあった。ヘリコプターの機影を見定めることはすでに不可能なようだ。

佐伯はようやく自分の勝利を実感することができた。九死に一生を得た思いだ。いかな佐伯でも、あれ以上に戦いをつづけることは体力の限界を越えていた。

背後からひときわたかい谺《こだま》がひびいてきた。炎が新たな爆発を誘発したのだろう。ヘリコプターがピトー管の一本にいたるまで完全に灰と化すのは間違いないようだった。

トレーラートラックはいちじるしく減速していた。佐伯のハンドルを操る指が震えている。神経がかなりに消耗しているようだ。これ以上に運転をつづければ、まず事故はまぬがれないだろう。緊張の連続だったのだ。

佐伯は今しばらく運転をつづけて、車を停《と》めようと考えている。十分たらずの休息が、佐伯を完全にリフレッシュしてくれるはずだった。

が、――佐伯にはいまだ休息は許されていなかった。なにげなくバック・ミラーに眼をやり、佐伯は表情を強張《こわば》らせた。戦いが終わったと考えたのは早計だったようだ。

バック・ミラーには、アルミ・バンの上でライフルを構えている男の姿が映っていたのだ。擲弾発射用ライフルだ。引き金《トリッガー》にかけられた指にいましも力が加えられようとしているのがわかった。

佐伯は反射的にアクセルを踏んだ。いまさら散弾銃《ショットガン》を取りあげて応戦しようとしても間に合うはずはなかった。相手のバランスを崩すことのみが、唯一佐伯の助かる途《みち》だったのだ。

男が体を後方に滑らすのが見えた。その男の顔に見覚えがあるようで、佐伯はバック・ミラーに眼を凝らした。が、――佐伯にはその疑念を晴らすだけの余裕《ゆとり》は残されていなかった。

ほとんどアルミ・バンから振り落とされんばかりになりながら、男は高性能炸裂弾を発射したのだ。雷鳴に似た轟音であり、火矢であった。

佐伯は体が浮かびあがるような衝撃を覚えていた。視界が幾つにも割れる感覚だ。ガソリンの異臭が鼻を打つ。——座席の下から白い炎がちらちらと燃えていた。

直撃はまぬがれたようだが、トランスミッションとフレームが大破したらしい。すでにトレーラートラックは制御が効かなくなっている。

佐伯は自分の顔から血が流れるのを感じていた。強い風圧に砕けたガラスが、全身を傷つけているようだ。薄い煙がすでに車内を満たし始めていた。

佐伯は懸命にエアブレーキのフルブレーキングをつづけていた。が、いちど制御から離れた大型トレーラートラックに、ふたたび枷《かせ》をかけるのは不可能な業《わざ》だった。視界にしだいに崖縁《がけぶち》が迫ってきた。トレーラートラックを見捨てるしかないようだった。

佐伯はほとんど蹴破《けやぶ》るようにしてドアを開けると、外界に身を投げた。恐ろしく危うい瞬間だった。佐伯が地に転がった時、もうトレーラートラックは墜落を始めていたのだ。

巨獣の最期に似ていた。トレーラートラックはほとんど一回転し、樹木をなぎ倒しながら崖面を滑っていった。地鳴りを連想させる重い音が響いてきた。それに、断末魔の金属の咆哮が重なった。ついにディーゼル・エンジンが火を噴いたのである。

佐伯は血走った眼を燃えさかるトレーラートラックに向けていた。トレーラートラックの上からあの男の姿は消えていた。あの男の執拗な攻撃はまだつづくかもしれないのだった。

6

——同じころ、宗像と大沢の姿は新幹線新潟駅の駅長室にあった。新潟駅の構内は森閑としていた。この駅長室にも、ふたりの新戦略専門家《ネオステラテジスト》が腰をおろしているだけだ。

彼らの顔は、疲労に色濃く隈取《くまど》られていた。当然のことだ。昨日来の激務に加えて、新潟空港まで輸送機で運ばれてきた疲労が蓄積されているのだ。数時間の仮眠では、消えようもない疲労であるはずだった。

「遅いですね……」

大沢がボソリと言った。彼には珍しく、いささか苛立《いらだ》った表情になっている。

「ああ……」

宗像はタバコをくゆらしている。制服の襟から覗くワイシャツがひどくあかじみた印象だった。ただ新戦略専門家《ネオステラテジスト》に特有の、双眸《そうぼう》の鋭い輝きは失われていないようだった。

壁にかけられた幾多の賞状、列車の写真がいかにもこの部屋を駅長室らしく見せていた。置き時計だけが律儀《りちぎ》に音を刻んでいた。

いまこの瞬間にも、ディーゼル機関車は新潟駅に向かって驀進《ばくしん》しつつあるはずだった。

時ならぬ吹雪騒ぎに、機関車の進行にはかなりの遅れが生じたようだが、しかしこれ以上の幸運は期待できなかった。宗像自身の力で機関車の進行を阻むしかないのである。

新潟駅で、ディーゼル機関車を停めることはぜひとも必要な措置だった。そのディーゼル機関車にＰＳ—８が搭載されていればもちろんのこと、たとえそうでなくても、ことの重要さに変わりはないだろう。ＰＳ—８が積まれているのはもう一台のディーゼル機関車であることがはっきりするからである。

新潟に向かうディーゼル機関車の位置を確認した久野のヘリコプターは、昨夜もう一台のディーゼル機関車を発見すべく進路を変えている。——その久野からの報告によると、もう一台のディーゼル機関車もかなり遅れているらしい。いちどは線路で立ち往生したということなのだ。いまだに福島にも達していないのである。

どうやら昨夜の吹雪は、藤野の計画の随所に支障をもたらしたようだ。今が、宗像が勝機を摑む絶好のチャンスであるだろう。——そのためにも、宗像は新潟でディーゼル機関車を食いとめる必要があるのだ。

——ドアが開いて、ひとりの男が部屋に入ってきた。いかにも実直そうな、初老の男だった。国鉄職員の制服を着ている。その顔がゲッソリと憔悴《しょうすい》していた。

「どうでした？」

宗像が静かに声をかけた。

「おっしゃるとおりでした……」男は力なく椅子《いす》に腰をおろした。

「われわれは、ディーゼル機関車の通過を連絡されていると思っていただけなんです。詳しく調査してみると、国鉄労組の誰も正式な連絡など、受けてはいないのです……」

「やはり、そうでしたか」と、宗像は満足げに頷《うなず》いた。

「そんなことだろうとは思っていたが……」

「どういうことなんでしょう」男は顔を上げた。

「まるで狐《きつね》につままれたような気分だ。われわれの全員が、連絡を受けていると錯覚するなぞ、ありえんことのように思えるんですが……」

「あなたたちだけではない」宗像は首を振った。

「おそらくディーゼル機関車の運転士も同じような錯覚に陥っているのでしょう。ディーゼル機関車を動かせと労組の上層部から連絡を受けた、と……あなたたち国鉄労組はひとりの男の意志のままに、いいように操られているんですよ」

「………」

男はあきれたように宗像の表情を見つめている。とっさには宗像の言葉を信じがたいようだ。無理もなかった。国鉄労組ほどの巨大な組織が、誰かに操られるなどありうる話ではなかった。

宗像は内心舌打ちしていた。やはり、この男に説明の要があるようだ。今は一分の時間も惜しい時なのだが。……

「ライフ・ゲームというゲームをご存知《ぞんじ》でしょうか」

内心の苛立ちとは裏腹に、宗像の声は穏やかすぎるほどに穏やかだった。

「いえ……」男は面食らったようだった。

「知りませんが……」

「生物社会を象徴するようなゲームなんですがね」

宗像は新しいタバコに火をつけた。

「チェス盤のような目を持った平面でのゲームなんですが……ルールはそれほど複雑ではない。要するに、あるマス目、P《ポイント》のまわり八個のマス目の石の数Nによって、そのPが死んだり、あるいはそのままだったり、もしくは新しい石が生まれたりするというゲームなんですよ。煩雑な説明は避けますが、まあ、一種のコンピューター・ゲームですな。

適した環境のもとでは新しい生命が誕生するが、過疎もしくは過密の悪環境の状態では死滅せざるをえないという『生態ゲーム』なんですよ。『サイエンティフィック・アメリカン』に発表された時には、相当な反響を呼んだということですがね。このゲームの面白いところは、石の配置が次々にパターンを変えていくことです。マサチューセッツ大学のあるグループは、有限個の石から無限に石が増えていく『グライダー銃』方式を発見しました。この方式によると、パターンは永遠に変わりつづけ、ついに終わることがない。

現代の新戦略専門家《ネオストラテジスト》たちは、この『ライフ・ゲーム』を革命戦略のなかに採り入れようとしています。つまり、政府に反対する地下組織がいかに細胞《グループ》を増やしていくか……『グライダー銃』方式を用いれば、各細胞は互いに最低限の接触の必要しかなく、しかも共通の目的のもとに動くことが可能なんです。

実際にどんな方法が使われたかは不明だが、どうやらあなたたち国鉄労組には、この『グライダー銃』方式が働きかけられているようですな。だから、あなたたちはそんな連絡があったはずだという錯覚のもとに、全員がなんのためかも知らずいいように動かされているわけですな……」

「………」

男は呆然《ぼうぜん》としている。宗像の言葉の半分も理解できたかどうか疑わしい。

「とにかく、これは犯罪に関係したことなんです……」と、大沢が言葉を添えた。

「極めて重大な犯罪に、ね」

男は小心な質《たち》らしい。大沢のなにげない言葉に明らかな衝撃を受けたようだ。その表情が蒼《あお》ざめていた。

「ディーゼル機関車を停めていただけるでしょうね」

宗像の声は低かった。低かったが、そこに込められている響きは、はっきりと命令だった。

「し、しかし走っているディーゼル機関車を停めるなど……」男は眼に見えて狼狽《ろうばい》していた。

「方法はあるはずでしょう」宗像の声は切り込むように鋭い。

「無線は使えないのですか」

「……おふたりの話を聞いてから幾度も連絡しようとしたんですが……」

「向こうで無線を切っているんですな」

「どうやら、そうらしいです」

「うむ……」

宗像は低く唸《うな》った。ここ数日のうちに、宗像はいちじるしく感情を顕《あら》わにするようになっているようだ。このゲームに、宗像がどれほどの精力を傾けているか、そのひとつの証左だといえた。端正だった表情《かお》に、はっきりと激情の色が浮かんでいるのだ。

「たしか、レール研削車がありましたな」

やがて、宗像が口を開いた。

「ええ……」と、男は頷いた。

「それがなにか？」

「あのレール研削車をディーゼル機関車にぶつけるわけにはいかんですか」

「……無茶です」男の声はなかば悲鳴に近かった。

「そんな事故を起こしたら、線路を修復するのにとてつもない時間がかかる。三日後にはストライキは解除されるんですよ」

「別に、実際に衝突させる必要はありませんよ」さすがに、大沢は宗像の意を汲《く》みとるのがはやかった。

「いかなディーゼル機関車でも、前方にレール研削車が待ちかまえていたら急停車せざるをえないだろう、ということです」

「な、なるほど……」

男の顔には安堵《あんど》の表情が浮かんでいた。喉仏《のどぼとけ》がゴクリと上下した。

「すぐに手配をしていただきましょうか」宗像の口調は叩きつけるようだった。

「われわれの入手した情報によると、ディーゼル機関車はあと三十分ほどで新潟駅を通過するはずです……」

「わかりました」

男は風をくらったように、駅長室から飛びだしていった。大沢が口にした犯罪という言葉が、国鉄労組の幹部たるその男をいたく怯《おび》えさせているようだった。

宗像は眼を閉じて、椅子にグッタリと身を沈めた。右手の拇指《おやゆび》と人指し指で、両の瞼《まぶた》を強く押してみる。瞼の裏の闇《やみ》に、赤く青く光彩がちらついた。

――俺は疲れている、と宗像は思った。単に肉体的精神的な疲労だけではない。そこには顕著な罪悪感が混じっているようだ。新戦略専門家《ネオストラテジスト》にはあるまじき、感情という深い淵《ふち》にのめり込んでいく罪悪感だ。宗像はいつしか今度の事件を、自分と藤野との間の個人的なゲームと感じるようになっていた。『愛桜会』の没落は二次的な目的にすぎなくなっているようだ。部下たちを、そしてこの日本を、自分たちの死闘に巻き込んでいるような後ろめたさがあった。

――もしかしたら俺と藤野は、……宗像は眼を瞠《みひら》いて、虚空《こくう》を見据えた。俺と藤野は両方が負けることになるのではないか。……

——鉄路がつづいている。早朝の鈍色《にびいろ》の空に、鉄路はまっすぐに延びているように見えた。ほんの一昼夜使われないだけで、鉄路は、打ち棄《す》てられたような印象を帯び始めていた。

新潟駅から秋田寄りに数十キロの地点である。付近に人家は少ない。鉄路の両側に設けられた防備林が、ほぼ完全にこの区画を人目から遮っていた。モルタルを注入された築堤の法面《のりめん》も、かなりに傾斜が急で、どうかすると崖下《がけした》の鉄路のような錯覚を覚える。

その崖角からいま異様な列車がゆっくりと姿を見せた。真四角な車両だ。車両の両端に水タンクが設けられ、床下には合計八個の砥石《といし》が取り付けられていた。車両の中央部はどうやら操作室になっているようだ。ディーゼル機関車に牽引されていた。

レール研削車である。ATC作動の正確を期するため、レールのサビと汚れを除く役を負わされた列車だった。

レール研削車は静かに停車した。なにか猟犬を連想させるような姿体だった。かれの合図を待って、力をうちに孕《はら》みながら寝そべっている猟犬だ。いずれは獲物《えもの》が見えてくるはずだと確信しているようだ。

……五分、十分と時間が過ぎていった。レール研削車は微動だにしなかった。

不意に鉄路が震え始めた。その震えはしだいに大きくなり、空気に熱を伝えた。鉄路が甦《よみがえ》ったのだ。

時をおかず、鉄路を唸らす重い音が聞こえてきた。遥《はる》か鉄路の彼方《かなた》に、ポツリと黒い点が落とされた。その黒い点はしだいに大きくなり、やがてディーゼル機関車の鼻容《びよう》がクッキリと見え始めた。

ディーゼル機関車に牽引された二両の新幹線車両だ。

ディーゼル機関車はしきりに警笛を鳴らしている。思いもかけぬ場所に出現したレール研削車に、ディーゼル機関車の運転士は仰天しているようだ。警笛は悲鳴のけたたましさを帯びていた。

レール研削車はなんの反応も示そうとはしない。面憎《つらにく》いほどに、すまして鉄路の上に収まりかえっているのだ。突進してくるディーゼル機関車など、まるで眼中にないようだった。

眼をつぶりたくなる光景だ。ディーゼル機関車とレール研削車が正面衝突すれば、それこそ鉄路がねじまがるような惨状を呈することだろう。人死にが出ないはずはなかった。

たまりかねたように、ディーゼル機関車が金属の悲鳴を発した。ブレーキディスクがかけられたのだ。鉄路に蒼《あお》く火花が散った。

巨大な鉄の塊だ。即座にブレーキがきくはずはない。なにか見えない力に引きずられでもするように、ディーゼル機関車はなおも前進をつづけている。鉄の怒号が周囲を満たした。

凍りつくような瞬間だった。ディーゼル機関車は体を震わせ、泣き声をあげながら、破滅への前進をやめることができないのだ。惨事はもう避けられないかに見えた。

車輪は焔《ほのお》を吐く激しさで軋《きし》みに軋んだ。なにか奇跡にも似た力が働いたようだった。ディーゼル機関車がついに停まったのだ。レール研削車との距離は五メートルとは開いていなかった。……

緊迫していた空気が溶解した。再び朝の静寂《せいじゃく》が戻ってきた。ディーゼル機関車はこのうえもない脱力感に、グッタリと身をゆだねているように見えた。

レール研削車の扉が開き、パラパラと数人の男たちが地に飛び降りた。いずれも国鉄職員の制服を着ている。ほとんど同時に、ディーゼル機関車のほうからも、運転士が姿を現わした。運転士は烈火のごとく怒っているようだ。危うく死にかけたのだから、その怒りも当然のことといえたろう。

男たちは声高に言葉を交わしあった。運転士の挙げる抗議の声が、やはりひときわ大きいようだ。その間にも、何人かの男たちがディーゼル機関車に牽引された新幹線車両に向かって走っていく。国鉄労組にとって、今朝は多難の時だといえた。

――その鉄路を見下ろす丘の中腹に、一台の自動車《くるま》が駐《と》まっていた。

なだらかに下っていく細い道路に、ほかの自動車の影は見えなかった。ただ一台ポツンと停車していることが、なんの変哲もない国産車に奇妙に不吉な印象を与えていた。

その自動車には、宗像と大沢のふたりが乗っていた。

「ただの新幹線車両のようです」

運転席の大沢が双眼鏡を眼から下ろしながら言った。

「どうやら、こちらのディーゼル機関車がダミーだったようですな……」

「そのようだな」と、宗像は頷いた。

「東京に向かっているディーゼル機関車に、PS—8は積まれているというわけだ」

宗像の声音は落ち着いていた。ようやく勝利の兆しを掴むことができたのだ。藤野の撹《かく》乱《らん》戦法、擬装工作はここに至ってほぼ完全に潰《つい》えたのである。宗像はいまPS—8がなにで運ばれているかを知っている。その位置も久野が確実にフォローしていた。——勝負は逆転したといえた。

「久野も、かなり興奮しているようです」と、大沢が言った。

「彼の働きで、あちらの国鉄労組も相当に混乱している様子です。ディーゼル機関車は、幾度も立往生しているらしいですからな。今やそのはやさは鈍行なみということです……なんなら久野にあちらのディーゼル機関車を調べさせたらどうですか」

「それは止《よ》したほうがいいな」宗像はゆっくりと首を振った。

「東京に着くまで、強硬手段にはでないほうが賢明だろう。東京にはわれわれの自由になる兵数があるからな。人数をかためて、ディーゼル機関車を圧《お》さえたほうが安全だ……久野もそこら辺は承知しているはずだ。久野は十分に働いてくれるさ。ディーゼル機関車が東京へ着くのにはタップリ五時間はかかる。久野にそう指令しておいたからな。われわれが東京へ着く前に、ディーゼル機関車を到着させてはならん、と……」

「われわれの勝利は間違いないですな」大沢が微笑した。

「PS—8を手に入れれば、その後は緒方一派をたたき潰《つぶ》すのに全力を注げるわけだ」

「新潟空港へやってくれ」

宗像はそう命じると、ゆったりと座席に身を沈めた。宗像にとってただひとつ気がかりなのは、立花からの連絡がとだえていることだ。二時間ほど前に、トレーラートラックを発見したという連絡が入ったきりなのである。

——あの男に限って間違いはないはずだ。宗像はそう自分に言いきかせている。宗像のイメージのなかで、立花はほとんど不死身の印象を与えられていた。たしかに気がかりではあるが、立花の沈黙をそれほど本気で案じる気にはなれなかった。

「宗像さん……」

大沢の緊迫した声が、宗像をもの思いから眼醒《めざ》めさせた。まだ自動車は五十メートルとは動いていないはずだが。……

宗像の表情が強張《こわば》った。大沢の肩越しに、前方の道を塞《ふさ》ぐようにして駐まっている自動車が見えたのだ。頭を路肩《ろかた》に押しつけるようにしたその駐車法は、明らかに交通妨害を目的としたものだ。

宗像はなかば反射的に、後方を振り返った。宗像の危惧《きぐ》が的中した。後方にも同じような自動車が一台、ゆっくりとこちらに向かって進んでくるのだ。

「挟《はさ》み撃《う》ちか……」宗像は呻いた。

「何者でしょうか」

大沢が、尻《しり》ポケットから小さな拳銃を取りだしながら囁《ささや》きかけてきた。そのベレッタを握る手がおぼつかない感じだった。暴力沙汰《ざた》には新戦略専門家《ネオステラテジスト》は慣れていないのだ。

「藤野の手先ですかね」

「違うな」と、宗像は首を振った。

「このやり方は藤野のセンスではない。どうやらヘリコプターとの交信を傍受されていたようだな。奴らは『愛桜会』だ……」

7

二台の自動車は明らかな凶意を発散していた。死肉を望むハイエナの無気味さだ。自動車のなかに侍《じ》している男たちは、新戦略専門家《ネオステラテジスト》など及びもつかない暴力の熟達者に違いなかった。

「どうしますか」さすがに大沢の声は緊張していた。

宗像は背後を振り返っている。後続の自動車は頭部を正面に向けていた。強行突破するとしたら、後ろの自動車の隙《すき》をつくしかないようだ。

迷っているだけの余裕はなかった。後ろの自動車が車首を転じれば、宗像たちにどんな脱出法も残されていないのだ。多少の危険を犯すのはやむをえないといえた。

「フル・スピードでバックしろ」宗像は殺したような声で命じた。

「…………」

大沢の動きは敏速だった。クラッチを踏み、ギアをバックにたたき込んだ。車輪《タイヤ》が泣き霊《パーシー》のような声を発した。自動車は白い煙を吐きながら後進を始めた。

リア・ウィンドウに後ろの自動車が迫ってきた。宗像は無意識のうちに首を縮めていた。

空気を断ち切るような音が聞こえた。

自動車が安定を逸した。尻《テール》が蜂《はち》のそれのように右に左に揺れた。——消音銃《サイレンサー》でタイヤを射ぬかれた……宗像がそう覚った時、すでに自動車はガードレールに激突していた。

プロとアマの差だ。最初《はな》から宗像たちに脱出のチャンスは残されていなかったのかもしれない。が、——なお大沢はあきらめようとはしなかった。

「やめろっ」

宗像の叫びはむなしかった。大沢は拳銃を構えて、車外へ飛び出していたのだ。

見えない鉄槌に殴られたように、大沢は首をガクリとのけぞらした。悲鳴をあげるだけの慈悲も与えられなかったようだ。地に倒れた時、すでに大沢の顔は柘榴《ざくろ》と化していた。

宗像の脳裡を凶暴な怒りが貫いた。新戦略専門家《ネオステラテジスト》たりうる人材はひじょうに少ない。宗像にとってはダイヤよりも貴重な部下なのだ。

宗像はリア・シートに体を低く這《は》わせていた。腕だけを伸ばして、後部ドアを静かに開いた。そして体のひと屈伸で、身を前部シートに移した。これで二枚の扉が、前方からも後方からも宗像の体を遮ってくれるはずだ。——大沢の手にある拳銃だけが宗像の眼に映じていた。宗像自身は武器を身につけていない。その拳銃だけが、宗像に与えられた唯一の武器といえた。

「出てこい」

外から声が聞こえてきた。自信に満ちた声だった。新戦略専門家《ネオステラテジスト》の抵抗など歯牙《しが》にもかけていないのだ。

宗像は両手を地につき、ゆっくりと車外へ這いだしつつあった。蛇の慎重さだ。その表情はまったく無表情だった。

鈍い炸音《さくおん》が響いた。唸りをあげて飛んできた弾丸が、二枚のウィンドウを貫通した。ガラスの破片が宗像の体の上にパラパラとふりかかった。

「無駄な抵抗はやめろ」

再び声が聞こえてきた。

「そんな玩具《おもちゃ》で俺たちに勝てるわけがない」

万事休すだ。相手は宗像の動きを見抜いているのだ。これ以上抵抗をつづけたところで、大沢と同じ轍《てつ》を踏む結果となるだけだろう。

「射《う》つな」

宗像は声を張りあげた。

「いま立ちあがる」

宗像は両手をあげ、ゆっくりと体を起こした。銃口に身をさらす危険に、胃が痛む思いだった。

敵は前後に二人ずつを数えた。全員が拳銃を構えている。いずれも暴力のプロらしく、いかにもしぶとい匂《にお》いを発散させていた。

宗像は前後から近づいてくる敵の姿にいささかの注意も払っていないようだ。その眼は地に横たわる大沢の死骸《しがい》に向けられていた。

宗像の双眸《そうぼう》は焔《ほのお》と化していた。


――宗像は自分がいまいる建物がどこにあるのか知らなかった。自動車《くるま》に乗せられる時、眼隠しをされたのである。ただ自動車に揺られていた時間はほんの三十分ほどだったから、襲撃された場所からそれほど離れた地であるはずはなかった。

自動車から降ろされ、体を支えられながら短い階段を登った後、――なんの予告もなしに眼隠しを外されたのである。

視界を貫く強い照明に、数秒間、宗像はまったくの盲目と化していた。宗像は眼を激しく瞬《まばた》かせながら、できうる限りはやく部屋の様子を見定めようとした。

ようやく部屋が、はっきりと形をとった。

コンクリートの壁がむきだしになっているような部屋だ。およそ部屋の名に価《あたい》しないかもしれない。窓のない、立方体の空間にすぎないのだ。錆《さび》の浮きでた鉄の扉がひどく威圧的に見えた。

幾つか粗末な木椅子が置かれていた。宗像を襲った男たちがそれぞれに腰をおろす。四人の男たちは容姿も年齢もさまざまだったが、揃《そろ》って暴力を生業《なりわい》とする者に特有の、猛々《たけだけ》しい印象を備えていた。

「われわれは、日本各地にこれと同じような建物を所有しているんだ」と、男のひとりが言った。

「どれも人里離れた建物でね。なにかと便利だよ……」

「われわれというのは『愛桜会』のことか」宗像が皮肉に訊《き》いた。

それには、男はニヤリと笑って見せただけだった。なかばは肯定したも同然だ。ということは、彼らに宗像を生かして帰す意志はまったくないということになる。

「われわれはあんたに幾つか質問がある」男は言葉をつづけた。

「いずれもひじょうに微妙な質問だ。通常な手続きをへたのでは、とてもこちらの欲しい回答は得られそうにない」

「試してみたらどうだ」

「新戦略専門家《ネオストラテジスト》を相手に尋問ゴッコかね」男は歯をむきだした。

「われわれは無駄骨を折るのは嫌いでね。それに時間もあまりないんだ。……もう少し洗練した方法を使わせてもらうよ」

「……薬だな」

「さすがに察しがいい」

その言葉が、なにかの合図だったかのように、ほかの三人の男が椅子から腰を浮かした。ひとりは右手に注射器を構えていた。――『愛桜会』は恐ろしく手際のいい連中を擁しているようだ。彼らが相手では、あらゆる抵抗は徒労でしかないだろう。

袖《そで》が乱暴にまくりあげられる間、宗像は直立の姿勢を崩そうとはしなかった。上膊《じょうはく》部に鋭い痛みを感じた時も、宗像は顔色ひとつ変えようとはしなかったのだ。

どうせすべての抵抗は封じられることになるのだ。今ここでむなしく体力を消耗するのは馬鹿げていた。これからの苛酷《かこく》な時間に耐えるためにも、できる限り体力は温存しておくべきだろう。

「それでいい……」

リーダー格らしい男が上機嫌に鉄の扉を開けた。

「さあ、こちらの部屋に入っていただこうか」

宗像はむしろ昂然《こうぜん》と男の言葉に従った。――同じような部屋だ。さらに狭く、こ、、、ちらには椅子のひとつも置かれていない。床面が濡れているのが異様な感じだ。

宗像の背後で鉄扉が音高く閉まった。断頭台のギロチンの落ちる音だ。

宗像は、自分にあまり時間が残されていないのを知っていた。尋問技術の発達は、異常に速効性の自白剤を生みだしている。拷問《ごうもん》に耐えられる人間も、自白剤の作用には抗しうべくもないのだ。

宗像の視線が忙しく室内を這った。天井のパイプを見るまでもなく、この部屋がナチスの特別室《ゲスト・ルーム》であることは瞭然《りょうぜん》としていた。かの悪名高いゲシュタポが開発した拷問室で、ここに入れられた人間は、非常な高温と極寒とを交互に体験しなければならないのだ。多くは気が狂ったと伝えられている。

室温が急速に上昇を始めている。宗像の全体表が汗を噴きだした。眼眩《めくら》みするような暑さだ。

宗像ははやくも喘《あえ》ぎ始めていた。喘ぎながら、その視線はさらに忙しく室内を舐《な》めているのだ。——なにをするにしても、監視装置《モニター・セット》のもとでは無駄でしかないだろう。その動きを逐一見張られていては、手枷足枷《てかせあしかせ》をはめられているに等しい。宗像はなんとしてでもテレビ・アイを発見し、その眼を見えなくする必要があったのだ。

宗像は汗みずくになっていた。緊張から生じる、異常に酸性がまさった汗だ。それとも、すでに自白剤の効果が表われ始めているのか。

テレビ・アイは発見できなかった。宗像は大きく息を吸い、もう一度最初から始めることにした。いまテレビ・アイを発見できなければ、発見できるチャンスを永遠に逸してしまうのだ。——部屋を幾つかの小さなブロックに分割する。そして、各ブロックを順にひとつずつ入念に調べていくのだ。極端な緊張を強《し》いられる作業だが、こうすれば見落としの可能性は大幅に減少する。対潜哨戒《しょうかい》機が潜水艦を探すのによく用いる方法だ。

高温のなかで、優れた観察眼を保持するのは困難な仕事だ。数秒後には、宗像の眼は真っ赤に充血していた。心臓がドラムの激しさで鳴っている。

宗像の大脳が警鐘を発した。パイプと壁との接着部になにかが見えたのだ。テレビ・アイの鈍い輝き。――宗像はなかば獣のように呻《うめ》いていた。

宗像は手早く上着を脱ごうとした。が、意志に反して、なかなか上着は体から離れてくれようとはしなかった。当然だろう。全身が汗で濡れに濡れているのだ。

ようやく上着を脱ぎ終わった時、宗像の体力はいちじるしく消耗されていた。ただ立っているのにさえ困難を覚えるほどだ。宗像は頭を激しく振り、なけなしの気力を振り絞った。体のなかでアドレナリンが煮沸しているのがよくわかった。

宗像はふらつく足を踏みしめて、パイプの下に立った。上着をパイプにひっかけて、テレビ・アイを遮ろうというのだ。賽《さい》の河原にも等しい業苦《ごうく》が始まった。幾度試しても、上着は思うようにテレビ・アイを遮ってはくれないのだ。汗が眼に入り、視界を滲《にじ》ませてしまうのである。

が、――ついに上着がテレビ・アイを完全に覆う時がきた。あまりの嬉《うれ》しさに、宗像はそのまま昏睡《こんすい》しそうになった。現実に、宗像は崩れ折れてしまったのだ。

自白剤が圧倒的な力で、宗像の体を内側から嚙《か》み始めていた。すでに代謝作用には大きな変化が生じていた。アドレナリンとグリコーゲンが体から溢《あふ》れでんばかりだ。――宗像は体を弓なりに反《そ》らし、内側の牙《きば》に耐えていた。まだ正気を失うわけにはいかないのだ。

強く嚙まれたその唇から、鮮血が顎に滴っていた。

――ＰＳ―８についてなにを知っている？

マイクに増幅された声が聴《き》こえてきた。

――知っていることをすべて話せ……。

ほとんど神の声に等しい。頭蓋《ずがい》を貫く声だ。誰《だれ》であれ、背くことのかなわぬ声なのだ。

――自白剤の影響下では、沈黙をつづけることは直截に肉体的な苦痛さえ意味する。喋《しゃべ》ってしまいたいという圧倒的な欲望が、人間の最後の理性まで打ち崩してしまうのだ。

宗像は文字どおり床をかきむしっている。死人の形相になっていた。汗をかく死人だ。

――知っていることをすべて話せ……。

宗像は、不意に床面を転げまわった。顔が血と汗で醜く隈取られた。宗像の声はほとんど悲鳴に近かった。

「垂仁《すいにん》、景行《けいこう》、成務《せいむ》、仲哀《ちゅうあい》、応神《おうじん》、仁徳《にんとく》、履中《りちゅう》、反正《はんぜい》、允恭《いんぎょう》、安康《あんこう》、雄略《ゆうりゃく》……」

宗像は咆《ほ》えたけるようにして、歴代の天皇の名を連ねている。喋りたいという欲望をいくらかでも解放するためだ。床面を拳《こぶし》で叩きつけながら、宗像は喚《わめ》きつづけている。

「……欽明《きんめい》、敏達《びだつ》、用明《ようめい》、崇峻《すしゅん》、推古《すいこ》、舒明《じょめい》、皇極《こうぎょく》、孝徳《こうとく》……」

突然に全体毛が鳥肌立つ感触に襲われた。ほとんど体を弾《はじ》きとばされる衝撃だ。宗像は反射的に体を丸めている。――室温が信じられないほどの速さで下がっていくのだ。

歯の根が合わなかった。凄《すさ》まじい酷使に心臓が悲鳴をあげている。軀《からだ》を覆う汗が氷の牙となった。質問に応じようとしない宗像に、鞭《むち》のひと振りがくだされたのだ。

「…………」

宗像は無力に震えている。懸命に両の手で体をこするが、なにほどの効果もない。自白衝動の最初の波が去ったらしいのが、せめてもの慰めといえた。が、時をおかず、始めに数倍する波が襲ってくるのは明らかだった。

宗像は丸めた体のかげで、腕時計を外そうとしていた。他人の指のようだ。震える指は、腕時計を外すという簡単な仕事にも、思うように動いてはくれないのだ。

腕時計がようやく外れた時、宗像の喉《のど》から泣き声が洩《も》れた。その腕時計を床面に叩きつける。ガラス蓋《ぶた》が砕けた。――宗像はベルトを手の甲にはめ、時計を握りしめた。ねじ曲がった針が掌《てのひら》を傷つけた。

いまの宗像にできるのは、これが限度だった。掌の痛みが、いくらかは理性の錨《いかり》となってくれるはずだった。すべてを喋《しゃべ》ってしまえば、その後に待ち受けているのは〝死〟でしかない。なんとしてでも、自白衝動に耐えぬかなければならないのだ。

宗像は血走った頭で、事件の経過を反復していた。今度は、天皇の名を列挙するだけでは済まないだろう。なにかそれらしいことを喋る必要があるのだ。――『愛桜会』がすでに確実に知っていること、それだけを喋ればなんの害もないはずだった。

宗像は骨の髄まで新戦略専門家《ネオステラテジスト》だった。おこりにかかったように体を震わせながら、なおゲームのポイントを数えあげているのだ。が、この小康状態もながくはつづきそうになかった。すでに自白衝動の第二波が、体の奥底で蠢動《しゅんどう》を始めている。強烈な嘔吐《おうと》感が伴っていた。

寒さはなおその鋭さを増していた。人間の代謝作用を完全に麻痺《まひ》させる極寒だ。誰であろうと、その最後の気力までも削《そ》がれずにはいられなかった。

——楽になったらどうだ？

みたび声が囁きかけてきた。

——すべて話してしまえばいいのだ。

宗像はさらに強く時計を握りしめた。その顔が亡者のそれと化していた。尋問者の声に抗《あらが》うには、ほとんど超人的な意志力を必要とするようだ。

宗像の体から、極寒がその牙を抜いた。再び室温が上昇を始めたのだ。——精神分裂症の世界に似ていた。極寒から高温へと容易に変貌《へんぼう》をとげるのだ。宗像の全身から白く水蒸気がゆらめきたち始めていた。

宗像は絶叫した。床を這《は》いながら、声を限りに絶叫したのだ。

8

——自白剤の効果《ききめ》は執拗《しつよう》に残っていた。体のなかで、誰かがタップを踏んでいるようだ。あらゆる神経の末端が針を刺されたように痒《かゆ》かった。

人間はごくごく華奢《きゃしゃ》につくられている。度を越した苦痛に際して失神するのは、人間に与えられたひとつの慈悲だといえる。が、――宗像はついに最後まで意識を失うことを潔しとしなかった。慈悲を受けるのをキッパリと拒絶したのだ。たんなる矜持《きょうじ》からではなかった。戦いを続行するためには、意識を保っておく必要があったのだ。

自白剤を射《う》たれ、なお沈黙をつづけるのは不可能だ。いずれは自白衝動に圧殺されることになる。廃人と化してしまうのだ。――が、意識の一片でも怜悧《れいり》に保っておけば、自白衝動を満足させ、かつ沈黙することが可能なのである。尋問者の知っていることだけを喋る……自白剤を射たれた人間にとって、これは戦い以外のなにものでもなかった。

その戦いでどれほどのポイントを稼いだのか、宗像自身にも定かではなかった。いまの宗像には勝負を振り返るだけの余裕があるはずはなかった。ただただ体を弛緩《しかん》させて、荒い息を吐いていたのだ。

――三時間、いや、それ以上の時間が過ぎたのかもしれない。宗像からはすでに時間感覚が失われていた。ただ尋問が終わったのを微《かす》かに意識しているだけだ。

宗像の掌《てのひら》は血で汚れていた。時計はすでに金属の塊と化している。自白剤の苦痛は、宗像にほとんど非人間的な握力を与えたようだ。

扉を開く音が聞こえた。

「さすがに新戦略専門家《ネオストラテジスト》だな」嘲《あざけ》りを含んだ声が言った。「テレビ・アイを見つけだしたのはさすがだよ。もっとも、悪あがきではあったがね」

宗像は薄く眼を開けた。どうやら部屋に入ってきたのはひとりだけであるようだ。男は宗像に対してなんの警戒も抱いていないらしい。自白剤で衰弱した新戦略専門家《ネオステラテジスト》など、暴力に熟達した男の眼には、赤児《あかご》に等しい存在として映っているに違いなかった。指一本であしらえる相手なのだ。

「眼を醒《さ》ませよ」

男は宗像の傍らに片膝《かたひざ》をついた。

この瞬間を待って、宗像の体力気力はぎりぎりと絞られてきたのだ。ほとんど発条《ばね》が放たれるのに等しかった。

頬骨《ほおぼね》の陥没する鈍い音が響いた。拳《こぶし》に巻いた時計バンドがナックルのような威力を発した。握られている時計は、宗像の拳を固いうえにも固くしていた。いかに非力な宗像でも、これだけの好条件が揃えば、他者を殴り倒すことが可能だった。

身を起こしざまに放った宗像の一撃で、男は声もあげずに気を失った。陥没したその頬を整形するのには一財産を要するだろう。

むろんのこと、宗像の指も無事で済むはずがなかった。素手で人を殴るのには、それこそ指を折る覚悟がいるのだ。指を折りこそしなかったが、宗像の手の甲は真っ赤に腫《は》れあがっていた。

宗像はふらつきながら立ち上がると、テレビ・アイに眼をやった。心配はなさそうだ。テレビ・アイは上着に覆われて、まだ盲目のままだった。

隣の部屋にも人影は見えなかった。宗像は隣の部屋の扉を開き、外を覗《のぞ》いた。階段の踊り場につづいているようだ。話し声がボソボソと聞こえていた。

宗像は体を低くし、踊り場に進み出た。下階《した》は小さなホールのようになっていた。めったに使われることのない別荘という態《てい》だった。ホールの隅には、小さいながらもバーが造られてあった。人声はホールに見えるドアの向こうから聞こえていた。宗像をどう始末するか相談でもしているのだろう。

宗像の双眸《そうぼう》が鉄の重みを増した。地下室に通じているらしいドアを発見したのだ。宗像の望みはただここを逃げだすことだけではなかった。『愛桜会』の男たちに報復しなければ、宗像の矜持《きょうじ》が満足しなかった。大沢の死に顔がしきりに宗像の脳裡《のうり》にちらついた。

宗像はゆっくりと階段を降り始めた。いまの宗像にはたやすい仕事ではなかった。全身が熱を孕《はら》んでいた。足指が凍傷の兆しで、もがれるように痛かった。本来なら、病院のベッドで安静にしていなければならない状態なのである。

階段の途中に時計が掛かっていた。宗像は時刻を知って、意外の感にうたれた。襲撃を受けてから、まだ二時間とはたっていなかったのだ。永劫《えいごう》の時のように感じられた尋問が、実は一時間たらずの出来事だったわけだ。自白剤の威力はまさに爆発的だったといえよう。

どうにかホールを踏みしめた時、宗像の喉は笛のように鳴っていた。苦痛をいっぱいに詰めた革袋に等しかった。暴力のプロならずとも、いまの宗像をしとめるのはひじょうに容易な仕事だったろう。

話し声はまだつづいている。笑い声さえ混じっているようだ。上階《うえ》にあがった仲間の帰りが遅いのにもなんの心配も抱いていないらしい。宗像になにもできるはずはないとたかをくっているのだ。

が、自《おの》ずとそれにも限度があるはずだった。いずれは誰かが上階《うえ》の様子を見にいくことになるだろう。それまでに、宗像はしておくべき仕事を、すべて終えていなければならないのだ。

宗像はほとんど這うようにして、ホールを横切った。部屋の隅に置かれてある電話が目的だった。受話器をとり、東京ナンバーをまわした。

『もしもし……』

北村の声が聞こえてきた。

「俺だ……」宗像の声は囁《ささや》くようだった。

「時間がない。こちらの話だけを聞いてくれ」

『……………』

北村は敏感な男だった。いちはやくなにか異変があったのに気がついたようだ。

「ありとあらゆる周波数を使って、久野に無線連絡をするんだ」と、宗像は言葉をつづけた。

「東京駅を完全に自衛隊員で固めた、とな」

『そんな……』さすがに北村は絶句したようだ。

『久野からの報告によると、後二時間足らずでディーゼル機関車は東京駅に着くはずです。せっかくここまで詰めたのに、今そんな無線を流したらぶち壊しじゃないですか。盗聴されるに決まってますよ』

「それが狙《ねら》いだ」

宗像は電話を切った。ドアの向こうの様子が変わったのを敏感に察したのだ。「俺が見てくるよ」と、誰かの喋る声が聞こえてくる。さすがに仲間が戻ってくるのがあまりに遅いのに不審を抱き始めたのだろう。

宗像は二跳《ふたと》びでホールを横切った。危機に瀕《ひん》した小動物が見せる底力だ。男が出てくるのと、地下室のドアが閉じるのがほとんど同時だった。

宗像は荒い息を吐いていた。体力のストックもいよいよ底をついたようだ。時間もさほど残されていない。これから先は運に頼るしかなかった。

地下室は宗像の想像していたとおりの造りだった。巨大なスティーム・ボイラーが鎮座していたのである。鋼材のシリンダーがほとんど天井にまで達している。尋問室をあれだけの高温にするには、普通の家庭用ボイラーでこと足りるはずがなかった。

宗像は手摺《てすり》で体を支えるようにしながら、階段を降りた。鼠《ねずみ》が一匹、階段のなかほどにチョコンとすわり、そんな宗像を不思議そうに見あげていた。今の宗像は鼠一匹怖がらせることができないのだ。

地下室は意外に明るかった。正確には半地下室と呼ぶべきかもしれない。部屋の隅のほうに採光窓があるのだ。どうにか人間ひとりが、くぐり抜けられそうな窓だった。

宗像はしばらくスティーム・ボイラーの前で立ちすくんでいた。宗像はボイラーの知識に欠けている。とっさにはなにから手をつけていいのかわからなかった。

——数分後、宗像の姿は屋外にあった。建物をすぐ下に見る茂みのなかに身を潜めていたのだ。

人里から離れた山の中らしい。小鳥のかまびすしい鳴き声以外は、自動車《くるま》の警笛ひとつ聞こえてこない。シーズンともなれば、ピクニック客が頻繁に訪れてきそうな場所に思えた。

宗像がなかば予期していたとおり、建物は別荘用に造られたものであるらしい。赤い屋根の洋館だ。とても拷問室を蔵した建物には見えなかった。

宗像はぴくとも体を動かさなかった。全身を視線と化したようだ。その暗い眼はなかば狂的な光を帯びていた。

建物が騒がしくなった。鋭い犬の鳴き声が聞こえてくる。どうやら奴らは犬を使って宗像を狩りだすつもりでいるらしい。宗像の体力では遠くへ行けないことを承知しているのだ。

宗像の表情に目立って焦燥の色が濃くなった。いまの宗像は全身から血のにおいを発散させている。犬ならずとも、そのにおいを嗅《か》ぎつけるのはたやすいはずだ。——宗像は優れた現実主義者《リアリスト》だった。見つかれば、自分に生きのびる望みがまったくないことを十分に承知していた。奴らはなんのためらいもなく、宗像の体に弾丸を撃ち込んでくることだろう。

犬をつれた三人の男が、建物から姿を現わすにいたって、宗像の焦燥感は極限に達した。奴らに建物から離れられては困るのだ。宗像のせっかくの細工が、なんの効果も奏さなくなる。

男たちは玄関の前で、しきりに何事か話し合っている。いずれ宗像狩りだしの手筈《てはず》でも決めているのだろう。面憎《つらにく》いほどの余裕だった。

「今だ……」宗像は口のなかで呟《つぶや》いた。

「爆発してくれ」

が、宗像の祈りはむなしかったようだ。建物は巌《いわお》の安定を有していた。異変の兆しさえ見えないのだ。

男たちが歩を進め始めた。宗像の表情にほとんど憤怒《ふんぬ》にも似た絶望の色が浮かんだ。

その瞬間、——地軸を揺るがす大音響が四方に放たれた。建物は轟然《ごうぜん》と身震いし、次には太い火柱に貫かれていた。

赤い屋根が竹細工のようにたわみ、夥《おびただ》しい数の瓦《かわら》を宙に投げあげていた。炎が赤い舌をはきだした。濃い噴煙が建物を覆った。

凄《すさ》まじい破壊力だ。炎と煙が上昇する熱気にごうごうと渦を巻いていた。

焦燥を突然に断ち切られ、宗像は痴呆《ちほう》のように立ちつくしていた。眼前の破壊がとても自分が手を下した結果だとは信じられなかった。常識の範《のり》を越える大爆発だったのである。水の循環をどこかで止め、ボイラーに戻らない状態のまま熱しつづける……知識ではそれで爆発が起きるとは知っていたが、まさかこれほどの大惨事を招くとは予想もしていなかったのだ。宗像は蒸気弁と安全弁の違いさえろくに知らなかったのである。

地下室にドラム缶が幾缶か置かれていたが、あのなかには重油が入っていたのかもしれない。火薬の類《たぐい》も隠されていたことだろう。とにかく幾つかの偶然が宗像に幸いして、これほどの大爆発となったに違いなかった。

宗像は茂みから立ち上がった。胸裡には勝利感の残滓《ざんし》さえなかった。鏡のように冷たく冴《さ》えきっていた。暴力沙汰《ざた》に直截《ちょくせつ》に手を下すことは、新戦略専門家《ネオステラテジスト》にとってひっきょう余技でしかなかった。

大沢の死と、自白剤の効果《ききめ》によって、一時失われていた新戦略専門家《ネオステラテジスト》の特質が、再び宗像のうちに甦《よみがえ》ったのである。宗像は常にも増して無感動な男になっていた。

建物は燃えさかる炎の柱と化していた。その炎の柱に向かって、宗像はゆっくりと歩を進めていた。——現在《いま》の体力では、歩いて里を出るのはかなりに困難だろう。自動車《くるま》を使えれば、それにこしたことはなかった。この種の別荘では、ガレージが外にあることが珍しくない。運がよければ、無傷の自動車が見つかるはずだった。

ふらりと宗像の前に人影が立ちふさがった。幽界に片足を踏み込んでいるような姿だ。

全身が焼けただれていた。頭髪がちぢれ、身につけている背広はほとんど炭のようになっていた。

四人組のリーダー格だった男だ。

「きさま……」男はしわがれた声で言った。

「生かしちゃおかない」

「…………」

宗像の表情に驚いた色はなかった。あえていえば、採取した虫にピンを刺す時の、無邪気な子どもの好奇心が浮かんでいた。子どもは死にゆく虫にある種の喜悦を覚えるのだ。

「生かしちゃおかない……」

男は痴呆のように言葉を繰り返した。その執念だけがこの男を支えているのだ。死霊《ゾンビー》に似ていた。

宗像は男がベルトから拳銃を取りだすのを、じつに冷静な眼つきで見つめていた。その拳銃は黒く焦げていた。

男は両手で拳銃を支え、その銃口を宗像の胸に向けた。暴力のプロにはふさわしくなく、高速度撮影のように鈍い動きだった。その眼が燐光《りんこう》のような光を放っていた。

撃鉄の落ちる乾いた音が聞こえた。

弾丸は発射されなかった。男はほとんど泣き声に近い呻《うめ》きをあげた。拳銃は本来がひじょうに故障の多い代物なのだ。あれほどの爆発のショックを受ければ、まず使い物になららなくなって当然だった。

男の執念もそこまでが限界のようだった。男はガクリと両膝をつくと、ゆっくりと頭を地に沈めていった。地に伏した男の体は、まったくの焼け木としか見えなかった。

宗像は再び歩き始めた。今の出来事にはなんの関心も払っていないような表情だった。暴力のプロなど珍しくもない。新戦略専門家に比べれば芥《あくた》に等しい存在だ。大沢ひとりの死に、緒方たち『愛桜会』が、ひじょうに高い代償を払わねばならなかったのも、ごく当然なのだ。

9

——東京駅における自衛隊員配置がすべて完了した。……

この短い無線連絡が、さまざまに周波数を変えて東京の空を飛び交っている。あるいはアマチュア無線家が、あるいは無線タクシーの運転手が、突然に聞こえてきたこの不可解な言葉に首をかしげた。

国鉄ストライキを破るために、ついに自衛隊が出動したのではないか……とっさにそう考えた新聞記者たちも少なくなかったようだ。自衛隊クーデターを想起したジャーナリストさえいたのである。いかにやくざたちの抗争事件に忙殺されているとはいえ、これには時間を割《さ》かないわけにはいかなかった。そうでなくとも、自衛隊の動きにはうろんなものを感じていたのだ。が、——息せききって六本木《ろっぽんぎ》に駆けつけた新聞記者たちは、いつに変わらぬ防衛庁の様子に拍子抜けせねばならなかったのだ。

——東京駅における自衛隊員配置をすべて完了した。……つまるところ、この奇妙な無線連絡は悪戯《いたずら》でしかないのか。東京駅の様子もスト決行中にふさわしく、ただヒッソリと静まりかえっているだけではないか。……もちろん、その無線連絡を悪戯とは考えない人間たちもいた。緒方たち『愛桜会』、そして藤野修一、——さらには無線を流している当の本人である。

新戦略専門家《ネオステラテジスト》の本部室では、北村が喉《のど》をからして無線連絡をつづけていた。——東京駅における自衛隊員配置をすべて……。

——敬と弓子は半死半生の態《てい》だった。あまりに旅がながすぎたのだ。北海道を脱出できれば満足だったはずなのが、ついに東京までの無賃乗車となってしまったのである。ほとんど一昼夜の旅だった。

体にふかい酩酊《めいてい》感があった。居住性がまったく考慮されていない貨車車両で長旅をつづけることは、それだけですでに拷問に近いといえた。もっとも、ふたりはまだ自分たちの乗っているのが新幹線車両だと信じていたのだが。……旅の疲れに加えて、空腹感と、それに数倍する喉の渇《かつ》えが彼らの苦しみをいや増しに増していた。

が、彼らにはなにより若さがあった。若さがもたらす健康な好奇心があった。東京という響きがふたりの苦しみをいちじるしく軽減しているのだった。

ディーゼル機関車は、速度を眼に見えて落としていた。東京が終着駅であるのは確かなようだった。札幌を出発して、青森、盛岡、福島……そして今、ディーゼル機関車は東京に入っているのである。

敬と弓子は手をつなぎ、ともに窓の外を見つめていた。二重構造の特殊な窓だった。内部《なか》から外を見ることはできるが、その逆は不可能につくられているのだ。新幹線車両を擬装することは必要だが、内部を覗かれては困るという配慮のもとにつくられた窓だった。が、——敬と弓子は窓の異様な造りに注意を払おうとさえしなかった。初めて見る東京の風景に、ただただ魅了されていたのである。

ふたりの眼には東京は無限の地平を持つように映っていた。この圧倒的な広さの前では、菊地組などいかほどの脅威にも感じられないように思えた。弓子の故郷へ行くのはやめ、この東京の雑踏に紛れこんでしまったほうがよくはないか……敬は一瞬そう考えたほどである。

ディーゼル機関車の速度がさらに落ちたようだ。窓外には巨大なビルが連なるようになった。もう東京駅は近いのではないか。

「国鉄の人に見つかったらどうする？」と弓子が囁きかけてきた。

「見つからないようにするさ」敬が断乎《だんこ》とした声で言う。

「とても札幌から東京までの運賃は払いきれないよ」

「そうね……」弓子は頷《うなず》いた。

「仕方ないわよね。見つからないように、東京駅に着いたらソッと逃げようね」

「東京で少し働くよ」

少年は重々《おもおも》しい声で言った。自分がいかにも頼りがいのある男一匹になったようで、気分がひじょうによかった。弓子も自分の力で護《まも》ってやるのだ。

「一週間ぐらい土方でもなんでもして……東京からきみのお祖母《ばあ》さんの島までは、もう少し楽な旅をしたいものな」

「………」

弓子は微笑《ほほえ》んだ。体力の非常な消耗にもかかわらず、彼女はこのうえもなく幸福だった。敬が精いっぱい胸を張っているのが頼もしくて、そしてチョッピリおかしかった。

ディーゼル機関車はさらにその速度を落とした。ほとんど自転車が走る速度に等しいようだ。視界にゆっくりとプラットホームが入ってきた。

プラットホームには人影はまったく見えなかった。敬と弓子は国鉄のストに感謝すべきだろう。常の東京駅なら、誰にも見咎《みとが》められずに列車を降りるなど不可能なはずだ。

ふたりはわずかばかりの荷物を手に取り、ディーゼル機関車が完全に停まるのを待ち構えていた。

不意にガラスの砕ける音が、後方から聞こえてきた。敬と弓子は同時に振り返り、そして等しく驚きの声をあげていた。

逆さになっている男の顔が窓から覗いていた。その右手に拳銃を握っていた。銃把《じゅうは》をしきりに窓に叩《たた》きつけているのだ。

拳銃さえ握っていなかったら、敬たちもその男を駅員と思い観念したことだろう。が、拳銃を見てしまったことが、彼らをある種の恐慌《パニック》状態に陥らせてしまったようだ。ふたりにとって、拳銃は直截《ちょくせつ》に追跡者を連想させるのだ。

菊地組である。

こういう場合、短絡行動に出るのは常に女性であるようだ。生命の危険に脅《おびや》かされていればなおさらのことだろう。

弓子はほとんど反射的に腰をかがめ、床に置かれてあったモップを手にした。車両を掃除して、札幌の駅員が忘れていったものに違いなかった。

「キャーッ」

弓子は悲鳴をあげながら、割れかけている窓からモップを外に突きだした。

悲鳴をあげたかったのは、むしろ窓の男のほうだったろう。男がどんな反撃を予想していようと、少なくともモップを顔に押しつけられることだけは予想していなかったに違いない。汚水をたっぷり吸ったモップだ。その悪臭たるや、想像を絶していた。

男の顔が窓から消えた。車両の屋根から足を滑らしたのだろう。

それとほとんど同時に、ディーゼル機関車が加速を開始した。じつに、狼狽《うろた》えきった出発だった。プラットホームをふりきるはやさだった。

が、敬と弓子は列車の出発をまったく意識していなかった。いまの出来事に呆然《ぼうぜん》としていたのだ。

　モップを握ったまま、弓子がヘタヘタと膝《ひざ》を折った。

「落ちちゃった……」

　そう呟いた弓子の声は、いまにも泣きそうに聞こえた。

　――無人のはずだったプラットホームに二十人に近い男たちが飛びだしてきた。いずれも屈強な体をした男たちだった。

　みるみる小さくなっていくディーゼル機関車に牽引《けんいん》された擬装新幹線車両を狙って、男たちのひとりがライフルを構えた。

「やめんか」

　男の背後から、鋭い声が聞こえてきた。

「馬鹿者、ここは東京駅だぞ。銃声を誰かに聞かれたらどうする」

「…………」

　男は面目なさそうに、ライフルをおろした。男の背後から姿を現わしたのは、――渋い表情をした緒方だった。

　男たちは『愛桜会』でも精鋭の特殊隊員たちだったのである。

「東京駅で停《と》まると思ったんですがね」と、男たちのひとりが緒方に言った。

「PS―8を取り返せると踏んでいたんですが……」

「いや、たしかに停まりそうだった」緒方の声は呻くようだった。

「あの無線連絡のせいだ。あの無線連絡のおかげで、ぎりぎりのところでディーゼル機関車は東京に停まるのをやめたんだ」

「あの無線連絡は誰の仕業なんでしょう」男は首をかしげた。

「PS—8を奪った一味の仕業だとしたら、あんなにさまざまな周波数を使用して、しかも盗聴可能な連絡方法を取るわけがないんですけどね……」

「………」

緒方は沈黙している。憤怒《ふんぬ》の表情だ。

『愛桜会』は、新戦略専門家《ネオステラテジスト》とヘリコプターとの間の通信を盗聴することに成功していた。さらには新潟で捕えた宗像の口からも、PS—8に関する情報をいくばくか入手できた。

——それらの情報を総合した結果、緒方は東京駅でディーゼル機関車を待ち伏せするのが最上の策だと判断したのであった。

その策が失敗した。緒方はまだ知らなかったが、彼の失敗はこれだけではないのだ。宗像の脱出を知らされた時、緒方の憤怒は数倍して激しいものにならざるをえないはずだった。

「ちくしょう、こいつが秘密作戦でなければなァ」

誰かのぼやく声が聞こえてきた。

「走っているディーゼル機関車に爆弾を落としてやるんだが……」

「プラットホームの屋根から、列車に飛び移るはずの男をひとり配置しておいたはずだ」

緒方が不意に口を開いた。

「あいつはどうしたんだ？」

「ハア……」男がいかにも間《ま》の悪そうな表情《かお》になった。

「落とされました」

「落ちた？」

「ええ……その、なんでもモップのようなもので叩き落とされたということです」

「……拳銃にモップで立ち向かってきたというのか」緒方の声は地鳴りのようだった。

「どうやら列車《あれ》に乗っているのはよほど肚《はら》の据わった奴らしいな……」

第三章　終盤戦

1

——茂森《しげもり》の両の拳《こぶし》からはほとんど血の気が失われていた。体が震えださないように、懸命に椅子《い す》肱《ひじ》を握りしめているのだ。その形相《ぎょうそう》は頭髪を逆立たせる物凄《ものすご》さだ。ほとんど人間離れした表情になっていた。

当然の憤怒《ふんぬ》だったろう。埴《はに》商事の命運を託した、いや、なにより茂森の地位を不動とすべく打ちたてられた作戦が、ここにいたって瓦解《がかい》したのだ。その双眸《そうぼう》がなかば狂的な光を帯びてぎらついていた。

が、茂森の憤怒を一身にあびながら、なお藤野《ふじの》は平然とした態度を崩そうとしなかった。犀《さい》に匹敵する面の皮の厚さだ。

「話が違うじゃないか……」茂森が咆《ほ》えるように言った。

「きみはPS—8《エイト》を東京に運んでくると約束した。今ごろはわれわれの手のうちに入っているはずじゃなかったのか」

「事情が変わりました」

藤野の切れめに似た眼《め》には、どんな感情も浮かんではこなかった。

「東京駅を自衛隊員で固められていてはいかんともしがたいですからな」

「あんな無線連絡を信じたのか」

「いかにもありそうな話だ」と、藤野は頷《うなず》いて見せた。

「用心にこしたことはないでしょう」

「…………」

茂森は唇を噛《か》んだ。藤野の徹底した無感動ぶりにはどんな憤りも削《そ》がれずにはいられない。異星人と話を交わすもどかしさだ。

「それで、どうするつもりなんだ？」ようやく発した茂森の声は恨めしさに満ちていた。

「ＰＳ―８をあきらめていただくしかないでしょうな」

藤野はケロリと言ってのけた。

「……ＰＳ―８をあきらめるだと……」茂森の額に青筋が浮かんだ。

「そうしていただくしかないでしょうな」

「馬鹿《ばか》なことを言うな」

「別に馬鹿なことを言ってるとは思いませんが……」藤野はことさらのように首をかたむけて見せた。

「それが、馬鹿なことでなくてなんだ」茂森のうちにふたたび激怒が甦《よみがえ》ったようだ。

「いまさらＰＳ―８をあきらめろとは、どの口で言えるんだ。埴商事がこの作戦にどれほど投資しているか考えてみろ」

「PS―8が手に入らなくても、作戦の目的はかなえられるでしょう」

「なんだと……」

「日本最大の軍需企業たる位置に、三星重工《みつぼし》に替わって埴商事が腰を据える……」藤野は独り言のように言った。

「そのためには、どうしてもPS―8を入手することが不可欠だとは思えませんな」

「………」

「たとえば、PS―8がどこか外国に運び去られたと仮定してください。防衛庁は機種変更を余儀なくされるでしょう」

「……そうか」茂森の表情にようやく理解の色がきざした。

――あらゆる産業が頭打ちの態《てい》をなしている現在《いま》、防衛産業は各企業にとって垂涎《すいぜん》の的といえた。防衛産業ほど確実に利益を計上してくれるビジネスはないからだ。

しかも兵器生産技術の驚異的な発達は、少数精鋭メーカーの防衛産業寡占《かせん》という形を要求している。第二次大戦までのように、有時の際には、一国の潜在工業力をすぐさま防衛産業に転化するという方法では、とても量産はおぼつかない。平時から、防衛産業を少数企業に集中させておいたほうがはるかに効率的なのである。

三星重工は、その寡占企業の要《かなめ》としてながく不動の地位を保っていた。――現代の兵器が多く機械と電気の一体化を必要とすることから、防衛産業ではいわゆる〝機電一体化〟が推し進められてきた。あらゆる意味で、三星重工は、〝機電一体化〟に即した企業だといえたのだ。三星重工は一方では艦船、航空機などの総合メーカーとして名をなし、もう一方では同系列の三星電機を擁しているのである。

　埴商事は軍需産業に関して、三星重工に大きく水をあけられていた。そして、三星重工が原子力潜水艦から、さらには宇宙兵器にまで手を伸ばそうとしている現在《いま》、埴商事がしかるべき手を打たない限り、その遅れが決定的なものになることは眼に見えていた。PS―8強奪は、埴商事が防衛産業に食いこむための苦肉の策だったのだ。

「しかし、PS―8を外国に運んだという設定を、どう組み立てればいいのかね」茂森は興奮した口調になっていた。

「PS―8がこうまで南下した以上、誰《だれ》もソ連を疑おうとはせんぞ」

「北朝鮮がまず妥当でしょうな」

「……北朝鮮？」

「北朝鮮の艦船を、日本海に発進させるのが最も賢明でしょう」藤野の声は眠たげでさえあった。

「実際にPS―8を渡す必要はないんだ。要は、それらしい設定をつくればいいんですからな」

「しかし、今からどうすれば北朝鮮の説得工作に出られるんだ。時間がなさすぎる……」

「韓国の駐在員に連絡すればできない話じゃないでしょう。どうせ埴商事は北朝鮮の大物とコンタクトしているんでしょう」

「それにしても時間がなさすぎる」一度は喜色が浮かんだ茂森の表情《かお》が、ふたたび渋面になったようだ。

「ソ連との折衝工作にしても、優に一か月はかかったんだ」

「金を使うことですな」藤野はいささかも動じる様子を見せなかった。

「それともほかに媢商事を救う、なにかいい手段《てだて》はありますか」

「…………」

茂森は沈黙した。たしかに、金の力で時間の不足を補うほかはないのだ。が、——それにしても藤野のこの小面憎《こづらにく》いばかりの自信のほどはどうだろう。藤野と話す人間は、まず壁と話す徒労感に慣れなければならなかった。

「いいだろう」茂森は重い腰を上げた。

「北朝鮮が艦船を発進させるのはいつごろが最適だろう」

「できれば、明朝にでも」

「明朝……」

茂森は絶句した。いまさらながらに、仕事の困難さを実感できたのだろう。一瞬、藤野を見る眼に殺意に似た光が浮かんだのも当然といえた。

が、藤野は他人の気持ちを斟酌《しんしゃく》するような男ではなかった。徹底して、自分の作戦にしか興味を抱いていないのだ。——茂森はまたしても自分の無力さを思い知らされたようだった。

「わかった……」茂森は肩を落とした。

「努力してみよう」

――茂森が部屋を出ていったのを、藤野はほとんど意識していなかった。藤野の脳裡《のうり》はただただ作戦のことで占められていたのだ。

藤野はまさしく正念場を迎えたといえた。これからのゲーム展開いかんで、藤野が宗像に勝利を収め、光輝に満ちた再生を果たせるか、それとも敗残者のままで潰《つい》えるかが決まるのである。いまをおいて、藤野が新戦略専門家《ネオステラテジスト》たる訓練の成果をフルに発揮する時はほかになかった。

「順序確定的決定プロセスか……」と、藤野は口のなかで呟《つぶや》いた。

ゲームは新しい局面を迎えたのだ。東京から鹿児島《かごしま》にいたる新幹線鉄道には、トレーラートラック走行可能な国道と交叉《こうさ》する駅が、ほとんど無数にある。その意味で、旭川《あさひかわ》＝東京の新幹線鉄道とは大きく様相を異にする。選択分岐点が多いのだ。

が、そのことは必ずしも藤野の優位を意味しなかった。積み荷をどこで下ろすにせよ、北朝鮮の艦船出動を意味あらしめるためには、ディーゼル機関車は、少なくとも下関《しものせき》までは走る必要がある。さもないと、北朝鮮の艦船出動は攪乱《かくらん》作戦にすぎないことがすぐさま知られてしまうからだ。

情況の困難さは、北海道を脱出するときの比ではない。敵にこちらの手のうちをすべて読まれていながら、なおかつディーゼル機関車をながく走らせなければならないのだ。とても選択分岐点が多くなったぐらいで、補いのつくマイナスではなかった。――さらに積み荷をどこの駅に下ろすかという問題がある。名古屋、大阪、京都と、これからは名にしおう大都会が連なっているのだ。国鉄ストがかえって災いして、積み荷を下ろすのは、いやでも人眼につかざるをえない作業となるだろう。

この場合、藤野が採りうる唯一の方法は、順序確定的決定プロセスしかなかった。コンピューターの力を借りなければならないひどく煩雑な方法で、洗練度からいえばかなり下位にランクされる作戦だが、ほかに採るべきどんな途《みち》もないのである。

順序確定的決定プロセスは、広告の累積効果がその最良のモデルとなっている。が、順序決定プロセスに関するテキストには、多く次のような例が載せられている。

……〈A・B・C・D・E〉からなる集合を想起する。ある人間が、そのなかから六つの文字を連続して選ばなければならない。むろん同じ文字を何度選ぶのも可能である。選択〈0〉で、彼がたとえばAを選んだとする。すると選択〈1〉において、彼が選べる文字はあらかじめ定められることになる。常に、なにを選ぶのも可能というわけではないのだ。

こうして彼は、選択〈2〉、選択〈3〉……と文字を選んでいく。どの選択時に、どの文字を選ぶかでそれぞれに違った点数が与えられる。もちろん、ある時点の大きさは、それまでに選んだ幾つかの時点に依存する。このモデルのなかで、どうすれば彼が最高合計点を得ることができるだろうか。

実際、順序確定的決定プロセスはいわゆる『最適性の原理』と強く密着しているのだ。

――もちろん、現実の問題を順序確定的決定プロセスに即して数値化するのには、さまざまな困難が予想される。ディーゼル機関車をどう走らせ、さらには荷物をどこで下ろすか……この種の事柄は本来が数値化不可能とされていたのである。

が、旧態依然とした勘に導かれた作戦で、勝利を得ることができるほど、局面は甘くはないのだ。なんとしてでも、藤野が直面している問題を、順序確定的決定プロセスとして再構成する必要があった。

藤野の頬が痙攣《けいれん》していた。ここ数日、絶えることなく強《し》いられてきた緊張が、さらにその度合いを増したのだ。その緊張が臨界点を越えた時、なお自分が酒から身を遠ざけていられるか、藤野にはまったく自信が保《も》てなかった。

藤野はつと椅子《いす》から身を起こした。その視線が上方の鳥籠《とりかご》に向けられている。

鳥籠には、生き残ったカナリアがいかにも心細そうに羽をすぼめていた。相棒を失って以来、彼はろくに餌《えさ》さえついばもうとしなくなっていた。

カナリアを見る藤野の眼にしだいに奇妙な光が浮かびつつあった。狂信者の眼に似ていた。相手を射殺《いころ》す眼光だ。

藤野の右手がゆっくりと鳥籠に伸びた。跳ね上げ戸《トラップ・ドア》を弾《はじ》き開く。――カナリアは狼狽《ろうばい》を見せなかった。ただ小首をかしげて、自分に向かって伸びてくる指を見つめている。

藤野は五本の指を、投げ網のように開いた。その五本の指は、なんの問題もなくカナリアをからめ捕えるはずだった。が、――カナリアは不意に飛びたつと、その鋭い嘴《くちばし》で藤野の掌《てのひら》を容赦なくえぐったのだ。

我慢のならない激痛だった。藤野は小さく声をあげて、右手を鳥籠から引き抜いた。鳥籠が大きく揺れた。

「……………」

藤野は呆然《ぼうぜん》と掌を見つめている。ほとんど恐怖に似た表情だ。掌は血で醜く汚れていた。凶兆というしかなかった。冷徹な意識さえ保っていれば、小鳥を摑《つか》むごときなんの困難もないはずだった。藤野は明らかに宗像とのゲームに動揺をきたしているのだ。カナリア一羽ろくに摑むこともできないような精神状態で、順序確定的決定プロセスを勝利に導くことができるだろうか。

藤野はほとんど致命的といえる精神欠陥を蔵した男だ。冷徹な頭脳も、強靭《きようじん》な意志力も、新戦略専門家《ネオステラテジスト》としてはまず申し分がない。が、なにより新戦略専門家(ネオステラテジスト)に要求される勝負強さが、彼には欠けているのである。勝負強さとは先天的に与えられる特質だ。なかば幸運に似ているといえるだろう。――あらゆる意味で、藤野は不運な男なのだった。

己の不運を自覚していることが、藤野をさらに勝負弱い男にしていた。勝負の重圧に自滅してしまうのだ。――実は、アルコールに耽溺《たんでき》すること自体は、藤野においてさほど問題ではなかった。結局はアルコールに逃避せざるをえない、その精神欠陥こそ藤野の宿痾《しゆくあ》というべきだった。

カナリアに傷つけられたことが、かろうじて保っていた藤野の自信を完全に打ち崩したようだ。藤野は椅子から腰を上げ、長椅子に向かった。雲を踏む足どりだ。その表情が放心していた。

長椅子のクッションに手を入れ、小さなアルミの容器を取りだした。キャップを外し、容器を鼻先に持っていく。——藤野の両眼はかたく閉じられていた。ウィスキーの豊潤《ほうじゅん》な香りに、全身が賦活される思いだ。

藤野は自分が地獄に誘《いざな》われるのを実感していた。ほんの一口だけだ。そういいきかせる言葉が偽りでしかないことは、誰《だれ》よりも藤野がよく承知していた。いったん飲み始めた以上、脳髄が溶けるまでウィスキーを手放すことはできないのだ。

藤野の意識を不意に鋭い電話の音がつんざいた。

藤野の喉《のど》が笛のような声を発した。その手からアルミ容器が落ちた。——電話に向かう藤野の顔色は蒼白《そうはく》だった。彼は危うく地獄の淵《ふち》に足をかけるところだったのだ。

その電話は内部連絡用に取り付けられたものだった。もちろん、外線に使うことも可能だが、周波数変換装置《スクランブラー》さえ付けられていない電話を外部連絡に用いることは、直截《ちょくせつ》に盗聴の危険があった。藤野は受話器を取りあげるまで、電話の相手が茂森だと信じて疑わなかったのである。

が、——

『佐伯《さえき》です……』

相手の声はそう告げたのだ。

「………」藤野は絶句した。

『山ン中でヘリコプターに襲われましてね』

と、佐伯は言葉をつづけた。

『トレーラートラックを破壊されました。今、ようやく電話のある所まで出られたところなんです……』

「………」

藤野は沈黙するのみだった。それまで佐伯はトレーラートラックで東京に向かっているとばかり信じていたのだ。佐伯のような男さえも任務をしくじることがあるとは、藤野の想像の範囲を大きく越えていた。トレーラートラックが破壊された今、計画は大きく変更を迫られているのだ。

『指令をお願いします』佐伯が言った。

『俺《おれ》はこれからどうすればいいのですか』

不意に藤野はピクリと肩を震わせた。その眼が爛々《らんらん》とした光を放ち始める。彼の全身を高圧電流が貫いたようだ。どんな考えが浮かんだのか、ついさっきまでの敗残者に似た印象は藤野から完全にぬぐいさられていた。

「できるだけ急いで秋田へ行ってくれ」藤野は落ち着いた声で言った。

「そこから飛行機で大阪へ飛ぶんだ」

ディーゼル機関車が東京を通過してから一時間近くが経過していた。

ここ立川《たちかわ》市の旧米軍施設では、ディーゼル機関車を追うべく数十人の自衛隊員たちが、それぞれにジープの分乗を急いでいた。人眼につくことを避けるためにか、全員が制服を脱いでいた。

みごとに統制のとれた兵士たちだった。一本の糸に操られているかのように、彼らの動きには遅滞がなく、命令の怒声もまた聞こえてこなかった。

鋭い笛の音が聞こえてきた。基地のゲートが左右に大きく開けられた。――直列するジープに一斉にエンジンがかけられた。先頭のジープがゆっくりと前進を開始した。

新戦略専門家《ネオストラテジスト》直属・東京クーデター鎮圧部隊が、今、その鎖から解き放たれたのである。

――夜が近づいている。防衛庁から見る東京の街はすでに夕闇《ゆうやみ》の底に沈んでいた。ビルの灯《あかり》がプランクトンのように漂っていた。

人気《ひとけ》の少ない防衛庁の廊下を、ひとりの男が歩いている。肩を落としたその姿が、ひどく老人くさく見えた。廊下に響く靴音が棺《ひつぎ》に釘《くぎ》打つ音のようだ。

緒方《おがた》だった。その頰《ほお》がゲッソリと消耗していた。おしゃれな緒方には珍しく、顎《あご》のあたりに不精髭《ぶしょうひげ》が翳《かげ》っていた。

緒方は徹底して窮地に追いつめられたのである。東京駅でPS―8を取り戻せなかったことが、いたく緒方にはこたえたようだ。実際、いまや緒方の地位はおろか、『愛桜会』の存在そのものが危うくなっているのだ。

この権謀術策を好む男が直面した、初めてといっていいぐらいの危機だった。緒方の前方には、破滅が黒い顎《あぎと》を開けて待ち構えているのだった。

「馬鹿な……」と、緒方は呟いた。

「俺《おれ》がこんなことでまいってたまるか」

しぶとさが緒方の身上《しんじょう》だ。最悪の場合にも、火の粉をまともにかぶるのだけはまぬがれなければならない。現在の地位を確保しさえすれば、いつの日か失地回復を果たすことができるだろう。

緒方はエレベーターの前で足を止めた。ボタンを押して、エレベーターを呼ぶ。――エレベーターを待ちながら、緒方は頭のなかで贖罪羊《スケープ・ゴート》たりうる部下の名をあれこれ並べていた。

エレベーターのドアが開いた。緒方は反射的に足を踏みだしかけ、――その足を凍りつかせたように止めたのである。

緒方の顔が驚愕《きょうがく》で弛緩《しかん》していた。ありうべからざるものを見た表情だ。今日は、緒方陸将補の最悪の厄日《やくび》のようだった。

「ご報告が遅れました」宗像《むなかた》が平然と言い放った。

「つい一時間ほど前に東京に着いたばかりでしてね」

「…………」

緒方は一言もなかった。あまりの驚愕に舌が麻痺《まひ》してしまったようだ。幽霊を見たに等しかった。緒方はいまだ宗像脱出の報告を受けていなかったのだ。報告すべき四人の部下たちが悉《ことごと》く死んでしまったなどとはよもや想像もしていないことだった。

宗像は満身創痍《まんしんそうい》の状態に見えた。足に巻いた包帯が眼に痛いほどに白かった。火傷《やけど》でもしたのか、顔といわず、手の甲といわず、絆創膏《ばんそうこう》が張られていた。その右の手に黒い杖《つえ》を握っていた。

が、宗像の意気はこのうえもなく軒昂《けんこう》のようだった。全身に活力がみなぎっていた。絆創膏の下から覗いている眼が強烈な知性を湛《たた》えて輝いていた。

「もちろん、ご存じでしょうがね」宗像は皮肉に言葉をつづけた。

「PS―8が大変なことになっているらしいですよ」

「あ、ああ……」緒方はようやく頷《うなず》いた。

「そうらしいな」

「どうなさったんですか」

宗像は緒方をエレベーターに招き入れるかのように体を開いた。

「下階《した》へ行かれるんじゃないですか」

「いや」緒方はかぶりを振った。

「そのつもりだったんだが、忘れ物を思いだした」

「そうですか」宗像は呑《の》み込み顔に頷いて見せた。

「それじゃ、失礼して……」

エレベーターの扉が溜息《ためいき》のような音をたてて閉まった。

緒方はなおもエレベーターの前に立ちすくんでいた。全身を氷柱《つらら》が貫く思いだった。両の手がわずかに震えていた。――この時、緒方は自分の人生が崩れ落ちていく音をはっきりと耳にしていた。いかな彼でも敗北を覚《さと》らざるをえなかったのだ。

2

エレベーターの落下感覚が宗像を包んでいる。その落下感覚とは裏腹に、宗像の血は激しい昂揚《こうよう》に滾《たぎ》っていた。雄哮《おたけび》をあげたいほどの完璧《かんぺき》な昂揚だ。

緒方に対する勝利はまず間違いなかった。宗像自身が緒方の暴虐行為の生き証人なのである。宗像の告発があれば、警務隊も動きださざるをえないはずだった。緒方は自分の力をたのむあまり、自ら墓穴を掘る愚を犯してしまったのだ。

――緒方の始末は終わった。宗像は頭のなかにその言葉を刻みつけた。積年の敵が滅ぶのを喜ぶのは当然だが、今はそれのみを喜んではいられない状況だった。緒方の敗北をさらに確実なものにするため、そして宗像自身の意地を貫くためにも、藤野とのゲームを続行する必要があった。PS―8を手に入れるのだ。

エレベーターの扉が開いた時、宗像の頭から緒方のことは完全にぬぐいさられていた。

あの常に冷徹で、無表情な新戦略専門家《ネオステラテジスト》がそこに立っていたのである。

新戦略専門家の部屋では三人の男が宗像の来室を待っていた。北村と久野、そして――立花泰《たちばなやすし》の三人だった。立花は宗像の姿を見て薄い苦笑を浮かべた。立花も宗像と同じく、包帯と絆創膏の目立つ姿だったのだ。

「なにがあったんだ?」宗像が立花に声をかけた。

「連絡がなかったんで心配したぞ」

「山ン中で例のトレーラートラックとわたりあいましてね」立花が答えた。

「どうにかトレーラートラックを破壊することはできたんだが……こちらのヘリコプターも墜落しちゃいましてね。秋田までたどり着くのにいろいろ苦労しましたよ。まあ、秋田からは運よく飛行便を摑《つか》まえることができましたけどね……」

「トレーラートラックの運転手はどうなったんだ?」

「どうもなりませんよ」立花は肩をすくめて見せた。

「あの男をどうかしようと思ったら大変なことですよ」

北村と久野は、二人の会話を緊張した面持ちで聞いていた。仲間である大沢の死は、彼らをいつになく滾《たぎ》らせているようだ。新戦略専門家《ネオステラテジスト》に戦死者がでたのは大沢が初めてなのである。

「よし……」宗像はゆっくりと椅子に腰をおろした。

「報告してもらおうか」

「クーデター鎮圧部隊を出動させました」と、北村が言った。

「問題のディーゼル機関車からPS—8が下ろされないかを監視するためです。むろんすべての駅に非常線を張るのが理想なんですが、それには人数が足りないし、なにより相手にこちらの動きを覚られてしまう危険があります。ある意味では、非常線とはかなり融通のきかない代物でありますし……。

そこで、『移動ダム方式』を採ることにしました。非常線自体が常に移動し、輪をひろげていく方式です。この方式なら、二十数台のジープで、すべての駅に通じるトレーラートラック走行可能な道を十分に圧《お》さえることができるからです。もちろん、これは敵が別なトレーラートラックを所有していると仮定してのことですが……いずれにしろ、これでわれわれが問題にすべき対象となったのは、ただディーゼル機関車だけになったわけです」

「…………」

宗像は静かに頷いた。ひじょうに的確な処置といえた。クーデター鎮圧部隊を手駒《てごま》として自由に使えて、緒方が没落した今、ゲームは完全に新戦略専門家《ネオステラテジスト》のペースとなった観があった。

「気をつけなければならないのは大阪、岡山でしょう」

補足のように久野が言った。

「いずれも線が高知へつながっています。四国に渡られるとなにかと面倒なことになります」

「鼠詰《ねずみづ》めにすることだな」宗像が力のこもった口調で言った。

「ディーゼル機関車を、どこかの駅に追いつめるんだ」

「まず下関が妥当でしょうな」打てば響くような北村の返答だった。

「後戻りさえ気をつければ、下関からは福岡に通じる線一本だけ、王手《チェック・メイト》には最も適した地だと思います……」

「よし……」

宗像はタバコを咥《くわ》えた。ゲームが一進一退を繰り返していた時は終わったのだ。王手はタバコをくゆらしながらでもできるほどの簡単さだった。

「すでに気がついているだろうと思うが、ゲームは順序確定的決定プロセスの様相を呈している」

紫煙を大きく吐きだしながら、宗像はゆっくりとした口調で言った。

「ゲーム双方の意志決定者が選択可能なすべての決定と、おそらくはそれに対応する値をあらかじめ知っているわけだからな。藤野は優秀な新戦略専門家《ネオステラテジスト》だ。『移動ダム方式』の非常線についても知悉《ちしつ》していると、考えなければならないだろう。

つまり、われわれはいま同じラインを走っているわけだ。正直、札幌《さっぽろ》から東京までは、敵の布石、攪乱《かくらん》に引きずりまわされて、われわれは大きく遅れをとっていた。季節はずれの吹雪という突発事態が起きなければ、われわれは戦わずして負けていたことだろう。

初めてわれわれの手にチャンスが巡《めぐ》ってきたわけだ。そこで、このチャンスを決定的なものにする方法を考えてもらいたい。順序確定的決定プロセスをなんとかして崩す必要があるのだ……」

部屋にはしばらく沈黙が満ちた。北村と久野はそれぞれに何事か考えているようだ。

「あの……」北村が軽く咳払《せきばら》いした。

「ひじょうに素朴な質問なんですが、かまわないでしょうか」

「なんだね？」

「どうしてディーゼル機関車を停《と》めちまわないんですか。今、ディーゼル機関車を発見するのは、ヘリコプターでも使えばひじょうに容易にできるんじゃないでしょうか。別に爆弾なんか使わなくても、ディーゼル機関車を停める方法はいくらでもあると思うんですけどねえ」

「もちろん、爆撃など論外だ」宗像は頷いた。

「自衛隊が新幹線鉄路を爆撃したということになれば、それこそ内戦ものだからな」

「だからなにか別の方法で……現に、新潟ではもう一台のディーゼル機関車を停めることに成功したんでしょう」

「事情が違う」と、宗像は首を振った。

「東京から下りの新幹線鉄路は人家が密集している地域を通る場合が多い。なにをやっても人眼につくわけだ。

それに……われわれはまだ奴らがPS―8を奪った目的を知らないでいるんだ。東京に運ぶのが奴らの作戦だったとはっきりしたわけではないが……仮にそうだったとしたら、奴らは多少自棄《やけ》になっていると考えるべきだろう。作戦が失敗したわけだからな。下手な強硬手段にでて、PS―8を破壊されたらそれこそ元も子もなくなる。

　こうなってみると、なんとかPS―8を無傷で取り返したいよ。俺たち新戦略専門家《ネオステラテジスト》の、今後の自衛隊での地位を不動のものにするためにもな」

「なるほどねェ」立花は苦笑した。

「どうやら、もう私なんかの出る幕じゃなさそうですね」

「………」

　宗像は頭を上げて、立花を見つめた。立花の声がいつになく穏やかであることに気がついたからだ。

　立花は悠然と椅子に体を沈めている。絆創膏でなかば隠されている眼が眠っているように細かった。――宗像は立花の精神状態を理解できるような気がした。トレーラートラックを襲撃する際、立花はおそらく持てる力の総てを振り絞ったに違いない。戦闘に恵まれない戦士というある種の不遇から、ようやくこの男は脱出できたのだ。欲求不満を爆発させたのである。浄化作用《カタルシス》からくる虚脱感に、いま立花は覆われているはずだった。

「今度の件から手を引きたいというのか」宗像が静かに尋ねた。

「そろそろ沖縄の私の生徒たちのことが、気になりだしましてね」

立花はニヤリと笑った。

「教官の私がいないと、ゲリラ訓練をさぼりたがる連中ばかりですからね……それに、これから先は政治のようなものだ。緒方の件もかたづいたし、東京クーデター鎮圧部隊の猛者《もさ》たちも揃《そろ》っている。繰り返すようだが、もう私なんかの出る幕じゃない」

「なるほど……」宗像は頷いた。

たしかに、これからの作戦に立花は必要ないかもしれない。立花がいみじくも表現したように、これからの作戦は政治的な様相をいちじるしく帯びて展開されることになる。これから必要とされるのは、新戦略専門家《ネオステラテジスト》の駒となって動く兵士であって、立花のような戦士ではないのだ。

「私はこれで……」

立花は宗像の返事を待とうともしなかった。立花泰は決定を行動に移すのに、誰の了解も必要としない部類の男なのである。

「ご苦労だった」

宗像がそう声をかけた時、すでに立花の姿は部屋から消えていた。ドアの閉まる音が静かに響いた。

残された三人の新戦略専門家《ネオステラテジスト》たちは一様に大きく吐息をついた。誰もが、この件から立花が完全に退場したと考えた。彼らがその考えの間違いだったことを覚るのには、さらに数日を要するのである。

——新戦略専門家《ネオステラテジスト》たちのブレーンストーミングがつづけられている。千歳市でのブレーンストーミングと異なり、今回はかなり余裕が感じられる進行だった。王手が近いことは誰もが確信している。要は、その王手をいかに効率よくかけるか、ということなのである。

「例の吹雪に習うことですね」と、久野が発言した。

「順序確定的決定プロセスを崩す最良の方法は、そのなかに賭けの要素を導入することです。あの吹雪のような偶然を……ゲーム理論でいういわゆる偶然機構を導入すればいいのです。順序確定的決定プロセスだと思っていたものが、実は偶然機構に大きく左右されるランダム逐次決定プロセスだとしたら……奴らが混乱するのは眼に見えています。その混乱に乗ずることができれば、ディーゼル機関車を、こちらの思惑どおりに下関へ導くことができるんじゃないでしょうか」

「偶然を導入するとは、矛盾した言葉じゃないのか」

北村が神経質らしく指で机を弾《はじ》いた。

「本来、導入も予測もかなわぬ事項だから偶然というんじゃないのか。それがどんなに巧妙をきわめた妨害だろうと、作為的なものが加えられていれば、もう偶然の名に価しないだろう……俺は断言するが、相手が藤野修一だとしたら必ず妨害のパターンを発見するに違いない。ディーゼル機関車を下関に追い込むどころか、下手をすると裏をかかれることにもなりかねない」

「その偶然機構だが……」と、宗像が言葉をはさんだ。

「実は俺にちょっとしたアイデアがあって、伊藤《いとう》に動いてもらっているんだ」

「伊藤に……」

北村と久野は互いに顔を見あわせた。伊藤は彼らの同僚で、やはり新戦略専門家《ネオストラテジスト》のひとりだった。宗像が新戦略専門家を千歳に招集した時、ひとりだけ東京に残した人物である。

――伊藤は戦時下の兵士、市民の心理操作を専門とする、『心理戦争』研究の第一人者だった。世論操作にかけては、ナチスのゲッペルスをはるかにしのぐ力量を備えた男だ。

北村たちは伊藤の名を持ちだされて、初めて彼がこの場にいないことの奇妙さに気がついたようだ。

「伊藤は今どこにいるんですか」北村が性急に尋ねてきた。

「うむ……」

宗像が問いに答えようとしたその時、ドアが乱暴に開かれて、当の伊藤が顔を覗《のぞ》かせた。

「どうも遅くなりまして……」伊藤は陽気な声を張りあげた。

「なんせ、あの男を正常に戻すのに時間がかかったものですから」

伊藤は童顔の小男だ。どうかすると、いまだに高校生と間違えられることがあるという。

「あの男って……」久野が面食らったように言った。

「一体、誰のことなんだ?」

「桐谷一郎だよ」と、宗像が微笑《わら》った。

「反自衛隊主義者グループのリーダー、桐谷一郎のことだよ」

──新大阪駅もほかの駅と同じく人影はまったく見られなかった。蒼白《あおじろ》い照明がガランとした構内を照らしているだけである。

午後十一時。

誰もいないはずの待合室に、数人の男がすわっていた。いずれも国鉄職員の制服を着ている。夜食に注文したらしく、全員がラーメンの丼《どんぶり》を抱えている。ラーメンをすすり、咀《そ》嚼《しゃく》する音が、広い待合室に虚《うつ》ろに響き、奇妙にわびしい印象を与えていた。

「変な話だな」ひとりの男が言った。

「なんで俺たちがこんなことに駆りだされなければならないんだ？」

「スト中だからな」丼を舐《な》めるようにしながら、別の男が答えた。

「いろいろ手違いもあるだろうさ」

「それにしてもよォ」別の男がうんざりしたような声で言った。

「こんな奇妙な仕事聞いたことがないぜ。いったい、誰から来た話なんだ？」

「俺もよくは知らないんだが……」丼を舐めていた男が首をかしげた。

「なんでも、組合の執行部のほうから来たらしいぜ」

その時、待合室に高く靴音が響きわたった。男たちの顔が一斉に入口に向けられた。

待合室に入ってきたのは、男たちの度肝《どぎも》をぬくような巨漢だった。鹿皮《しかがわ》ジャンパーの左袖《そで》を曲げ、むきだしにした腕に包帯を巻いていた。巌《いわ》が歩いてくるような印象だ。

佐伯和也だった。

「あんたかい」男たちのひとりがためらいがちに声をかけた。

「組合の執行部から来たって人は……」

「ああ……」

佐伯は頷いた。頷きはしたが、男にはなんの関心も払っていないようだ。その視線は、もっぱら男の持っている丼に向けられていた。ひどく切なそうな表情をしている。

「腹が減っているのかね」男が佐伯の視線に気がついた。

「ああ……」佐伯は溜息《ためいき》をついた。

「物凄《ものすご》く減っているんだ」

その声だけを聞けば、いまにも餓死しそうな男だと錯覚しかねない。とても夕食にカレーを二人前たいらげた男の声だとは思えなかった。

「まあ、いいや」佐伯は腹をなでさすりながら呟いた。

「なにかを入れるのは仕事が終わってからにするさ」

「すぐに始めるかね」

「そうしよう」

男たちは一斉に腰を上げた。立ち上がりながら、意地汚くラーメンの汁をすする奴がいる。佐伯の表情がさらに切なく、寂しげなものになった。

佐伯と男たちが一団となってゾロゾロと待合室から出ていった。

——数十分後、彼らの姿は新大阪駅の鉄路の上にあった。

二両の新幹線車両が、その鉄路にどしりと腰を据えていた。いや、外観はどうあろうと、経験ぶかい国鉄職員の眼には、その車両は貨車として映っているに違いなかった。三人の男たちがバーナーで鉄板を焼ききろうとしている。

「誰がこんな玩具《おもちゃ》をつくったんだい」男たちのひとりが佐伯に尋ねた。

「連結器を操作したり、転轍《てんてつ》機を切り換えたりでけっこう大変だったぜ。あのディーゼル機関車に本物の新幹線車両を連結させて、なんとか新大阪駅を通過させはしたけどさ」

「骨を折らせたな」佐伯が詫《わ》びる。

「ある種の実験だったんだ。数日中には、執行部のほうから説明があるはずだよ」

佐伯も苦しいところだった。国鉄労組を細分し、それぞれのグループにその真の目的を覚らせずに仕事をさせる、いわゆる『グライダー銃』方式も、そろそろ弾丸がつきかけているようだ。現に、このグループは仕事に疑念を抱きかけている。最初の計画に入っていない仕事だから、なおさらに根回しが十分ではないのだ。

「おい、来てくれ」不意に男たちが騒がしくなった。

「こいつは驚いた。無賃乗車だぜ」

――無賃乗車だと……佐伯の頭を閃光《せんこう》が走ったようだった。下手をすると、これまでの仕事がすべて反古《ほご》になりかねない。

佐伯は二跳びで男たちのなかに飛び込んでいた。

老人の口腔《こうこう》のように、車両の横腹に穴が開いていた。バーナーで焼き切られたのだ。その穴に、男たちの向ける懐中電灯の光が幾条も射《さ》し込まれている。

佐伯は男たちの前に足を踏みだし、穴のなかを覗きこんだ。なるほど、懐中電灯の明かりは二人の男女の姿を照らしだしていた。彼らは互いに肩を寄せあい、男たちに臆病《おくびょう》そうな視線を向けていた。

「おまえらは……」

佐伯は絶句した。さすがの佐伯も、北海道で見かけた若いカップルと、こんなところで再会しようとは想像もしていなかったのである。

3

佐伯は戸惑っていた。北海道は大阪から遙《はる》かに離れて位置している。これだけの距離を隔てて、なお赤の他人が再会するのには、それこそ恐ろしいほどの偶然が働く必要がある。確率的にはほとんどありえないのではないだろうか。

が、――いま佐伯の眼前にあの若いカップルがいるのは紛れもない事実だった。誰かの悪戯《いたずら》にひっかけられているとしか思えなかった。

若いカップルはこれを再会とは思っていないようだ。当然だろう。路上で遭遇したトレーラートラックの運転手の顔など覚えているはずがなかった。もしかしたら、見ることさえしなかったのかもしれない。そのカップルにとって、佐伯はまったくの初対面の人間に違いなかった。

彼らの姿には、奇妙に見る者の胸を衝《つ》くものがあった。暴風雨の最中《さなか》の番《つがい》の小鳥を連想させた。――苛《か》酷《こく》な旅が、彼らの心身を極度に痛めつけているようだ。埃《ほこり》と疲労に貌《かお》が色濃く隈取《くまど》られていた。そんな状態のなかで、互いに互いを支えとしている姿がけなげだった。人間のきずなというものを信じたくなるような姿だった。

「出てこいよ」

佐伯が言った。自分でも驚くほどの穏やかさだ。眼前のふたりには、とりあえず食事を与える必要があるように思えた。空腹の苦痛は人ごとではない。

若い男女は顔を見合わせた。佐伯の真意を測りかねているのだろう。なかばは怯《おび》えているのかもしれない。どう見ても、佐伯は優しい小父さんという柄ではないからだ。

「なにもしないから、出てこいよ」と、佐伯は繰り返した。

「きみたちがそこにいては仕事のじゃまになるんだ」

ためらいがちに、少年は腰を上げた。少女もそれに倣《なら》う。なんといっても、佐伯の言葉には抗《あらが》いがたい響きがあった。

作業員たちがざわめいた。佐伯の言葉に不満を抱いたのかもしれない。彼らは無賃乗車をなにより罪悪視する国鉄職員なのである。

佐伯は作業員たちの動揺を意にもとめていなかった。国鉄職員の生活感情など佐伯の知ったことではなかった。

佐伯は眼前に立つ若い男女をしばらく見つめていた。まだ骨格のかたまっていないような少年少女だ。日本最大の広域暴力団『菊地組』から逃げきるには、相当以上の幸運を必要とするだろう。奇跡を期待しなければならないかもしれない。やくざの復讐《ふくしゅう》ほど執念ぶかいものはこの世にないからだ。

「ぼくたちはどうなるんですか」少年がおずおずと口を開いた。

「警察に引き渡されるんですか」

「俺と一緒に来い」

佐伯は即座にそう答え、作業員たちを振り返った。

「悪いが、しばらく場をはずさしてくれ。作業をつづけてもらいたい」

佐伯はゆっくりと歩を進め始めた。暴君の迫力を備えている。少年たちがつき従ってくることに、微塵《みじん》の疑念も抱いていないようだ。事実、磁石に吸い寄せられる鉄片さながらに、少年たちは佐伯の後を追った。

——三人は二階に下りた。もちろん、売店、食堂ことごとくがシャッターを下ろしている。今の新大阪駅は、話を交わすのにははなはだ不適当な場所といえた。

佐伯は鼻を鳴らすと、少年たちを壁際の長椅子に誘った。誘っておきながら、自分は腰をおろそうとはしない。そのまま自動販売機に足を向けたのだ。

佐伯の皮ジャンパーのポケットからは無数に百円硬貨が出てくるように見えた。次から次に自動販売機のスロットに落とされる。たちまちのうちに、自動販売機の受け口には包装されたハンバーガーが山積みとなった。

「おい」佐伯は少年たちを振り返った。

「手伝わないのか」

少年たちは慌てて椅子から飛びあがり、自動販売機に駆け寄ってきた。ふたりとも久しぶりの食事に眼を輝かせている。雑肉の勝ったハンバーガーとも呼べない代物だが、いまのふたりにはなによりのご馳走《ちそう》に違いなかった。

「全部食べるなよ」佐伯がしんそこ心配そうに言った。

「俺の分も混じっているのだから……」

長椅子の上で、時ならぬ食事が始まった。少年たちは夢中になってハンバーガーをパクつき、ジュースを喉《のど》に流し込んだ。彼らに負けない食欲を発揮しながら、佐伯は自分が父親になったような奇妙な感じを覚えていた。

「名前を聞かせてもらおうか」幾つめかのハンバーガーを咀嚼《そしゃく》しながら、佐伯が尋ねた。

「はい……」少年は慌ててパンを呑み込んだ。

「ぼくは川原敬といいます」

「私は如月弓子です」さすがに少女の声は落ち着いていた。

「うむ……俺の名は佐伯という」

佐伯は顎《あご》をなでた。薄汚い若者が多いなかで、これほど清朗な印象を与えるカップルは珍しいといえた。長旅の汚れが気にならないほどだ。特に、弓子の清らかさは群を抜いていた。どんな抑圧も、この少女の生命力を圧し殺すのは不可能に思えた。

「うむ……」

佐伯は唸《うな》ってばかりいる。どんな相手も恐れない佐伯も、恋する男女と話すのだけは苦手なようだ。明らかに経験不足だ。なにを話せばいいのか皆目《かいもく》わからないのである。佐伯の童顔に困惑の表情が浮かんでいた。

「ぼくたちどうなるんでしょうか」敬のほうが先に話の口火をきってくれた。

「どうなるって……」佐伯はぶっきらぼうに言った。

「どうなりたいんだ?」

親身な言葉とはいいがたいようだが、佐伯自身も、ふたりをどう処すればいいか決めかねているのである。藤野に相談するわけにはいかなかった。列車の積み荷を見られたかもしれないふたりを、生かしておこうと考えるはずがないからだ。

「……見逃してくれませんか」敬の語気に熱がこもった。

「お願いします」弓子も必死の眼の色をしていた。

「ここがどこだか知ってるんだろうな」

「ええ……」

不意に佐伯は質問した。

敬と弓子は顔を見合わせた。よほどの愚問に思えたのだろう。

「どこだ?」

「……大阪です」

「それでも、ここで見逃して欲しいというのか」

「どういう意味でしょうか」

「いや……」

佐伯は言葉を濁した。やはり子どもだと思った。菊地組は神戸を根拠地にしている。大阪はいわば菊地組の膝元《ひざもと》のようなものだ。菊地組に追われている人間が大阪に降りるなど気違い沙汰《ざた》もいいとこだった。札幌で会ったやくざの様子から察するに、このふたりに関する回状が全国にまわっていることはまず間違いなかった。

が、それをふたりに言うわけにはいかなかった。言えば、佐伯がふたりの事情を知っているのを明かすことになる。ふたりとも無関係ではいられなくなるのだ。――いまの佐伯には人助けに費やす時間はなかった。菊地組を相手にまわすような愚行はなんとしてでも避けなければならなかったのだ。

「大阪が目的地だったのか」佐伯は再び質問した。

「え？」

「大阪が目的地じゃないんだろう。どうだ？　どこへ行きたかったんだ？」

「………」

敬は狼狽《ろうばい》を見せていた。この大男が信じるに価する人間かどうか測りかねているのだろう。

佐伯が眉《まゆ》をわずかにあげた。明らかに苛立《いらだ》ちの前兆だ。爆発を孕《はら》んだ瞬間だった。

「稲穂《いなほ》見《み》島です」

その緊張を弓子の一言が和らげた。なんといっても相手の心理を読むのは女性のほうが長《た》けている。弓子は佐伯を怒らせるのは得策ではない、となかば本能的に覚《さと》ったようだ。ある意味では、佐伯に賭《か》けたといえる。

「稲穂見島か……」

佐伯は満足そうに頷いた。

「たしか、宮古《みやこ》群島のひとつだったな。小さな島だ……」

「はい」

「大阪からは遠いぞ。金を持っているとは思えんが、これからどうするつもりなんだ」

「働いて、金をつくります」敬が胸を張って言った。

「働きたいのか」佐伯の口調は辛辣《しんらつ》だった。

「それとも稲穂見島へ行きたいのか」

「働かないと、稲穂見島へは行けません」

「そうでもないさ」

そう言ってしまってから、佐伯は微《かす》かに後悔の念を覚えた。やはり、このふたりに関わることになりそうだ。自分に肚《はら》が立つような思いだった。——が、やくざにみすみす殺されることになるとわかっていて、このふたりを放置はできなかった。やくざごときに殺されるのにはもったいないカップルなのだ。本音を洩《も》らせば、PS—8などよりこのカップルのほうが、はるかに大事だという意識があった。

「それはどういう意味ですか」敬は憤然として言った。

「初対面の人から、お金を恵んでもらうわけにはいきません」

「先走るな。俺だって、初対面の人間に金を恵んでやるほどお人好しじゃない」

「…………」

「船に乗らないか」

「船？……」

「今夜、大阪港から出る船がある。沖縄ぐらいまでなら同乗させてやる」

佐伯の語気は、無愛想この上もなかった。照れているのだ。愛他主義は佐伯の柄ではなかった。

「…………」

敬と弓子はあまりの幸運に呆然《ぼうぜん》としている。たしかに、幸運の女神をつとめるのが佐伯では、現実感に乏しいのも無理はなかったろう。

「あの……」弓子がためらいがちに口を開いた。

「あなたはなにをなさってる方なんですか」

「沖縄まで船に乗せていってもらいたくはないのか」

「それはもちろん……」

「だったらなにも訊《き》くな」佐伯が言った。

「それが条件だ」

「…………」

敬たちは気圧《けお》されたように沈黙した。好奇心をあからさまにして、せっかくの幸運を逃すのを恐れているようだ。沖縄まで行ければ、そのあと稲穂見島へ行くのは造作《ぞうさ》もないことだった。

佐伯はそっぽを向いている。佐伯にしてみれば、精いっぱいの好意を示したのだ。佐伯を信用するかしないかは、敬たちが判断すればいいことだった。

「あの……」

傍らから、不意に声がかかった。作業員のひとりが遠慮がちに近づいてくる。

「済んだのか」

佐伯は腰を上げた。

「ええ」と、作業員は頷いた。

「荷物をリフトで下ろし終えました。いつでも発車できます」

「ご苦労さん」

作業員の労を犒《ねぎら》うと、佐伯は再び視線を敬たちに転じた。一変して、きびしい表情になっている。

「はやく決めろ」鋭い声音《こわね》だった。

「時間がないんだ」

その声に怯えたかのように、敬は体を身じろがせた。その手を弓子が握りしめた。一瞬、ふたりは互いの眼を見つめあった。――敬は静かに顔を上げると、キッパリした口調で言った。

「お願いします……」

――その押船《プッシャータグ》は淀川《よどがわ》を航行していた。

かなりの速度だ。淀川大橋、新十三《じゅうそう》大橋、十三大橋……ほとんど波を立てることもなく、その押船《プッシャータグ》は淀川をのぼっていく。

両岸に肩をせめぎあっている建物が、淀川に明かりを漂わせていた。その明かりにあるいは赤く、あるいは青く身を染めながら、押船《プッシャータグ》はただ進みに進んでいた。魯鈍《ろどん》な海獣を連想させた。

船影はながい。艀《はしけ》が大きいのだ。通常の引船方式と異なり、艀は後部を船に結合されていた。いわゆる押航艀輸送方式《パージラインシステム》というやつだ。無人艀と押船《プッシャータグ》とが合体して、分離可能なひとつの船を構成しているといえる。押船《プッシャータグ》は操縦の容易さ、安全性などにおいて、従来の引船をはるかに凌駕《りようが》していた。

押船《プッシャータグ》は闇《やみ》の底を進んでいく。黒い水が三角に泡だっている。深夜の航行は、その押船《プッシャータグ》に奇妙な非現実感を与えているようだった。

――前方に鉄橋が迫ってきた。

地下鉄御堂筋線《みどうすじ》だ。新大阪駅から駅ひとつ、西中島南方《にしなかのしま》を経て、中津《なかつ》に向から地点である。地下鉄路線には間違いないが、地上線となっているのだ。

全国主要都市では、一部私鉄が、バスを除いて交通機関がことごとくストライキに入っている。もちろん、地下鉄御堂筋線もその例外とはなりえなかった。ここ数十時間は、その鉄橋も電車を渡す職務から解放されていたのである。

押船《プッシャータグ》がその機関を停止した。艀がほとんど土手と接触しそうになっている。鉄橋が威圧的に艀を覆っていた。

土手に小さく明かりが点《とも》った。懐中電灯の明かりのようだ。なにかの合図らしく、懐中電灯は瞬《また》くように点滅を繰り返した。

押船に人影が動いた。どうやら艀との連結部を外そうとしているようだ。押航艀《プッシャーバージ》の方向を転換させるために違いなかった。

土手の茂みのなかからゆっくりと巨大な影が現われた。手に懐中電灯を持っている。

——佐伯和也だ。まったく神出鬼没の活躍というほかはない。

「遅いな……」

佐伯は口のなかで呟いた。押航艀《プッシャーバージ》のことを指して言ったのではないらしい。その眼が鉄橋に向けられていた。

「いったい、なにが始まるんですか」

佐伯の背後から心細そうな声が聞こえてきた。川原敬だ。その傍らには、敬よりなお心細げに弓子が立っている。川面《かわも》から吹く風に、弓子の髪が乱れていた。

「なにも訊かないという条件のはずだ」佐伯は敬を振り返ろうともしなかった。

艀から一人の男が土手に飛び移ってきた。その身のこなしから考えると、意外なほど老齢の男だった。すりきれたジャンパーが、いかにもその男に船員らしい印象を与えていた。

「埴商事《はに》の人かね」

男は佐伯に声をかけてきた。

「ああ……」と、佐伯は頷《うなず》いた。

「いったい何事なんだね」男がぼやいた。

「こんな夜中に働かせるなんて……」

「………」

佐伯は答えなかった。答える必要を認めなかったのである。その男の引船業は、ほとんど全収入を埴商事に負っているはずだ。どんな奇妙な仕事であろうと、埴商事からの依頼を断わるわけにはいかないのだ。

「まあ、いいさ」男はなおもぼやくような口調で言った。

「どんな荷物だろうと、俺はただ大阪港に運べばいいのだからな」

佐伯の視線が、不意に鋭くなった。

鉄橋が金属音を発している。弓弦《ゆづる》のしなう音に似ていた。なにか重いものが鉄橋に向かってくるのだ。

「仕事を急がせろ」佐伯が男に命じた。

「こんな所で時間を食っているわけにはいかんのだ」

鉄橋を強烈な光線が照らした。列車が通過していく。通常の乗客列車ではない。地下街建設のために、数年前より地下鉄で使われている金属板コイル輸送専用貨車だ。

鉄橋を唸《うな》らせて、列車が停止した。重量物搭載用貨車がその奇体な姿をながく鉄路の上に横たわらせている。自量十五トンのこの貨車は、優に六十五トンのアルミナを運ぶことができるといわれている。馬蹄形《ばていけい》貨車のその屋根が中央で開く構造になっているのだ。

「始めろ」

佐伯が上方に向かって叫んだ。

発電機の唸る音が聞こえてきた。二台のトラッククレーンが活動を開始したのだ。

4

夜風が強いのだろう。窓から見る新宿《しんじゅく》の明かりがちらついていた。

清美は薄いネグリジェを着ている。その下には何もつけていないようだ。化粧鏡の前で、情事に乱れた髪をしきりに巻き直していた。その白く細やかな裸身が、扇情的なシルエットとなって透けていた。

緒方はベッドに腹這《はらば》いになって、そんな彼女の姿を見ていた。その背中には清美の爪《つめ》につけられた傷が薄く残っていた。情事の後の虚脱感からばかりではなく、緒方の表情《かお》は暗く、苦悩を露《あらわ》にしていた。

宗像と会った後、すぐに緒方は清美をこのマンションに呼びだしたのだ。宗像に復讐《ふくしゅう》するような気持ちが働いていた。敗北を喫した相手の妻と寝ることで、雄《おす》としての自尊心にバランスを保とうと考えたのだ。老境に向かう男が若い女との情事にのめり込むことで、自分の年齢《とし》を忘れようとするのと似ているようだった。

情事はいつになく激しかった。清美は幾度も体をのけぞらし、呻《うめ》き声をあげた。——が、緒方のうちには予期していたような昂揚《こうよう》感は湧《わ》いてこなかった。白々しさだけが残っていた。女を貫きながら、漠然と清美との仲を清算したほうがいいと考えていた。

緒方は、その生涯を権謀術策を用いることで生きてきた男だ。やわな精神構造の男にかなうことではない。敗北感を女で紛らすには、緒方はあまりに強靱《きょうじん》な男でありすぎるといえた。

緒方は、自分が老いたと感じた。五年前の緒方なら、なお失地回復に懸命となっているはずだ。首を飛ばされても歩いてみせるのが緒方の身上だったのである。が、今は失点の大きさになすすべもなく、ただ呆然としているひとりの老人にすぎなかった。

事実として、緒方に失地回復の方法は残されていなかった。宗像がいる限り、緒方は破滅から逃れようがない。いかに強引な緒方でも、防衛庁の地下にこもっている宗像には手の下しようがないのだ。

緒方はタバコを咥《くわ》えていた。紫煙の向こうで、清美の姿体が頼りなく揺らいで見えた。

緒方にはそれが自分の未来を象徴しているように思えた。

「宗像が東京に帰っているって本当?」

化粧鏡を覗き込んだまま、清美が尋ねてきた。

「ああ……」と、緒方は頷いた。

「どうして家《うち》に帰ってこないのかしら」

「心配なのか」

「馬鹿ね」

清美は低く笑った。夫と情人との角逐《かくちく》を肥料にして、清美は急速に女として成長しているようだ。つい半年前までは残っていた娘らしさは、もう望みうべくもなかった。

「宗像は、私の浮気に気がついているのかもしれないわ」

「あれだけ鋭い男だからな。だが、相手がわしだとは思ってもおらんだろう」

「どうかしら」

「なんかそんなそぶりを見せたことがあるのか」

「あの男《ひと》がなにを考えているか、誰にもわかるはずがないわ」

清美は肩ごしに、けだるい視線を緒方に向けた。

「あなたもね」

「わたしは清美のことを、ただ愛《いと》しいと思っている」

「嘘《うそ》……」清美は微笑《わら》った。

「…………」

緒方はガウンをはおりながら、ベッドを立ち、化粧鏡まで歩を進めた。清美の背後に立つと、その腕を前にまわした。緒方の手に乳房を掴《つか》まれ、清美が体をかたくした。

その時、――ポロンポロンとチャイムが鳴った。

「誰かしら」

清美が不安げに緒方を見上げた。密通の現場なのだ。訪問者に不安を抱かないわけがなかった。

「誰か部下だろう」

緒方は清美の肩を叩くと、ドアに向かった。事実、緒方はこのマンションを少数の部下にしか教えていなかった。『愛桜会』の名義で借りているマンションなのだ。

緒方はなんのためらいもなくドアを開け、――そして、三和土《たたき》に立ちすくんだ。ドアロには、まったく見知らぬふたりの男が立っていたのである。

「緒方陸将補ですな」

男のひとりが確かめるように言った。その恫喝《どうかつ》に満ちた声音《こわね》が、いたく緒方の気にさわった。

「そうだが……」緒方は怒気を露《あらわ》にした。

「きみたち何者だか知らないが、失敬じゃないかね。ここはわしのプライベートな場だ」

「たしかに、そうらしいですな」もうひとりの男が笑いを含んだ声で言った。

「宗像一佐の奥さんと同室されているようですからな」

「…………」

緒方の顔色が変わった。頭蓋《ずがい》を誰かに蹴《け》とばされたような気持ちだった。

「われわれは警務隊に所属している者です」

男たちは身分証明書を示した。

「ご足労ですが、われわれに同行していただけないでしょうか」

「……わかった」

緒方の声には、無念の響きが満ちていた。

「着替えるから、少し外で待っていてもらいたい」

ドアを閉めた時、緒方の形相は一変していた。憤怒《ふんぬ》で、双眸《そうぼう》が燐光《りんこう》を発していた。

「誰なの……」ネグリジェの前をかきあわせながら、清美がいかにも心細げに尋ねてきた。

「どうしたの?」

「心配はいらん……」

手早く着替えしながら、緒方は冷淡に答えた。清美を見るのさえおぞましいような気持ちだった。

緒方は罠《わな》にはめられたといえた。熱意のあまり失策を犯すというのは、軍人にはありがちなことだ。それだけなら、軍人としての緒方の経歴に傷がついたというだけにとどまる。が、――その失策を犯した軍人が、部下の妻と関係していたとなると、話が自《おのず》と異なってくる。軍人社会はたてまえの道徳論が幅をきかせている社会だ。醜聞《スキャンダル》を極端に嫌うことは、ほかの社会の比ではない。醜聞の心配のありそうな人間は、汚物のように外につまみだされてしまう。緒方はあらゆる意味で再起不能となったのである。

――宗像……緒方は歯をぎりりと咬《か》み鳴らした。今となっては、宗像が緒方と清美の関係を知っていたのは明らかだった。知っていて、その醜聞を最大に利用できる機会を待ち構えていたのだ。

人間に可能な行為とも思えなかった。新戦略専門家《ネオステラテジスト》とは、その必要があれば妻さえ新戦略専門家の駒として利用できる人間なのか。緒方は今さらながらに、自分の敵がどれほど恐ろしい相手であったかを思い知らされる気がした。

緒方の頭のなかで宗像が哄笑《こうしょう》していた。――笑うがいい、と緒方は思った。二度までは失敗したが、三度めは必ずきさまを殺すのに成功してやる……。

宗像に対する憎悪が、緒方を以前にも増して熾烈《しれつ》な人間に変えていた。

――野火に似ていた。誰もそれがいつ始まったのか知らなかった。なかば自然発生的な噂《うわさ》のようだった。気がついてみると、いつかその噂は、ほとんど既定事実のようになっていた。

自衛隊の核装備に反対する者たちが、新幹線がストライキに入っているのをいいことに、鉄路の上を東京まで示威行進《デモンストレーション》を始めたというのである。まったくの未確認情報だった。

現実に、どこで行進が開始されたのか知っている者はいなかった。わずかに、敦賀《つるが》、松江、四国のどこかであるらしいという情報が入っただけだった。

奇妙なのは、その情報がマスコミを介したものではない、ということだった。警視庁公安から通達されたものでもない。——ある種の中傷のように、いつの間にか国鉄上層部、及び労組の間に蔓延《まんえん》していたようだ。それも、わずか一晩のうちにである。関係者たちはそれぞれ事実確認のために右往左往しなければならなかったのだ。

たしかに、その情報に該当する騒ぎ——というか、前兆のような動きは各地にあったらしい。だが、いずれもかけ声のみ徒《いたず》らに大きく、現実の運動とはならなかったようだ。

国鉄関係者にとっては、胃の痛くなるような夜だったろう。未確認情報ほど、人を苛立《いらだ》たせるものはないからだ。列車運行の再開を明日の正午にひかえていることが、彼らの苛立ちをなおさらに高めていた。仮に情報をデマと断じて、その結果、列車が行進のなかに突っ込むような事態を招いたとしたら、誰に責任がとりうるだろう。

警視庁もまた情報の確認を急いでいた。公安が過激派左翼に潜り込ませているスパイたちは、それぞれに漠然とした話を洩《も》らすだけだった。彼らもその情報をここ数時間のうちに知ったのである。情報確認の役に立つはずはなかった。

警視庁公安には新戦略の知識が徹底して欠けていた。情報漏出《ろうしゅつ》を貫くパターンを見いだすべくもなかったのだ。まして、その背後に潜む意志を看破するなど、とうてい望むべくもなかった。

……外界には朝が近づいているはずだった。四方を壁で囲まれた部屋にながくすわっている新戦略専門家《ネオステラテジスト》たちにも、朝の到来は体の疲労で感じることができた。

「いよいよ王手ですな」

久野がボソリと呟いた。

「うまくいけばいいが……」北村が脂《あぶら》の浮きでた顔を掌でブルンとなでた。

「実際、これ以上ゲームがつづくと、俺たちの体がもたない」

「大丈夫だよ」伊藤が頷いた。

「『移動ダム方式』で、ディーゼル機関車はその都度PS—8を移し変えるのを封じられている。なにしろ、非常線がディーゼル機関車とともに移動していくわけだからな。全国のトレーラートラック走行可能な道路を総て封鎖したに等しい」

「ディーゼル機関車を下関に追い込むほうはどうだ」久野が尋ねる。

「遺漏はないだろうね」

「あるはずがないよ」

伊藤はあくまでも、自信タップリだった。

「俺は心理戦争の専門家だよ。宣伝技術にかけてはお手のものさ。あの桐谷という男がよく働いてくれたしね。よほど緒方にひどいめに遭わされたらしい。緒方に復讐するためだと吹き込んでやったら、情報漏出にじつによく動いてくれた。緒方も拷問《ごうもん》した男を街に放すなど、馬鹿なことをしたもんだよ。

〝核装備反対行進〟に関する情報は、なんらかの形でディーゼル機関車に伝わっているはずだ。下関に向かわざるをえないさ。現実に、行進に躍りでているオッチョコチョイも各地で出ているらしい。敵にとっては、これはまさしく偶然機構以外のなにものでもないだろう。こちらにさえ予測不可能なことなんだからね。ランダム逐次決定プロセスを迎えて、敵がいまさら新作戦を打ち立てることなどありえないよ。危険が多すぎるからね」

「…………」

――伊藤は自信家にすぎる、と宗像は思った。もちろん、ある程度の自信を持つのは、新戦略専門家《ネオステラテジスト》にとって悪いことではない。が、この場合は、相手も新戦略専門家《ネオステラテジスト》なのだ。伊藤が知らなくて当然だが、藤野は極めて優秀な新戦略専門家《ネオステラテジスト》なのだ。

――なにか忘れていることがある。宗像は漠然とそう考えていた。ただなにを忘れているのか、どうしても摑《つか》むことができないのだ。奇妙に焦慮に満ちた感覚だった。

無線機の呼出し音《コールサイン》が部屋をつんざいた。

久野がただの二跳びで、無線機の前に腰を据えた。残る三人の新戦略専門家《ネオステラテジスト》たちは、宗像も含めて、塑像《そぞう》のように身動きしなかった。久野がヘッドフォンを被《かぶ》るのを、祈るような眼で見つめているのだ。

実際、祈るに価した。ゲームの勝敗がいま決まろうとしているのだ。それは、下関に飛ばした自衛隊員からの報告に間違いなかった。

「こちら本部……」

それだけを言い、久野は相手の連絡に聴きいっている。

「どうなんだ」宗像がいつにない性急さで尋ねた。

「作戦は成功したのか」

「PS―8を発見することはできなかった模様です……」

久野は無線機に眼を据えたまま、凍りついたような声で答えた。

「ディーゼル機関車が牽引《けんいん》していたのは、ただの新幹線客車だったということです」

5

「そんな馬鹿な……」

驚きの声を発して、伊藤が腰を浮かした。表情が蒼白《そうはく》になっている。過剰な自信は、容易に精神失調に移行しやすいのだ。

宗像を襲った衝撃は、さらに深刻なものだった。すでにゲームには失地回復の余地はない。周到に張りめぐらした網が、すべて徒労に終わったのだ。ここにいたって、宗像はPS―8を見失ってしまったのである。

「なにかの間違いじゃないのか」北村の語気は偏執狂的な粘りを帯びていた。

「ディーゼル機関車を間違えたんじゃないだろうな」

「ストライキ期間中の新幹線鉄道に、そう幾台ものディーゼル機関車が走っているものか」

ヘッドフォンを外しながら、久野は憤《おこ》ったように答えた。

「間違いなく、下関で圧《お》さえたのはあのディーゼル機関車だ……」

「ディーゼル機関車に間違いはあるまい」と、宗像が言った。

「牽引されている列車が、どこかの駅ですり替えられたということだ」

「理屈に合いません」

伊藤がなかば悲鳴のように言った。骸骨《がいこつ》の表情《かお》をしていた。

「なるほど、列車をすり替えることは可能でしょう。だけど、PS—8はどうなったんですか。PS—8を駅から運びだすのには、トレーラートラックが要《い》ります。トレーラートラックが走れるような主要道路は、すべて『移動ダム方式』で封鎖されていたはずじゃないですか」

「駅のどこかに隠したとは考えられないでしょうか」久野が言った。

「今日の正午には、ストライキが解除されるというのにか」北村が首を振った。

「そいつは考えられないだろう。危険があまりに多すぎる」

失意に満ちた沈黙が部屋におちた。あまりの屈辱に、誰もが自失していた。新戦略専門家《ネオステラテジスト》の矜持《きょうじ》が無残に泥にまみれたのである、——新戦略専門家《ネオステラテジスト》にとって、頭脳戦も通常の戦争とさほどの違いはない。敗北は、精神の死を招くのだ。

「負けましたね……」

北村が苦渋《くじゅう》に満ちた笑いを浮かべた。

「この期《ご》に及んで、ＰＳ―８を見失ったのでは、もうわれわれに勝ちめはない」

「………………」

北村が初めて洩らした弱音《よわね》に、宗像は応じようとはしなかった。いまだに敗北を承認する気にはなれなかった。藤野を直接に知っているだけに、敗北は宗像にとってより屈辱的だったのである。

――なにか忘れていることがある。宗像は懸命に思念を凝らしていた。泥を掴むもどかしさだ。掌にそいつを感じるのに、掴もうとすると、指の間から抜けてしまうのだ。

「敗因がわからない」久野が吐き棄《す》てるように言った。

「みっともない負け方だな」

「いまさら敗因を検討したところで始まらないだろう」

北村が欠伸《あくび》を洩らした。精神力の衰弱を表わす生欠伸《なま》だった。

「それより、少し眠らしてほしいよ」

部下たちの会話はほとんど宗像の耳に入っていなかった。凄《すさ》まじい思考の集中に、宗像の顔は土気色《つちけいろ》に変じていた。全身に脂汗が浮かぶほど、脳髄を絞りに絞っているのだ。なにを忘れているのか。……

「そうか……」宗像は顔を上げた。

北村と久野がけげんそうに宗像をみつめている。伊藤ひとりが、いまだ自失の殻に閉じこもっていた。

「どうかしたのですか」

北村が尋ねてきた。

「わかったぞ」宗像は呻《うめ》くように言った。

「なにがですか」

「俺たちはゲームの性質を取り違えていたのだ」

「……逐次決定プロセスではなかったというのですか」

「逐次決定プロセスさ」宗像の双眸《そうぼう》が烈しい光を湛《たた》えていた。

「ゲーム盤のほうを間違えていたんだ。こいつは三次元ゲームだったんだ」

「…………」

北村と久野は顔を見合わせた。明らかに宗像の正気を疑っていた。

「……まさか奴らがPS―8を空に飛ばしたというんじゃないでしょうね」北村が遠慮がちに言った。

「そいつはできない相談ですよ。第一……」

「誰も空のことなんか言ってはいない」宗像が苛立たしげに北村の言葉を遮った。

「空と同じような空間があるだろう。まったく路線に拘束されない空間が……」

「海……」

北村は眼を瞠《みは》った。久野にいたっては、ほとんど椅子から腰を浮かしている。

「そうだ」と、宗像は頷いた。

「奴らはどこかの駅で、PS—8を海に運ぶ手筈《てはず》を考えたのに違いない。道路を使わない方法を、な」

「しかし、東京駅にPS—8を下ろせないとわかったのは、昨日《きのう》の昼のことですよ」

久野が弱々しく反論した。

「そんな短時間のうちに、PS—8を海に運ぶ手筈を整えられるでしょうか」

「必ずしも不可能じゃないだろう」

これには、北村が応じた。

「奴らのバックに強大な組織がひかえているとしたら……持ち船に不足しないような強大な組織が……」

「そうだ」と、宗像が頷いた。

「できない話じゃない」

再び彼らの間に、精気が吹き込まれたようだ。少なくとも、PS—8が煙のように消え失《う》せたという悪夢からは、解放されることがかなったのである。

「それがわかったからどうだというのですか」

不意に伊藤が呆《ほう》けたように呟いた。喜悦を一気にさます物憂《ものう》さだ。無力感に満ちた声だった。

「だからといって、われわれの敗北にはなんの違いもないでしょう」

宗像の眼が鋭さを増した。その顔が凄《すご》いほどの無表情になった。

「たしかに、ゲームに勝つことはもう望めないだろう」宗像はゆっくりと言った。「だが、ゲームに負けない算段をすることはまだ可能だ」

「え……」伊藤は顔を上げた。

北村と久野も緊張した面持だ。おそらく、今が新戦略専門家《ネオステラテジスト》たちに与えられた最後の正念場のはずだった。

「われわれが情報源だと覚《さと》らせずに、マスコミに虚報を流させるのにどれぐらいかかる？」

宗像は伊藤の顔を一直線に凝視《みつ》めていた。

「虚報ですか」伊藤はあっけにとられたようだった。

「実際に、テレビやラジオにニュースを流させるとなると……〝核装備反対行進〟のような噂とはわけが違います。相当な根回しが必要でしょうし、金もかなり……」

「金はこの際、問題ではない」宗像はキッパリと言った。

「どれぐらい時間がかかるか、と訊いているんだ」

「そうですね……」伊藤は考え込むような眼つきになった。

「まず明日の夜には……いや、明日の昼にはニュースを流させることができるでしょう」

「明日の昼か……」

宗像は、脣の両端を吊《つ》り上がらせた。

「諸君、どうやらわれわれはまだ負けを回避することができそうだ」

——空には光が満ち満ちている。

滑走路がギラギラと輝いていた。竈《かまど》の中の白パンだ。今にも熱気で膨《ふく》らんでいきそうに思えた。

ゆらめきたちのぼる熱気に、離着を繰り返す旅客機が蜉蝣《かげろう》のようにはかなく見える。時折、風景をつんざく米軍機も、いちじるしく陰影を欠いていた。

烈《はげ》しい光が支配する風景だ。五分とは直視できなかった。

体にからみつくような熱気が不快だ。沖縄の湿度は異常に高い。熱水をのべつ掛けられるのに似ている。体から汗が引くことなど望みうべくもなかった。

那覇《なは》空港のロビーに足を踏み入れて、佐伯は大きな吐息をついた。この場合、エア・コンは救いの神だった。沖縄の熱気に、佐伯は全身に水をかぶったようになっていた。

「ひどい暑さだ」

佐伯は吼《ほ》えるように言った。赤熊《あかぐま》のような佐伯の姿に、通り過ぎていく若い娘たちがクスクスと笑っていた。

佐伯の背後には、敬と弓子が従っていた。敬も佐伯と同じく、暑さにゲッソリとしているようだ。南国育ちの弓子ひとりが活気に溢《あふ》れていた。

「ひどい暑さだ」と、佐伯は繰り返した。

「う、う……なにか食べよう」

敬と弓子は顔を見合わせた。敬たちが佐伯と会ってからまだ四十八時間とは過ぎていないが、その間に佐伯が腹に詰め込んだ食糧は、優に普通人五日分の量に匹敵していた。いかに若い敬たちでも、とっくに限界を越えていた。

「佐伯さん、食べすぎだわ」弓子が姉の口調で言う。

「黙れ」佐伯は唸《うな》った。

「食べすぎは体に毒よ」弓子は負けていなかった。

「腹も身のうちという言葉があるわ」

「…………」

佐伯は情けなさそうな表情になった。弓子は佐伯の最も苦手なタイプだ。典型的な母親型なのだ。すべての男が悪戯《いたずら》っ子に見える。世話をやかなければ、ドロだらけになって、シャツを破って帰ってくると信じているのだ。

「少し我慢することを覚えなくちゃ」弓子がさらに攻撃をかけてくる。

「今はいいけど、年をとってから体をこわすことになるわ」

尻《しり》を叩いて、折檻《せっかん》しかねない勢いだ。

「う、う……」

佐伯はただ唸っている。いつから立場が逆転したのかよくわからない。佐伯にしてみれば、子猫を拾うような気まぐれで、若いふたりに足を提供してやったのだ。それがどうして弓子にのべつ怒られるようなはめになったのか。不条理というしかなかった。

敬が妙な表情《かお》で弓子を見ている。自分の将来に一抹《いちまつ》の不安を覚えたのだろう。

「故郷《くに》へ帰るんだったら、おみやげが要《い》るんじゃないのか」

佐伯は懐柔策に出た。この男には不釣合《ふつりあい》な愛想笑いさえ浮かべている。とにかく、なにか食べたくて仕方ないのだ。

「俺がなにか食べるのを見逃してくれたら、おみやげを買ってやる」

「しようがないわね」弓子は腰に両手をあてて、首を振った。みごとにさまになっていた。

「でも、これで終わりよ。私たちが行っちゃってから、またなにか食べたりしちゃ駄目よ」

「食べない、食べない……」佐伯は慌てて首を振った。

弓子は先にたって歩きだした。クリクリとしたヒップがいかにも自信に満ちていた。

——佐伯と敬は等しく溜息《ためいき》をつき、互いに顔を見合わせた。佐伯の形相が一変した。敬は慄《ふる》えあがった。

「きさま……」佐伯は殺した声で言った。

「教育がなってないじゃないか」

「なにしてるの」弓子が振り返った。

「早く来なくちゃ駄目じゃないの」

「………」

佐伯はなかば反射的に駆け足となった。

——弓子と敬は佐伯の正体を知らないでいる。季節はずれのサンタクロースのようなものだ。が、弓子は若い娘らしい直感で、佐伯の本質が悪戯《いたずら》っ子にあると見抜いているようだ。ものおじしない弓子が、佐伯の鼻っ面を自在に引きずりまわすのも、当然の成行きといえた。――今の佐伯の願いはただひとつ、はやく弓子から解放されることだけだった。

淀川を伝い、PS―8を大阪港に停泊している貨物船に積み込んでから、四十時間近くが経過していた。埴商事の持ち船たる貨物船は、その直後に出港したのである。洋上でさらに一晩を過ごし、船が那覇港に着いたのは今朝のことだった。三十時間ちょっとの航海ということになる。

船が那覇港に着いた時点で、佐伯の仕事は終わりとなっていた。これ以上は、佐伯のすべき仕事はなにもなかった。PS―8にもう危険はないのだ。PS―8はいずれ外国に運ばれることになるのだろう。藤野はその国がどこであるのか教えてくれようとはしなかったし、また佐伯にも知りたいという気持ちが欠けていた。

佐伯は戦士なのだ。任務さえ全《まっと》うすれば、その後のことは興味の外にあった、後は東京に帰って、藤野に報告すればそれで十分なのだ。……船はすでに那覇港を出ているはずだった。

佐伯が仕事を果たした満足感に心ゆくまでひたれないのは、弓子の存在が原因だった。たかが小娘ひとり、とは思っても、弓子を苦手なことにはなんの違いもなかった。叫びだしたくなるような圧迫感だ。そのうち食事の前には必ず手を洗え、と言いだささないとも限らなかった。佐伯が弓子が苦手なこと、天敵に近かった。

佐伯が柄にもなく、若いふたりに宮古島《みやこじま》行きの航空チケットを買い与える気になったのも、ただただ一刻もはやく弓子から解放されたいためだった。

……数十分後、若いふたりの姿はゲートをくぐっていた。幾度も佐伯を振り返り、手を大きく振っていた。佐伯も一度だけ手を振って応《こた》えた。

「とっとと失《う》せちまえ」

これが、手を振る際に佐伯が口にした言葉だった。

YS―11Aが若いふたりを乗せて那覇空港を飛びたった時、佐伯の顔は喜色に溢《あふ》れていた。ほかにたとえようもない解放感だ。口うるさい女房から解放された亭主に共通するものがあった。佐伯はまったく家庭生活には不向きな男なのである。

「とんだ目にあった……」佐伯は呆《ほう》けたように呟いた。

「人助けをしようなんて気を起こした罰があたったんだな」

佐伯は幾度も顔を掌でこすった。奇妙に気恥ずかしい気持ちだった。弓子の出現によって、戦士としての誇りが幾分か損なわれたようだ。

――戦士か……不意に佐伯の胸を強い悲哀が貫いた。仕事の終わりがようやく強い実感を伴って意識された。めくるめく戦いの時は終わったのだ。ふたたび佐伯は去勢された猫のような生活を余儀なくされるのだ。

佐伯の胸を亀裂《きれつ》が走ったようだ。とめどもなく空虚な気持ちだった。生来の戦士に例外なく与えられている悲劇だ。勝利を得た時が、戦士にとって最も不幸な瞬間なのである。

佐伯はこのうえもなく寂しげな表情《かお》になっていた。迷児《まいご》になった態を連想させた。――佐伯はゆっくりと首を振ると、力のない足どりでロビーを横切り始めた。空手《からて》師範としての生活が、重圧感を伴って脳裡《のうり》に甦《よみがえ》りつつあった。美容のためと称して通ってくる小娘たちに、空手ダンスを教える日々が再び巡ってくるのだ。

佐伯は深い脱力感を覚えていた。なにか腹に入れないことには、この無気力から抜けだせそうになかった。もちろん、弓子との約束など、初めから守る気はなかった。

食堂に向かう佐伯は、その全身が隙《すき》だらけだった。鋭敏な野獣の五感が失われていた。――常の佐伯だったら、遠くから自分を見つめている視線に気がついたはずだった。

視線の主も佐伯を追ってゆっくりと歩き始めていた。

……食堂のテーブルについた佐伯は、ボンヤリとメニューを眺めていた。この男にはついぞないことだが、食べることにあまり情熱を持てなくなっていた。もっとも、ほんの数十分まえに、沖縄ソバをたいらげたばかりなのだが。

「食欲がない」佐伯は悲しそうに呟いた。

「サンドウィッチぐらいしか食べられそうにないな」

「同席してもいいですか」

不意に頭の上から声がかかった。食堂がさほど混んでいるわけでもないのに、奇妙な申入れだった。ほかに幾つも空《あ》いているテーブルがあるのだ。佐伯は顔を上げた。

「…………」

佐伯は表情が強張《こわば》るのを感じた。

そこに立っているのは薄野《すすきの》のバーで出会ったあの中年男なのだった。

6

立花が那覇空港に居合わせたのはまったくの偶然だった。ついさっき東京からの便で降りたばかりなのである。できれば昨日《きのう》のうちにも戻ってきたかったのだが、あいにく空席が取れなかったのだ。

ロビーで佐伯の姿を見かけた時は、立花は自分の眼を疑った。東北で戦った男と沖縄で再会するなどということがありえるだろうか。誰かの悪戯《いたずら》にはめられているような思いがした。

立花の体をなにか閃光《せんこう》のようなものが過《よぎ》った。ほとんど喜悦に似ていた。PS―8事件から手を引くつもりでいたことなど、一瞬のうちに忘れてしまっていた。佐伯との闘《たたか》いはまだ終わっていなかったのだ。

薄野のバーで会い、東北の山中で戦い、そしていま那覇空港で出会う……立花は自分と佐伯が一本の糸で結ばれていることを感じていた。戦士は誰であれ、運命論的な人生観を持たざるをえなくなる。ほんの些細《ささい》なことで勝敗が決まるのを、常に体験しているからだ。

立花が佐伯と戦うことを運命づけられていると考えたのも無理はなかったのだ。

立花は佐伯の肩を叩きたいような気持ちだった。自分と同じく、佐伯がシャツの左袖をまくりあげ、上膊《じようはく》部に包帯を巻いているのを見て、微笑を浮かべさえしたほどである。実際、立花は佐伯のうちに自分と同じ体臭をかぎつけていたのである。

だから、立花は佐伯の後を追い、同じテーブルについたのだ。佐伯と勝敗を決すべく、いわば手袋を投げつけたのだ。

——佐伯は混乱の極みに達していた。注文したビーフサンドが紙の味になっていた。この場合、偶然ということはありえなかった。薄野のバーで会った男と、那覇空港で再会するなど、偶然にしてはできすぎていた。十分に警戒してしかるべき事態といえた。眼前の中年男は実直なサラリーマンという風を装っている。黙々とコーヒーをするその様子からは、なんら警戒を要する点はないように見えた。が、——佐伯はその男にカミソリの切れ味を見ていた。強靱《きようじん》な筋肉を看破していたのである。

佐伯はこの種の持久戦が苦手な質《たち》だった。いや、これが持久戦の名に価するか疑問といわねばならなかった。外見《そとみ》にはただ二人の男が同じテーブルにつき、ひとりはコーヒーをすすり、もうひとりはサンドウィッチをパクついているだけなのである。

——何者なのか。佐伯はなによりそれを知りたかった。なんの目的があって、佐伯の前に登場してきたのか。極度の緊張で、佐伯の大腿《だいたい》部が痙攣《けいれん》していた。この場合、相手の正体とその意図を知らないことが、佐伯をいちじるしく不利にしているようだった。

「沖縄は暑いですな」

緊張に耐えかねて、佐伯は男に声をかけた。

「そうですか」男は顔を上げようとさえしなかった。

「私は沖縄に仕事を持っているものですから……あまり暑さを感じませんな」

――なるほど、と佐伯は頭のなかで頷いた。つまり、この男と沖縄で戦うことは、こちらにとって不利だというわけだ。

二人の駆引きは心理戦の様相を呈し始めていた。ハブとマングースの睨《にら》み合いだ。どちらがどちらの首に牙《きば》をたてることになるか予断を許さない。先に動揺を見せたほうが負けなのである。

男が左手を不意にテーブルの上に突きだしてきた。佐伯はなかば反射的にタバスコの壜《びん》を摑《つか》んでいる。いざとなったら、タバスコを相手の眼にかけてやろうと考えたのだ。

ふたりの男はしばらく互いの眼を見つめあっていた。

「ミルクを」男がボソリと言った。

「え……」

「ミルクを取ってもらえますかな」

「あ、ああ……」

佐伯は自分が見苦しく動揺していると思った。掌に冷たい汗を感じた。相手の男がかもしだす圧迫感は尋常なものでなかった。

佐伯はミルクの容器を相手の前に押しだした。必要以上に、乱暴にあつかいすぎたようだ。ミルクが少しこぼれた。

男の表情を翳《かげ》りに似た微笑が過《よぎ》った。佐伯の動揺を見てとったのか。男は左手を操り、ミルクをコーヒーに注いだ。常に利《き》き腕をあけておく用心深さだ。

佐伯の頭脳に光明がひろがったようだ。男の左腕上膊部に巻かれている包帯がすべてを明らかにしたのである。――そうか、と佐伯は頭のなかで声をあげていた。東北の山中で戦った相手がこの男なのだ。

その瞬間から、勝負は互角となった。佐伯の体軀《たいく》に巌《いわお》のような印象が甦《よみがえ》った。ビーフサンドの味が口中に戻ってきた。

すでに相手は未知の敵ではなかった。一度手合わせを済ませているのだ。端倪《たんげい》すべからざる敵ではあるが、佐伯も並みの戦士ではない。十分に勝利を収められるだけの自信があった。

佐伯はサンドウィッチの最後のひと切れを口のなかに押し込んだ。相手の男もコーヒーを飲みほしてしまったようだ。熱烈な恋人同士のように、ふたりの男は互いの眼を直視していた。彼らの間には極端な緊迫感が生じていた。

そのままの状態がもう数秒つづけば、彼らはなんらかの形で激突せざるをえなかったろう。衆人環視のなかの殺人は、彼ら破壊活動に熟達した男たちの最も得意とするところだからだ。

不意にテレビのニュースが聞こえてきた。気勢を削《そ》がれること夥《おびただ》しい。爆発寸前まで高まっていた緊張が、針を刺された風船のようにしぼんでしまったのだ。

ふたりの男たちは等しく息を吐いた。

客の誰かがスイッチを入れたのだろう。食堂のテレビがニュースを流しているのだった。珍しく、やくざの抗争事件とは関わりのないニュースのようだった。

『……防衛庁はPS―8遭難に関しては、まだ正式な見解を発表していませんが……』

アナウンサーの無機的な声が聞こえている。

『一部消息筋では、PS―8には核武装がなされていたのではないかとの声もあり、放射能汚染が強く懸念《けねん》されています。遭難状況いかんによっては、墜落機に接近しただけで放射能障害を被る恐れがあり……』

佐伯の脳髄を、痺《しび》れるような痛みが走った。PS―8がついにマスコミの俎上《そじょう》に乗せられたことより、そのニュースの内容が嘘《うそ》八百であることに衝撃を覚えたのだ。そんなでたらめなニュースを流すからには、なにかためにするところがあるに違いない。いったい、なにを目的として、そんなニュースを流しているのか。……

「そうか……」佐伯は呻き声をあげた。男が興味深そうにそんな佐伯を観察している。ニュースの内容にはさほど注意を払っていないようだ。嘘八百だと即座に判断したからだろう。

佐伯はひじょうに困難な状況に追い込まれていた。即行動に移るべき時なのだが、なにをするにしても眼前の男が障害になる。おいそれと排除できるような男ではないのだ。歯がみをしたいような心境だった。

佐伯はゆっくりと腰を上げ、テーブルから離れた。男の視線が痛いほどに感じられた。猛犬のそばを歩くのに似ているようだった。

佐伯はレジに金を置き、そのまま食堂を出た。振り返らなくとも、男が同じ行動にでているのはわかっていた。

那覇空港を出ると、佐伯は客待ちしていたタクシーにさっさと乗り込んだ。空港ほど、追跡をまくのに不適当な場所はない。見晴らしがよすぎるのだ。

「市内へやってくれ」

それだけを言うと、佐伯はバックシートに身を沈めた。後方を振り返るような愚は犯さない。どうせ結果はわかっているのだ。

タクシーが発進した。

空港から那覇市までの距離はおよそ三キロ、いかにタクシーの運転手をせかしたとしても、尾行者をまくのはまずおぼつかない。市内に入ってから、勝負をかけるべきだった。

――十五分ほどで、自動車《くるま》は市内に入った。国際通りと呼ばれている通りのようだ。狭い通りだ。映画館、劇場などが路肩《ろかた》に身を乗りだすようにして建ち並んでいる。人と自動車が通りに溢《あふ》れ、息苦しい閉塞《へいそく》感を覚えた。エア・コンのきいた車内にいても、排気ガスのにおいを鼻孔に感じるほどだ。

「市内のどちらに行かれるんですか」運転手が尋ねてきた。

佐伯は頭のなかで那覇市の観光地図をひろげてみた。

「平和通りというのは、たしか国際通りと直角に走っているんだっけな」

「ええ……」

「よし、じゃあその交叉点《こうさ》でおろしてもらおうか」

「平和通りの方へ曲がりますか」

「いや」と、佐伯は首を振った。

「できれば、信号待ちしている時におろしてもらいたいんだが……」

なにか言いたげな運転手に、佐伯は手早くメーターの二倍近い料金を手渡した。――信号待ちの自動車から飛び降りるのは、尾行者をまく際の常套《じょうとう》手段といえた。こんな手段であの男をまくことはできそうにないが、何事もまずは第一歩からだ。

「どうぞ……」

運転手の声とともに、扉が開いた。佐伯はほとんど二跳びで通りを横切った。警笛が津波のように周囲にどよめいたが、むろん佐伯はそんなことに動じる男ではない。

佐伯は走った。走って、平和通りの横道に飛び込んだ。

追跡者をまくのに格好な区画があることを、佐伯は観光地図から学んでいた。いわゆるマーケット街と呼ばれている区画である。曲がりくねった細い道に、食料品から日用品から、とにかく種々雑多な店が蝟集《いしゅう》しているのだ。それぞれの店は、せいぜいが間口一間《まぐちいっけん》ぐらいの大きさしかない。印象としては、戦後の闇市《やみいち》に似ている。

このマーケット街では、店で働く者も客たちも圧倒的に女性が多い。男の姿は自《おの》ずと周囲から浮かびあがってしまうのである。尾行をまくのに、佐伯がこの区画を選んだ所以《ゆえん》だ。陽気で、活力に富んだ女たちの雑踏を、佐伯はしゃにむに突き進んだ。首ふたつは、佐伯は確実に雑踏より高いようだ。ふたりほど、通りすがりに尻を叩いていった女がいる。佐伯はこの上もなく情けなさそうな表情になっている。まったく、女たちのあつかましさは度を越していた。

「畜生っ」佐伯はなんの関係もない名前を口に出した。

「弓子のやつめ」

佐伯は繰り返し、後方に注意した。あの男の姿は認められなかった。買い物に熱心な女たちがいるだけだ。

――マーケット街をようやく突き抜け、再び広い通りに出た時には、さすがの佐伯もゲッソリとしていた。女たちのなかに入ると、佐伯の巨軀はなおさらに強烈な雄《おす》の匂《にお》いを発散させる。貞操の危機を覚えたほどだ。

通常の尾行者が相手なら、マーケット街を抜けただけでまくのに十分なはずだった。が、――あの男には端倪《たんげい》すべからざる物凄《ものすご》さが備わっている。念には念を入れるべきだった。

佐伯はふたたび平和通りに取って返すと、バス停を探した。尾行者を困惑させるのには、バスを使うにしくはない。尾行者の面《めん》が割れている場合は、ほとんど追跡が不可能だとまでいわれているのだ。

実際、尾行術では、最低四人の人間を配するのが常識となっている。追うべき相手がバスに乗る時に備えて、先回りする人間を確保しておく必要があるからだ。

佐伯がこの場合、バスに乗るのは、賢明な決定といわねばならなかった。

バス停を探している間も、佐伯は全身を眼と化していた。どこであの男の視線が輝《ひか》っているかわからないからだ。

佐伯にとって幸運だったのは、バス停を見つけるのとほとんど同時に、バスが走ってきたことだった。尾行者の視線に、無防備に体をさらす危険がそれだけ減じたのである。もちろん、バス路線を選んでいられる余裕などあるはずがなかった。行先も見ずに、佐伯はステップに足をかけた。

佐伯がようやく安らぎを得たのは、バスが走りだしてからのことだった。むろん、後続の自動車《くるま》は幾台もあったが、そこまで疑えばきりがなかった。いかに尾行術に長《た》けていようと、ここまで警戒を重ねた佐伯をなお追跡することは、ひとりの人間にかなうことではなかった。

ふたつめのバス停で降り、佐伯はタクシーを停めた。今度こそ、目的の場所に直行できるのである。

……佐伯は再び国際通りに降りたった。沖縄県庁に近い一角だ。佐伯の眼前にぬきんでて新しいビルがそびえていた。埴《はに》商事沖縄支社のビルだった。

佐伯の姿がそのビルの内部《なか》に消えた。

路肩に停まっている自動車の陰から、フラリとひとりの男が現われた。その男の視線は、埴商事のビルに向けられていた。

「尾行をまくのはそれほど得意じゃないようだな」と、男は呟いた。

「俺の生徒だったら、まず五十点というところか」

立花泰だった。


——たしかに、とりすました商事会社のなかでは、佐伯の存在はひときわ異彩を放つようだ。廊下ですれちがった女子社員のごときは、悲鳴をあげて飛びすさったほどだ。日常、見慣れている男子社員とは、その精気において格段の相違がある。熊が闖入《ちんにゅう》してきたと思ったのかもしれない。

「支社長室はどこにある?」

佐伯が圧《お》さえた声で訊いた。

「四階です」女子社員の声は震えさえ帯びているようだ。

「エレベーターをご使用ください」

佐伯は尊大に頷くと、エレベーターに向かった。この種の組織で要求を貫こうと思ったら、傍若無人《ぼうじゃくぶじん》に振舞うことが最良の策なのである。硬直した組織体は、予想もせぬ動きに直面するとうろがきてしまうのだ。

佐伯は四階に降りると、まっすぐ支社長室をめざした。

「なんでしょうか」

ずかずかと踏み込んでいく佐伯の姿に、秘書嬢が机から立ちあがった。佐伯は秘書嬢には一顧だに与えなかった。

「困りますっ」

秘書嬢がそう叫んだ時には、すでに佐伯は支社長室の扉を開けていた。空風が通過するのに似ていた。

マホガニーデスクから立ちあがった初老の男がどうやら支社長のようだった。毛並みのいいだけがとりえの男らしい。佐伯を見つめる表情が蒼白になっていた。

「この人止めようと思ったんです」

佐伯の巨軀に遮られながら、秘書嬢がしきりに訴えている。

「でも、勝手にドンドンと入っていっちゃって……なんなら警察を呼びましょうか」

「いいんだ」支社長が静かに言った。

「ご苦労だった。引きとってくれたまえ」

佐伯の背後で、ドアが音高く閉まった。秘書嬢が職業的プライドをいちじるしく傷つけられたことはまず間違いなかった。佐伯はお茶いっぱいにもありつくことはできないだろう。

「乱暴じゃないか」支社長がかすれた声で言った。

「私に会うなら会うで、ほかに幾らでも方法はあるだろうに……」

「俺の顔は知ってるな」佐伯は決めつけるように言った。

「ああ……」と支社長は口ごもった。

「本社から写真が送られてきた」

「俺からの要請があれば全面的に協力するように、という指示も一緒に送られてきたはずだ」

佐伯の語気はさらに高圧的なものとなった。

「そうじゃなかったか」

「そうだ……」支社長はガクリと頷いた。

「きみが何者かは知らないが……」

「知る必要はない」

佐伯はにべもなく言った。

「知らないほうがあんたのためでもある」

「……私はなにをすればいい？」

支社長はおどおどとした上眼遣《うわめ》いになっていた。本社から全面協力の約束を取りつけ、しかも圧倒的な巨軀を有した男……支社長ならずとも、佐伯には威圧されて当然だったろう。

「南シナ海に向かっている〈埴丸《はにまる》〉という貨物船がある」

佐伯の声音は叩きつけるようだった。

「埴商事の持ち船のひとつだ。その船に連絡をとってもらいたい」

「〈埴丸〉……」支社長の声は夢見ているようだった。

「そうだ」佐伯は眉《まゆ》をひそめた。

「どうかしたのか」

「その船なら、さっき無線室に連絡が入ったばかりだ」

「なんだと」

佐伯の噛《か》みつくような語気に、支社長は思わず後ずさった。支社長にしてみれば、猛犬と同じ檻《おり》に入れられた心境だったろう。埴商事の誇り高い社章も、この際なんの役にも立ちはしない。

「どんな連絡が入ったんだ?」

「積み荷のひとつを海に棄《す》てるのを許可してくれ、と……」

「…………」

「詳細まではよくはわからんのだが……なんでもひじょうに危険な荷物だそうで、このまま積んでいると船員たちの生命《いのち》に関わるということだった」

「それで、許可したのか」

「許可しないわけにいかなかった。荷を棄てるなど言語道断だが、許可を得られない場合は船を放棄するとまで言われては……」

「きさまっ」

佐伯が吼《ほ》えたてた。

支社長は小さく悲鳴を上げた。ズボンを濡《ぬ》らしかねないほどの怯《おび》えようだ。

「き、きみ……」支社長は喉《のど》をぜいぜいと鳴らしていた。

「大きな声をあげるのは止《や》めましょう。ねっ、われわれは紳士なんだから、穏やかに話をしようじゃないか」

「…………」

佐伯の耳には支社長の言葉など入ってもいなかった。憤怒《ふんぬ》で、全身が炎の柱と化したようだ。さまざまな苦難を経たあげくが、このていたらくだ。嘘八百の報道が、それまでの佐伯の苦労をすべて笑劇《ファルス》にと変えてしまったのである。涙を流すのも愚かしいような気持ちだった。

PS—8が放射能に汚染されているという報道が、〈埴丸〉の船員たちを恐慌状態《パニック》に陥らせてしまったのだ。放射能障害に怯えるあまり、船員たちはなんとPS—8を海に投げてしまったと言うのだ。——佐伯の手中に一度はあったはずの勝利が、むなしく霧散してしまったのだった。

「投棄地点はわかっているのか」佐伯の声音は地鳴りに似ていた。

「詳しくは聞かされていない」支社長は笛のような声を発した。

「確か、宮古《みやこ》群島のごくごく近海だとか……もちろん、詳しい位置は無線で問い合わせることができる」

「宮古群島か……」

その時の佐伯の心境の変化を説明することは困難だ。ただ枷《かせ》が外れたとしか形容しようがない。沖縄に着いた時点で、佐伯の裡《うち》では藤野の軛《くびき》が切れていたのかもしれない。これまで藤野の指令のままに動き、とにもかくにも任務を全うすることはできたのである。いまさら、もう一度藤野の指令を仰ぐ気にはなれなかった。

「宮古群島……」佐伯は繰り返し呟いていた。

佐伯は海中からPS—8を引きあげることを決意したのだ。まず、PS—8の正確な位置を突き止める必要がある。宮古群島の離島のひとつをそのための基地に定めなければならないだろう。ただし、離島での他所者《よそもの》は眼につきすぎる。誰か島の人間の客になれれば理想なのだが。……佐伯が敬たちのことを想いだすのはほとんど必然といえた。稲穂見島は宮古群島のほぼ中央に位置しているのだ。どこに潜るのにも、好都合な基地ではないか。

「支社長さん……」佐伯の声音はうって変わって優しかった。

「悪いけど、これから俺の言う品物を揃《そろ》えてくれないだろうか」

——その翌日、那覇港から宮古島行きの船便に乗る佐伯の姿が見られた。宮古島まで十時間、宮古島の平良《たいら》港から稲穂見島までさらに四時間……連絡の時間をいれれば、ほとんど一日がかりの船旅といえた。鉄火器を携帯する佐伯が飛行便を利用するわけにはいかなかったのである。

船に乗り込む佐伯の足どりはいかにも自信に満ちていた。が、あの男——立花が同じ船に乗り込んでいるのを知ったら、佐伯がその自信を保てたかどうか疑問といわねばならなかった。

立花は、とことん佐伯を尾行することを心に決めていたのだった。

7

——稲穂見島は周囲四キロに満たない小島である。

稲穂見島には琉球《りゆうきゆう》王朝に関する伝説が多く、民族学の宝庫といわれている。島人たちは稲穂見島の名を証左として、大陸から稲作が伝わるのにこの島がおおいに貢献したと信じている。稲穂見島こそ、古事記に出てくる久高島に間違いないと主張する島人は多く、はなはだしきは伝説のニライカナイをさえあてはめる者がいるほどだ。

たしかに、稲穂見島には楽園の感が強い。とりわけみごとなのはその珊瑚礁《さんごしよう》だろう。遠浅の海にひろがる珊瑚礁は、晴れた日には瑪瑙《めのう》の輝きを放つのだ。稲穂見島は珊瑚礁の美しさにおいて、はるかに他島を凌駕《りようが》しているようだ。

稲穂見島は〝台風銀座〟のいわばメイン・ストリートに位置している。その防災態勢も堅固をきわめざるを得ないわけだ。木麻黄《もくまおう》、アダン、福木《ふくぎ》などの防風林が城壁の役割を果たしているのである。稲穂見島が、緑の真珠と呼ばれている所以《ゆえん》だった。

が、——人は美観だけでは生きていけない。稲穂見島民の所得の低さは、宮古群島のなかでもおそらく最低に位置づけられるだろう。サトウキビ、落花生……いずれの産業を興隆に導くのにも、稲穂見島には決定的に人的資源が不足していた。人口が二百人を割っているのだ。しかもそのほとんどが老人で、若者の姿は皆無といっていい。中学を卒業した若者たちは本土に渡っていくのが、なかば稲穂見島の習いと化した感があった。

稲穂見島が観光に救いを求めるのにも、大きな難があった。船の発着にいちじるしく不便なのである。島の三面にきりたつ断崖《だんがい》は、むろん船の発着地としては問題外だ。残る珊瑚礁も、その遠浅が災いして、島に上陸するのには半キロ近くも歩かなければならないのだ。観光客が体を海水に濡《ぬ》らすのを喜ぶはずがなかった。

これが稲穂見島、如月弓子《きさらぎゆみこ》の生まれた島なのである。

……稲穂見島は闇《やみ》の底に沈んでいた。潮騒《しおさい》の響きが、遠い夢のように聞こえてくる。子守唄に似ていた。

奇妙に官能的な亜熱帯の夜だ。

丘陵を切りひらいて、一面にサトウキビ畑がつくられていた。風にそよぐサトウキビの葉ずれが、互いに囁《ささや》きを投げかけていた。粘りつくようなサトウキビの匂いが息苦しいほどだった。

懐中電灯の明りがサッと闇を薙《な》いだ。サトウキビの折れる音が聞こえてくる。どうやら、懐中電灯の主はこの島の人間ではないらしい。この島の人間なら、サトウキビを折って進むような愚かしい真似《まね》をするはずがないからだ。

ひとしきりサトウキビの折れる音が聞こえた後、男の顔がヌッと現われた。見るからに凶暴そうな顔だ。指名手配写真のモデルにうってつけのような男だった。男は左手に懐中電灯、右手に猟銃を握っていた。

「隠れても無駄だぜ」

男がダミ声をはりあげた。

「てめえたちがこの畑にいるのはわかっているんだ」

サトウキビの葉ずれの音がひときわ高く聞こえてきた。なにか小動物の走り抜けるような気配がした。

男の凶悪魯鈍《ろどん》な表情に笑いが浮かんだ。

「なるほど」と、男は頷いた。

「そんなところに隠れていやがったのか」

音がした方向に、男はゆっくりと歩を進め始めた。小面憎《こづらにく》いほどの落ち着きようだ。男が猟を楽しんでいるのは明らかだった。

不意に凄まじい金属音が夜闇をつんざいた。男の悲鳴がそれに重なった。男の体は地をのたうちまわっていた。その右足を、骨を砕く確かさで鉄の顎《あぎと》が噛《か》んでいた。

サトウキビの間からふたつの人影が飛びだしてきた。ひとりが地に落ちている猟銃を拾いあげた。

「きさまらァ」苦痛に濁った声で男が喚《わめ》きちらしている。

「八つ裂きにしてやるっ」

ふたつの人影——敬と弓子は男の方を見向きもしなかった。そのままサトウキビ畑をじゃにむに駆けだしたのである。

懐中電灯の光線が幾条も交叉《こうさ》した。怒声が重なって聞こえてきた。サトウキビ畑が急速に膨張したように見えた。夥《おびただ》しい数の男たちがそこかしこから飛びだしてきて、敬たちを追い始めたのだ。全員があるいは猟銃、あるいはライフルで武装していた。

男たちは狩りの興奮に酔い痴《し》れていた。まったくのお祭り気分だ。思う存分、人間を狩りたてることのできる機会など、生涯に幾度も巡ってはこないのだ。粗野で、凶暴な頭脳に血をのぼらせるのも無理はなかった。酒にしたたか酔っている奴《やつ》もいたし、なかには勢《せ》子《こ》きどりで鍋《なべ》を打ち鳴らしている奴までいる始末だった。

敬たちは必死になって走っている。その表情が土気色を呈していた。恐怖に喉が締めつけられる思いだった。

機会さえ与えられれば、人間がどれほど残忍無比な生き物になれるか、ほとんど信じられないものがある。それが、人間の最劣悪な部分たるやくざだとしたらなおさらのことだ。奴らは嬉々《きき》として犠牲者の腸《はらわた》を引きちぎりにかかるのだ。

人間に狩りたてられるのは、およそ人間に与えられる限りの最悪の体験だったろう。その恐怖たるや、野獣に追いかけられるの比ではない。地獄を覗《のぞ》くのに等しいといえた。

弓子がこの島の地形を知悉《ちしつ》していることが、わずかに彼らに幸いしていた。隠れ場所にはこと欠かないからだ。が、やくざたちの数を考えれば、どこに隠れてもいずれは発見されるのは眼に見えていた。

「こちらよ」

弓子は敬の手を取り、竹藪《たけやぶ》のなかに飛び込んだ。密生しているバナナの幅広の葉が、格好な隠れ場所を提供してくれていた。

ふたりは荒い息をつきながら、闇のなかに身を縮めていた。喉《のど》がひりつくようだった。しばらくは、囁き声を交わす気力さえ起きてはこない。

竹藪の外を懐中電灯の光線が交叉していた。怒声がひとしきり聞こえてくる。獰猛《どうもう》な鯱《しゃち》の群れを連想させた。

ようやく竹藪の外が静かになった。やくざたちが気がついて戻ってくるまでには、いくらか時間がかかるだろう。執行猶予が与えられたわけだ。

「あの罠《わな》だが……」と、敬が囁いた。

「なにを捕るのに使うものなんだい？」

「戦前はこの島にも山猫がいたの」

弓子は答えた。

「戦前から、あそこに仕掛けられたまま放ったらかされていたの。まだ動くかどうか自信がなかったんだけど……」

「あの罠のおかげで奴らをひとり倒すことができた」敬は懸命に微笑《ほほえ》もうとしていた。

「こうして銃を手に入れることもできた」

実際は、さほど事情が変わったわけではなかった。やくざたちは三十人以上を数えるのだ。ひとりが欠けたぐらいで、奴らがどんな痛痒《つうよう》を感じるはずもなかった。猟銃にいたっては、敬はこれまで手に触れたことさえなかったのである。

……敬たちはほとんど現実感覚を喪失していた。悪夢のなかにいる心地だった。逃亡行の間、彼らはただ稲穂見島に希望のすべてを託していた。その稲穂見島にさらに苛酷な逃亡が待ち構えていたのである。心身が萎《な》えるのも無理はなかった。

日本最大の暴力組織『菊地組』を甘く見すぎていたというしかなかった。『菊地組』は敬の同行者が弓子であることを知り、なんらかの方法でその故郷を突き止めたのだ。そして、日本全国から選《え》りすぐった「鉄砲玉」を稲穂見島に送り込み、敬たちを殺すべく罠を張らせていたのである。

菊地大三の執念は、常人の域を超えている。狂人の偏執を感じさせるものがあった。——また傘下の暴力団の抗争を鎮めるためには、狙撃者《そげき》がどこの組にも関係していない人間であることを、その死体で示す必要があったのだ。

人数さえ揃えば、稲穂見島を占領するのはさほど困難な仕事ではない。連絡船が週に一便あるだけの、まったくの離島なのだ。老人、女子どもを銃で屈服させるのは、やくざたちにはじつに容易なことだったろう。

その罠のなかに、敬と弓子はむざむざ足を踏み入れてしまったのである。宮古島で船待ちに一日を費やし、彼らが稲穂見島に到着したのは昨夜のことだった。以来、十時間近くを、彼らはただ逃げに逃げている。実際、彼らが捕えられるのは、もう時間の問題というべきだった。稲穂見島は三十人のやくざから逃げのびるにはあまりに狭すぎるのだ。

夜《よ》の闇のなかを、ふたたび懐中電灯の明かりが遊弋《ゆうよく》し始めた。やくざたちの幾人かが戻ってきたに違いなかった。

敬が猟銃を構えた。その眼がようやく殺気を帯び始めていた。

「待って」弓子が低い声で制した。

「私にいい考えがあるわ」

弓子は敬の手を取った。目線で、走ることを促している。——ふたりの男女は腰をかがめながら、藪のなかを移動し始めた。まさしく窮鼠《きゆうそ》の姿にほかならなかった。噛むべき猫の数が異常に多い窮鼠だ。

弓子はどうやら海岸をめざしているようだ。アダンやソテツの藪ごしに聞こえてくる潮《しお》騒《さい》の響きが、しだいに確かなものになっていった。どうかすると、鼻孔に潮の香りを感じるほどだった。

草叢《くさむら》がとぎれた。

細い路をはさんで、なかば朽《く》ちかけているような家があった。年月に腐蝕《ふしよく》されつくした、まったくの廃屋《はいおく》だった。木麻黄、福木などの防風林が背景となっているところを見ると、裏はそのまま海岸につづいているに違いなかった。

「この砂を体にかけるのよ」

弓子は廃屋の前庭の砂を両手ですくった。

「とくに足に念入りにかけて……」

「………」

敬は弓子の正気を疑った。追われる恐怖に、ついに常軌を逸したのかと思った。砂を体にかけてどうしようというのか。

「説明している暇はないわ」

弓子は盛大に砂を撒《ま》きあげている。子どもの砂遊びに似ていた。

「とにかく、言うとおりにして」

「ああ……」

敬は弓子の行為に従った。どうせ弓子とは一蓮托生《いちれんたくしょう》なのだ。彼女が狂ったのなら、ともに狂ってやるべきだった。

「いいわ」と弓子が頷いた。

「さあ、走るのよ」

ふたたび弓子は草叢のなかに飛び込んでいった。草葉を蹴《け》ちらす勢いだ。いざとなると、女性のほうがより戦闘的になるようだ。

夜明けが近づいているらしい。敬の眼に、草叢を走る弓子の姿が仄白《ほのじろ》く精霊のように映っていた。

後方で誰かの喚《わめ》く声が聞こえてきた。数発の弾丸が至近距離を掠《かす》めていった。心臓が喉にせりあがる瞬間だ。いやでも必死に走らざるをえない。

追跡者は三人いるようだ。ほかに仲間を呼ぼうとはしないのは、高《たか》を括《くく》っているからだろう。敬と弓子など、彼らの眼から見れば赤児にも等しい存在に違いなかった。仲間たちに内緒で、弓子を輪姦《まわ》そうという気持ちもあるのかもしれなかった。

叢林《そうりん》を全速力で走るのは、いちじるしく精力を削《そ》がれる仕事だ。草葉に足を取られないようにするだけで極端に消耗を強《し》いられる。加えて、追われる者に固有の恐怖がある。恐怖が促す過剰なアドレナリンは、誰であれ長時間の運動を不可能にするのである。

弓子の足がもつれ始めていた。彼女が力尽きるのも時間の問題に思えた。万事休すだ。

敬は足を止めた。表情が蒼白《そうはく》になっている。烈《はげ》しく上下する肩が、いかに敬が消耗しているかを如実に物語っていた。その息遣いが喘息《ぜんそく》の苦しさを伴っていた。

「どうしたの」弓子がなかば悲鳴のように言う。

「あいつに追いつかれちゃうわよ」

「先に行ってくれ」敬は弓子を振り返ろうともしなかった。

「僕もすぐに追いつくから……」

敬はすでに死人の表情《かお》になっていた。弓子を守るためには、敬が犠牲になるしかないようだ。かなわないまでも、ここで奴らを迎えようとという気持ちになっていた。

「駄目よ」弓子が奇妙に静かな声音で言った。

「子どもみたいなこと考えないの」

「子どもみたいなことだと……」

　敬は憤然とした。恋人のために死ぬという甘美な思いに水をかけられたのだ。こんな場合にも、弓子は敬を弟あつかいするのを止《や》めようとはしないのである。

　が、彼らに喧嘩《けんか》をしている余裕はなかった。時をおかず、三人の男たちが視界に迫ってきたのだ。男たちはこちらの姿を認めると、揃《そろ》って足を止めた。さすがに息遣いは荒かったが、その表情には共通して淫靡《いんび》な笑いが浮かんでいた。銃を扱う手つきが、敬とは格段の差で鮮やかだった。

「おまえにゃその女《スケ》は上等すぎるぜ」男のひとりがニヤニヤと言った。

「いかにも生《いき》がよさそうだからな」

「生き別れになりそうだな」別の男が唇を舐《な》めながら言った。

「おめえが行くのは地獄だが、女《スケ》は極楽に行くんだからよォ」

「嬢ちゃんよ」三人めは情欲に眼を血走らせていた。

「そんな子供《ガキ》じゃ物足りないでしょ。俺たちが十回は極楽に送ってあげるからね」

　その軽薄な口調とはうらはらに、男たちの様子には微塵《みじん》の油断もなかった。敬が一センチでも銃口を上げれば、その時には間違いなく三発の弾丸をくらうことになるだろう。射撃ほどプロとアマの差が歴然と表われるものはないのだ。

「…………」

　憤怒とも絶望ともつかぬ感情が、敬のうちに烈しく波打っていた。敬は今このうえもなく酷《ひど》い決定を迫られているのだ。やくざたちに発砲するか、それとも弓子を射殺するか。

……

「撃ってきなよ」

男のひとりが黄色い乱杭歯《らんぐいば》をむきだしにした。猿の表情《かお》をしていた。

「運がよければ、俺たちを倒せるかもしれねえぜ」

明らかに、男たちは敬をなぶり殺しにしようとしているのだ。残忍な期待に、彼らは揃って眼を輝かせていた。この種の男たちにとって、なぶり殺しと輪姦《りんかん》は、なによりの饗宴《きょうえん》に違いなかった。

が、——男たちの期待はむなしく潰《つい》えることになった。思いもよらぬ伏兵が出現したのである。

男たちのひとりが悲鳴をあげた。一瞬の後に、悲鳴は残る二人にも伝染していた。銃を投げだし、それぞれに奇態な舞踊を踊り始めたのだ。体を弓なりにそらし、足を踏みならす烈しさだ。三人とも完全な恐慌状態《パニック》に陥っていた。

敬は呆然《ぼうぜん》としていた。男たちの足元に三角の頭をした蛇が夥しく群れをなしている。なかの数匹は、たしかに男たちの脛《すね》に牙《きば》をたてているようだ。

ハブだ。この地方のハブは、台湾《たいわん》のいわゆる百歩蛇ほどの猛毒は持っていないが、それでも嚙まれて二時間以内に血清を射《う》たないと確実に死ぬことになる。——男たちはハブに嚙まれたというだけで、ほとんど自失してしまっているらしい。嚙まれた部分をナイフでえぐるなど考えもつかないようだ。しょせん、やくざの強持《こわもて》ごときが通用するのは都会に限られるのだ。

　ひとしきり叫喚がつづいて、男たちはいずれも地に伏してしまった。そのピクリとも動かない体の上を、なおも数匹のハブが這《は》い、とぐろを巻いていた。嘔吐《おうと》感を禁じえない光景だった。

「どうしてぼくたちは嚙まれなかったんだろう……」敬が呟いた。

「あの砂を体にかけたからよ」弓子が落ち着いた声で言った。

「砂？」

「どうしてかは学者にもわからないらしいんだけど……ハブが棲《す》んでいる島は、大体ひとつおきになっているのね。伊平屋《いへや》島にはハブがいるけど、隣の伊勢名《いぜな》島にはいない。西表《いりおもて》島にはいるけど、与那国《よなぐに》島にはいないという具合なの。

　どうもハブが棲む棲まないは土壌で決まるみたいなのね。だからハブの多い島では、ハブの棲まない島の砂土を、家の周囲に撒《ま》いていることが多いのよ。そうすると、ハブが近づかないんだって……」

「だから、砂を体にかけさせたのか」

「そうよ」弓子の語気が烈しいものに変わった。

「いま私たちがいるのはハブ道なの。ハブたちが決まって通る道なのね。だから、ここに逃げ込めば、追ってくる人たちはハブに嚙まれると思ったわ」

「…………」

敬は啞然《あぜん》とせざるをえなかった。いざという時に、弓子がどれほど強くなれる娘であるか、改めて思い知らされるような気がした。

「私を嫌いにならないでね」弓子の声に湿った情感が甦《よみがえ》った。

「あんたをこの島に案内してきたのは私だわ。この島であんたが死ぬようなことになれば、私は自分を許せなくなる……」

「嫌いになるどころか、ぼくはきみを誇りに思うよ」

敬はしんそこそう言った。

「これで相手を四人倒したわけだ。この調子でいけば、もしかしたら……」

敬はその言葉を最後まで言い終えることができなかった。二条の強烈な光線が不意に薄明を貫いたのだ。自動車《くるま》のエンジン音が翅音《はおと》のように低く聞こえてきた。

「役場のジープだわ」と、弓子が叫んだ。

一瞬の猶予もならなかった。やくざたちはジープを出動させて、敬たちを狩りだすつもりでいるのだ。敬は弓子の手を摑んで、しゃにむに草叢を走りだした。


——水平線を巨大な日輪が紅色に染めあげていた。亜熱帯に特有の、異常に澄明度の高い朝だ。珊瑚礁を点綴《てんてい》させた遠浅の海が、銀板の輝きを放っていた。

いま白い海岸をふたりの男女がよろめくように歩いている。気力だけでかろうじて歩いている態《てい》だった。砂に刻《こく》される乱れた足跡が、ふたりの極端な疲労をよく物語っていた。女のほうは、ほとんど男に引きずられて歩いているのだった。

鋭い銃声が早朝の空気を震わせた。ふたりの足元で砂が舞い上がった。さらに二発の銃弾が、彼らの足元の砂を削った。それでもなお、若い男女は互いに体を支えあいながら、前進をやめようとはしなかった。

あるいは岩陰から、あるいは野生のバナナ林から、屈強な男たちが次から次に海岸に進みでてきた。男たちは三十人以上を数えるようだった。全員がライフルか散弾銃を構えていた。なかには短機関銃《サブ・マシンガン》を持っている奴までいた。

先頭近くを歩いている男が、ゆっくりとライフルの銃床を肩にあてた。満面にいやしい笑いを浮かべていた。

轟然《ごうぜん》たる銃声とともに、男女の足許《あしもと》からまたしても砂が舞いあがった。今度ばかりは、彼らの前進にも遅滞が生じた。女のほうが砂に足を取られて転倒したのだ。

男たちの間から野卑な笑い声が起こった。嗜虐《しぎゃく》の愉悦に全員が獣の表情となっていた。誰もが、なぶり殺しを心底から楽しんでいるのだ。

不意に男たちのひとりが何事か叫んだ。全員の視線が一斉に海に向けられた。

燃えたつ日輪を背景に、遠浅の海を歩いてくる人影が黒く浮かびあがっていた。一方の手になにかバッグのような物を持っていた。

その人影は着実に稲穂見島に近づきつつあった。遠目にも、そいつが巨体の持ち主であることがわかった。

8

海は脛《すね》までの深さしかなかった。硝子《ガラス》の透明度だ。珊瑚《さんご》の細かいかけらにいたるまではっきりと見透《みすか》すことができた。

潮の醸《かも》しだす微妙な綾《あや》が、海底に紫色の影を引いていた。魚が閃光《せんこう》のように泳ぎ去っていく。イソギンチャクの揺れる触手が鮮烈な色彩を燃えあがらせていた。

佐伯は奇妙に自分の気持ちが落ち着いているのを感じていた。気の遠くなるような寂しさを伴っている。ながく〝一人の軍隊《ワンマン・アーミィ》〟を自認してきた佐伯にとって、この種の感情はおよそ縁遠いはずだったのだが。……

広大な海空《うみぞら》は、そのなかに身を置く人間に直截《ちょくせつ》に孤独を意識させる。いかに自分が卑小な存在であるかに思いを馳《は》せないわけにはいかないのだ。生来の戦士である佐伯もまたその例外ではありえなかった。

佐伯の眼に、稲穂見島がその襞《ひだ》にいたるまで露《あらわ》になっていた。〝緑の真珠〟の名に恥じない島だった。PS―8のことなど、ふと忘れてしまうような蠱惑《こわく》を秘めていた。

佐伯のこのいわば意識の空白状態には、多少は疲労が原因となっているのかもしれなかった。佐伯が宮古島に到着したのは昨夜、それからモーターボートを探し、徹夜で走らせてきたのである。そのモーターボートはいま海底の楔《くさび》につながれ、佐伯の背後遠くでゆらゆらと揺れているはずだった。

佐伯はただ海に歩を進めていた。昂揚《こうよう》も、悲嘆もなく、研《と》ぎ澄まされた感覚だけが白々と冴《さ》えていた。その唇には無邪気な微笑さえ浮かんでいるようだった。

佐伯はかなり遠くから、海岸に人が大勢いるのを認めていた。銃声も何発かは耳にしていた。が、——いささかの危機感も覚えはしなかった。稲穂見島のような島ではどんな災厄も予想できるはずはなかった。漁師が幾人か集まって銃の試し撃ちでもしているのかと思ったのだ。

佐伯にはありうべからざるうかつさ、といえたろう。島に向かう佐伯の巨体には、なにか墓場に赴く象の姿と共通するものがあるようだった。

不意に佐伯の五感が爆発した。ほとんど本能的に、佐伯は身をかがめていた。その時になってようやく銃声が聞こえてきた。弾丸が空気を裂き、鋭い衝撃音を発した。

つづく自分の動きを、佐伯はまったく意識していなかった。永年の訓練が、こういう場合の佐伯の動きを完全に制御していた。機械に等しかった。——佐伯は海中に体を二転三転させると、連繋《れんけい》した動きでバッグから拳銃《けんじゅう》を抜いていた。

海原《うなばら》に銃声が反響《こだま》した。口径九ミリのブローニングが火箭《かせん》を吐いたのだ。いかに佐伯が射撃の名手でも、この距離では命中を望めるはずがなかった。相手を牽制《けんせい》するために放った一発だった。

反撃の可能性など考えてもいなかったのだろう。海岸に群れていた男たちがだらしなく崩れるのが見えた。

それまで佐伯の裡《うち》にあったある種の非現実感がぬぐわれたように消えていた。一発の弾丸に全細胞が賦活されたようだった。戦士の魂に火が点じられたのだ。

佐伯は走っていた。拳銃でライフルと戦うには、どうしても距離を縮める必要があるのだ。西部劇の保安官のように、五十メートル先の悪漢を拳銃でなぎ倒すなど可能な業ではなかった。

この場合、向こうに狙撃《そげき》の名手が配されていれば、まず佐伯に生き延びるチャンスはなかった。海原を走る男ほど、狙撃の格好の的はないからだ。目路《めじ》の達する限り、なんら遮《しゃ》蔽物《へいぶつ》はないのである。

が、佐伯は敵がまったくの烏合《うごう》の衆であることを直感していた。寄せ集め部隊の感が強かった。おそらく戦闘訓練など一度も受けたことがないのではないか。銃の引き金を引くことは知っていても、狙撃のなんたるかを学ぶ機会などなかったに違いない。

——何者なんだろう？　海を蹴たてて走りながら、佐伯の頭を当然な疑問が過《よぎ》った。諧《かい》謔《ぎゃく》を覚えざるをえなかった。敵の正体さえ明らかでないまま、戦闘に臨むことになったのだ。なんのために戦うのかもわかっていない。一発の弾丸をあびせられたことが、佐伯をしてなかば本能的に戦いに飛び込ませたのだ。戦士の業《ごう》をつくづく考えさせられた。

銃声がとぎれがちに聞こえてきた。不正確この上もない狙撃だ。佐伯から十メートルも離れた場所に水飛沫《みずしぶき》が立ったりする。苦笑を禁じえなかった。盛り場のゲーム・センターでさえ、奴らより腕のたつ狙撃手はごまんと見つかるだろう。

佐伯は改めて奴らの正体に疑問を抱かないわけにはいかなかった。東北の山中で襲ってきた男の仲間でないことははっきりしていた。その腕において、雲泥《うんでい》の差があるからだ。狼《おおかみ》と羊の差だ。

肚《はら》に響くライフルの銃声に混じって、猟銃の軽快な銃声が聞こえてきた。どうやら奴らは、陣容を整えたようだ。一斉射撃がなんとかさまになっていた。

狼の持つ銃だろうと、羊の持つ銃だろうと、弾丸にはなんの違いもない。当たればやはり傷つくことになるのだ。

佐伯は体を沈めて、海中に膝《ひざ》をついた。拳銃を持つ右手を伸ばして、左手で銃尻《じり》を固定してやる。いわゆるFBI撃ちというやつだ。ブローニングは一センチとして揺らぐことがなかった。

ブローニングが咆哮《ほうこう》を繰り返した。稲妻の威力を秘めていた。放った弾《た》丸《ま》は三発、正確に三人の男が地に叩きつけられていた。敵の腕とは比較にならない。佐伯は射撃にはたっぷりと月謝を払わされているのだ。

奴らは仰天したようだ。佐伯の射撃が神業《かみわざ》に等しく思えたのだろう。彼らの常識を絶する正確さだ。

彼らは一斉に後退した。なおも応戦はつづけているが、および腰の射撃はその不正確さにさらに輪をかけたようだ。闇雲《やみくも》に弾丸をばらまくのとなんら違いがなかった。

それでも何発か至近弾があった。なんといっても絶対量が多いのだ。なかの一発は、たしかに佐伯の耳朶《じだ》を掠《かす》めていった。

が、――佐伯は動じなかった。ブローニングを構えたその姿勢は磐石《ばんじゃく》の安定性を有していた。さらに二発の弾丸がブローニングの口から吐きだされた。

射的場の的に等しかった。必死に応戦していた男がふたり、銃を投げだして倒れた。いずれも胸板を撃ちぬかれたのだ。

敵の陣容が混乱を極めた。遮蔽物を求めて、森に駆け込もうとする男たちが続出したのだ。――彼らにしてみれば、悪夢を見るような気持ちだったろう。最初にその姿を認めた時、彼らは佐伯を単なる旅行者か、この島の人間だと思ったのだ。ただ一発の弾丸できれいにかたがつくはずだったのである。それがこれほどに手強《てごわ》い相手とは、彼らの予想の域を大きく越えていた。

佐伯は再び走りだしていた。この時機を逃せば、永遠に上陸するチャンスは失われてしまう。幸運がそれほどつづくはずはなかった。遮蔽物のない海原で戦いを続行すれば、いつかは射殺されてしまうのだ。要するに確率の問題でしかない。

佐伯は波打ち際で体を大きく躍らせた。ミシンの正確さで、夥《おびただ》しい数の弾丸が一直線に波打ち際に食い込んだ。短機関銃《サブ・マシンガン》だ。さすがの佐伯も右に左に体を躍らせて、弾丸を避けるのが精いっぱいだった。敵が短機関銃《サブ・マシンガン》の扱いに慣れていないことが、かろうじて佐伯に幸いしていた。短機関銃《サブ・マシンガン》に不慣れな人間は速射の際、どうしてもその銃口を上げてしまうのだ。正確な射撃など望みうべくもなかった。

短機関銃《サブ・マシンガン》の速射は五秒とはつづかなかったようだ。不意に襲ってきた沈黙に、佐伯は烈しい耳鳴りを感じていた。鉈《なた》で断ち切る唐突さだ。一瞬、なにが起こったのか理解できなかった。

野生のパパイヤの陰から、ひとりの男が海岸に転がりでてきた。腹を押えながら、何事かしきりに喚《わめ》きちらしている。指の間から赤黒いものが迸《ほとばし》っていた。一方の手に持つせっかくの短機関銃《サブ・マシンガン》も、もう使う意志も気力もないようだった。

——俺の味方がいる。佐伯は一瞬のうちに事情を覚《さと》った。誰か掩護《えんご》射撃をしてくれた奴がいるのだ。が、それが誰かを確かめている余裕はなかったようだ。それこそ雨霰《あめあられ》という形容にふさわしいような勢いで、数十発の弾丸が撃ち込まれてきたのだ。

相変わらず敵の狙《ねら》いは正確さを欠いていた。無意味に弾丸をばらまいていた。狙いを定めるだけの沈着さがないのだ。とにかく引き金を引いている限りは、撃たれるという恐怖から逃れることができる。

波打ち際はミニチュア海戦の様相を呈していた。水飛沫が白い紗幕《しゃまく》のようだった。たてつづけに打ち込まれる弾丸に、海面は白く泡だち、牙をむいていた。

佐伯のブローニングがさらに吼《ほ》えたてた。弾倉を空《から》にする連射だった。敵がなかば姿を隠している以上、今度ばかりは百発百中というわけにはいかなかったようだ。それでも幾人かの悲鳴が聞こえてきた。

佐伯は全力疾走に移っていた。弾丸の唸《うな》りが耳朶を掠める。極端な至近弾だ。勢いを駆って、頭から砂地に滑り込んだ。伸ばした指先に短機関銃《サブ・マシンガン》が触れた。佐伯の計算に誤りはなかったわけだ。――ずしりと重い鉄の感触が佐伯の腕に伝わってきた。体を反転させた時、すでに佐伯は完璧《かんぺき》な伏撃《ふせう》ちの体勢に入った。

情事の快楽に似ている。熱く滾《たぎ》ったものを一気に噴出させる快感だ。佐伯の腕のなかで短機関銃《サブ・マシンガン》は躍りに躍った。

短機関銃《サブ・マシンガン》は、本来が大量殺戮《さつりく》用の火器だ。使い慣れた人間の手に渡れば、これほど威力を発揮する武器も珍しいといえた。しかも奴らが身を隠している叢林とは十メートルとは離れていない。佐伯の放つ弾丸は、脳外科医のメスの正確さを有していた。

幾人かの男たちがきりきりと舞った。血肉をもぎとられ、苦痛に絶叫する。短機関銃《サブ・マシンガン》の咆哮に、ごおーっと大気が鳴動していた。

短機関銃《サブ・マシンガン》を手にした安心で、佐伯の動きがいささかシャープさを欠いたきらいがあった。移動速度にわずかに遅滞が生じたのだ。叢林に飛び込むのと同時に、佐伯の体が蝦《えび》のように反《そ》った。突然の激痛に、体筋が痙攣《けいれん》したのである。

どこを射たれたのか、確かめている余裕はなかった。地に叩きつけられた佐伯の視界に、醜く歯をむきだした男の表情が映った。歓喜と恐怖がないまぜになった表情だ。夢中で射った弾丸《たま》が偶然に当たったというわけだろう。自分の幸運を信じられないでいるようだ。短機関銃《サブ・マシンガン》を改めて構えるだけの暇はない。向こうは引き金《トリッガー》をしぼるだけでいいのだ。佐伯の体が地に半円を描いた。右手が閃光のはやさで靴からナイフを抜いていた。ナイフは誤たず男の喉《のど》を貫いていた。投げナイフは手品のようなものだ。本当の戦士が使うべき手段とはいえない。が、――佐伯にしても自説に固執していられる場合ではなかった。

男は一瞬のうちに絶息していた。男が地に伏した時、すでに佐伯は短機関銃《サブ・マシンガン》をひっ掴み、藪《やぶ》のなかに飛び込んでいた。

佐伯の息は荒かった。肩を射抜かれているのだ。筋肉が柘榴《ざくろ》のように弾《はじ》けていた。一人の軍隊《ワンマン・アーミイ》は大幅にその戦闘力を削《そ》がれたことになる。短機関銃《サブ・マシンガン》を片手で振りまわすなどもう望みうべくもなかった。

佐伯は自分の軽率な行動に淡い後悔を抱いていた。たしかに、先に仕掛けてきたのは奴らのほうだが、その人数を考えればおいそれと応戦に出るべきではなかったのだ。様子を見るなり、後退するなり、他に採るべき方法はいくらもあったはずではなかったか。

第一、佐伯は自分がなんのために戦っているのか知らないでいるのだ。相手の正体もまだ不明のままだ。この時ほど、攻撃を受けたら応戦に出るべく訓練された、自分の反射神経を恨めしく思ったことはなかった。

これで死ぬようなことになったら、犬死にの名にも価しない。交通事故に遭ったようなものだ。はなはだ不様《ぶざま》な死といわざるをえないだろう。

――第一、と佐伯は考えた。俺がここで死んだら、PS―8はいったいどうなるんだ。

誰がＰＳ―８を海底から引きあげるのか。

――敬と弓子は海岸の灌木《かんぼく》の陰に身をひそめていた。灌木が、堅固な幕となってくれるとは思えなかったが、彼らにほかのどこへ赴くだけの気力も残されていなかった。

弾丸の直撃こそ受けはしなかったものの、至近弾から生じる幾多の皮膚出血が、ふたりの動きを阻《はば》んでいたのである。鞭《むち》で長時間打たれたに等しかった。ふたりは人生最悪の夜を体験したのだった。

彼らもまたなにが起こったか正確に把握していなかった。佐伯の出現さえ認めていなかったのである。それが起こった時、ふたりはなかば廃人同然だったのだ。やくざたちの無慈悲な弾丸に追いたてられ、体力気力の最後の一滴まで絞りとられていたのだ。

仲間割れが生じたとしか思えなかった。気がついてみると、彼らとは関係のないところで銃撃戦が展開されていたのだ。狐《きつね》につままれたような思いだった。――今回も、やはり弓子のほうが立ち直りがはやかったようだ。ふらつく敬を、引きずるようにしてこの灌木の陰に押し倒したのだ。はしたない連想がちらりと頭を掠め、彼女は思わず頰《ほお》を赤らめていた。

「いったい、なにがどうなっているんだ?」敬は繰り返し呟《つぶや》いていた。

短機関銃《サブ・マシンガン》の速射音が聞こえてきたのはその時だった。つるべ撃ちに撃ち込まれる弾丸に、波打ち際が白く泡だっている。その水飛沫《みずしぶき》に遮られて、狙《ねら》われている男の姿は定かではなかった。

「機関銃だなんて卑怯《ひきょう》だわ」弓子は憤然として叫んだ。

「あれを撃ちなさい」

「撃てと言われても……」敬は弓子の勢いに気圧《けお》されたようだ。

「当たりっこないよ」

事実、敬は後生大事に猟銃を抱えてはいたが、それまで一度として引き金《トリッガー》を引こうとはしなかった。応戦の暇《いとま》がなかったこともあるが、なにより銃を使いこなす自信がなかったのである。

「撃ちなさい、撃ちなさい」弓子はだだっ児の執拗さで繰り返した。

「わかったよ……」

敬はなんともおぼつかない手つきで、銃口を灌木から突きだした。すでに短機関銃《サブ・マシンガン》の速射はやんでいた。火線が見えたとおぼしき地点に、狙いを定めるしかなかった。

敬ははじめ膝射ちに構え、次には伏射ちに姿勢を変えた。いずれも西部劇で見覚えた射ち方だった。その姿勢で、弾丸を飛ばすのはまず望めなかった。

「カッコいいわァ」

弓子は眼を輝かした。愛する男の勇姿に惚《ほ》れ惚《ぼ》れと見とれているのだ。

「そうかな」敬はまんざらでもなさそうだった。

「じゃあ、これで撃ってみるか」

銃声が落雷の烈しさで反響《こだま》した。猟銃が悍馬《かんば》さながらに跳ねあがった。弾丸は悉《ことごと》く空に放たれていた。

敬は手首に痺《しび》れるような痛みを覚えている。改造ガンとは反動が格段に異なる。肩の骨が外れそうな衝撃だった。

「当たったかな……」

敬の呟きには、いかにも自信がなさそうだった。

「当たったわよ」と、弓子が大きく頷いた。

「その証拠に、ほら、機関銃はもう撃ってこないじゃないの」

――敬の放った弾丸が誰かを傷つけることができるはずもなかった。短機関銃《サブ・マシンガン》の射手は、敬の猟銃が吠える前に息絶えていたのである。その男の額には、正確な弾痕《だんこん》がポッカリとあけられていた。

さらにもうひとり、恐怖でなかば盲目となったやくざたちの襲撃を受け、応戦のやむなきにいたった男がいるのだ。佐伯の場合と、事情はまったく異ならなかった。稲穂見島に向かって、遠浅の海を歩いてくる途中で、恐慌《パニック》状態に陥ったやくざたちの発砲を受けたのである。

その男は、遠浅の海を蟹《かに》のように横に進んでいた。大きくジグザグ路をとりながら、慎重に島に接近しているのだ。時折、その手に持つM16ライフルで、正確このうえもない一発を放っている。

その男――立花泰にも、事態のこの急変はとうてい理解しがたいものだった。それとは知らずに、飢えた野犬の群れに足を踏み入れた感じだ。条理をまったく逸している。自分がなんのために、誰と戦っているのかいっさいわからないのだ。

立花のような食えない男でも、時には戸惑うことがあるのだ。

9

――立花もまた、宮古島でモーターボートを調達したのである。立花の尾行は小判鮫《こばんざめ》の完璧さを誇っていた。その視界から、絶対に佐伯を外すことはなかったのだ。

佐伯のモーターボートとは、立花は正確に二キロの距離を置いていた。高倍率の双眼鏡の助けがあったればこそできた業《わざ》であった。――そして、稲穂見島に向かって歩き始めた時点で、否《いや》も応《おう》もなく戦争に巻き込まれたわけだ。

立花の戦いは、巧緻《こうち》を極めていた。ゲリラ線法は、これまで多くの優れた指導者によって練りに練られ、ほとんど完成品の域に達している。立花はそのゲリラ戦の具現者のような男だ。やくざごときが応戦をなしうるはずがなかった。

実際、立花の姿を幾人のやくざが認めることができたか疑問だった。立花は不断に位置を変えていた。それでいて、上陸までにすでに五人の男を倒していたのだ。蜂《はち》の手強《てごわ》さを秘めていた。

立花は一気に海岸を突っきっていた。遮蔽物《しゃへいぶつ》のない場所での戦いは、ゲリラ戦士の最も嫌うところだからだ。

野生のバナナ林のなかに飛び込んだとたんに、一斉射撃をあびせられた。少なくとも五挺《ちょう》の銃口から吐きだされる数の弾丸だった。狙いは不正確だが、とにかく途切れることのない銃火だ。剣呑《けんのん》このうえもなかった。

立花は岩陰に難を避けた。ほんの二跳びで、体勢を変えたのだ。弾丸の何発かは岩角を削った。弾丸をいかに無駄に使うかの手本のようなものだった。ただもう撃ちに撃ちまくっているのだ。

立花は確実な手つきで、M16ライフルに弾丸を装塡《そうてん》している。あの佐伯和也という男が懐かしかった。これでは、子どもを相手に戦うのに等しい。歯ごたえのないこと夥《おびただ》しかった。

立花の表情にフッと苦笑のようなものが浮かんだ。

たしかに現在《いま》、立花の置かれている状況は喜劇的なものといえた。銃の狂宴《オージー》、悪趣味なスラプスティック・コメディだ。敵の正体を知らず、その意図するところも知らない。殺すにしろ、殺されるにしろ、それ以上もなく馬鹿げた戦いというべきだろう。

が、そもそも立花自身が、そして、あの佐伯とかいう男が馬鹿げた存在ではなかったか。戦う男というのは、その種類はことなっても、本質的には子どもでしかないのだ。どこか成長に欠けたところがあるのだ。戦士とは、ついに子ども時代の戦争ごっこから脱しきれなかった男たちを指していうのではないか。

——PS―8は俺たちの玩具《おもちゃ》ではなかったのか。立花の苦笑はさらに大きなものとなった。俺たちはもちろん、結局は宗像さんも、そして敵のリーダーも遊びに夢中になっていただけではなかったのか。玩具が高価なほど、危険が大きいほど、遊びに熱がこもるのは自明の理だ。むろん、遊びに倫理《モラル》を持ち込むような不粋な奴はひとりもいなかったわけだ。

……

立花は内省に適した男ではなかったし、またふさわしい時でもなかった。現実に、弾丸が唸りをあげて飛んできているのだ。さしあたって敵を叩き潰《つぶ》すことを、なにより優先すべきだろう。ここにいつまでも釘付《くぎづ》けにされているわけにはいかなかった。

立花の眼《かお》に戦士の光が甦った。堅牢《けんろう》な掩護物《えんごぶつ》に身を寄せつづけるのを潔しとしない戦士の表情だ。

相手がプロか、多少なりとも銃の扱いに熟達している人間なら、射撃には自《おのず》とパターンが生じる。そのパターンの間隙《かんげき》を突いて反撃に出ることも、できない相談ではないのだ。が、この場合、相手は盲射も辞さないアマチュアだ。文字どおり、弾丸をばらまいているのである。下手に岩から飛びだせば、外れ弾《だま》丸に傷つけられることがないとも限らなかった。皮肉なことに、相手がアマチュアであることが立花の動きを封じているのだった。

立花はズボンのポケットからキーホルダーを取りだした。さまざまなキーに混じって、長方形のプラスチック片が挟まれていた。ドアの間隙に差し込み、外から掛け金を外すために用いられるものだった。

立花の動きには一瞬の逡巡《しゅんじゅん》も見られなかった。手指がそれ自身で意志を持つように動いていた。同じくポケットから取りだされたガス・ライターの炎が、プラスチック片に移されたのだ。

プラスチック片はちろちろと焔《ほのお》をあげて溶け始めた。薄い煙が糸のようにゆらめき立っている。立花は右手にM16ライフルを摑《つか》むと、そのプラスチック片を肩ごしに大きく投げあげた。

「手榴弾《てりゅうだん》だっ」立花の叫びは迫真に満ちていた。

事実、薄青い煙を引いて飛ぶキーホルダーは、ヒューズが燃えている手榴弾と見えないこともなかった。映画でしか手榴弾を知らない世代には、充分に通用するハッタリというべきだった。

銃火が途切れた。悲鳴が重なって聞こえてきた。

立花の足腰がしなやかな動きを見せた。M16ライフルの銃口がオレンジ色の閃光を迸《ほとばし》らせた。引き金を絞りっぱなしのフルオート射撃だ。芝生を荒れ地に変える威力を有していた。

男たちの体が、紙人形さながらにきりきりと舞った。見えない巨人が、大きく腕を一振りしたようだ。全員が地に叩きつけられるまで、十秒とは要さなかった。

銃声がやんだ。耳孔を唸らせる静寂《せいじゃく》が地に満ちた。死者たちにはふさわしい静寂というべきかもしれなかった。

立花は岩陰からゆっくりと身を起こした。その顔が凄《すご》いほどの無表情になっている。自身も死者と化したかのようだ。

立花は静かに歩を進めると、死体の傍らに片膝をついた。相手の正体を知りたいと思ったからだ。その視線が、死体の背広の襟にながく止まっていた。背広の襟には、銀バッジが凶悪な光を放っていた。

「やくざか……」

驚きに、立花は知らず声を上げていた。意外の一言に尽きた。どうしてやくざが、こ、こに登場しなければならないのか、その理由《わけ》が摑めなかった。

その驚きが、立花の五感をわずかに鈍らせたようだ。陥穽《かんせい》に落ちたとしか形容しようがなかった。

立花は前身を硬直させた。臓腑《ぞうふ》に滾《たぎ》った溶岩を注ぎ込まれた思いだ。腸《はらわた》を引きちぎられる苦痛だった。匕首《ドス》を構えたやくざに、背後から体当たりをくらったのだ。

立花の視界が赤く染まった。匕首を体から引き抜かれる感覚が、射精時の快感に酷似《こくじ》していた。立花はほとんどう、っ、と、りと呻《うめ》き声を上げていた。

立花の体が地に伏した。慌てふためいて逃げる足音が聞こえてきた。短機関銃《サブ・マシンガン》の唸りがその足音を消した。

立花の急速に血の気を失っていく表情に、皮肉な微笑が浮かんだ。バナナの皮に足を滑らした男の浮かべる苦笑だった。遊びが終わって、家へ帰る時が来た、の、だ。

——佐伯はこれまで自分の死に様《ざま》をあれこれと想像したことが幾度もあった。病死と老衰は最初から可能性の外に置いていた。ベッドの上で死ぬことぐらい、戦士の威厳を損ねるものはないと思ったからだ。

佐伯は華々しく戦死しなければならなかった。血飛沫《ちしぶき》をあげながら、壮絶な最期を遂げるのだ。あの男と那覇空港で出会った時、佐伯は一騎打ちとなることを予感した。PS—8から離れた虚脱感がもたらした、ある種の願望だったかもしれない。それも、おそろしく子どもっぽい願望だったといえそうだ。現実には、佐伯はかなり喜劇的な死を迎えることになったのである。

佐伯はすでに数発を被弾していた。肩の傷が佐伯の動きをいちじるしく阻害したのだ。もう無敵の戦士とはいえなった。

佐伯は全身を朱に染めて、森のなかをのし歩いていた。その手に持つ短機関銃《サブ・マシンガン》が体の一部のように見えた。掃滅戦の意気込みだ。ただのひとりも見逃すつもりはなかった。いま匕首を構えて飛びだしてきた男を射殺したばかりなのだ。

佐伯は腹をたてていた。こんな馬鹿げた死に様を招いた自分の軽率さが、無性に腹だたしかった。およそ壮絶な戦死とは縁遠い。鶏の群れと喧嘩しているようなものだ。相手に毅然《きぜん》としたところがまったくないのだ。怯《おび》えて逃げまどい、数をたのんで反撃するような輩《やから》ばかりだ。佐伯の美意識にいちじるしく反するところがあった。

佐伯はもう自分の生命《いのち》が長くないことを覚っていた。夥しい出血に加え、たしかに弾丸の一発は内臓を傷つけていた。並みの男なら戦うのはおろか、歩くことさえかなわなかったろう。――佐伯はもう相手の正体を知りたいとは思わなかった。なんのために戦うのかという疑問も失せていた。ただただ自分をこんな馬鹿げたはめに陥らせた連中を、一人残らず道連れにしたいだけだった。

前方の藪《やぶ》のなかから悲鳴が聞こえてきた。四、五人の男たちがそれこそ風をくらったように駆けだした。彼らにも、もう佐伯とやりあおうという意志は残っていないようだ。ゴリラと格闘するほうがまだしも生きのびるチャンスがある。

短機関銃《サブ・マシンガン》が咆哮《ほうこう》を発した。オレンジ色の閃光《せんこう》は毒蛇の執拗《しつよう》さを備えていた。やくざたちは一人を余して、生命《いのち》を断ち切られていた。その生き残りの一人も、尻を射たれたらしく、ヒイヒイと泣き喚きながら地べたを這いずりまわっていた。

佐伯は無言のまま、その男に近づいていった。

「助けて……」男は弱々しく呻いた。

「助けてくれ」

佐伯の表情にはまったく変化がなかった。虫を見る眼つきだった。

「射たないでくれ」男はほとんど佐伯の膝にすがらんばかりだった。

「俺はなんにもあんたに悪いことはしちゃいねえ」

「じゃあ俺はどうなんだっ」

佐伯の怒声には落雷の烈しさがこもっていた。

「俺がおまえたちになにか悪いことをしたか」

「そういえばそうだ……」男の扁平《へんぺい》な顔にキョトンとした表情が浮かんだ。

「おかしいな。どうしてこんなことになったんだろう」

短機関銃《サブ・マシンガン》の引き金《トリッガー》が引かれた。その男は首をかしげたまま、弾丸で地に縫いつけられていた。

佐伯は体から急速に力が失せていくのを感じていた。出血多量から生じる脱力感だ。膝が不意に粘土と化したようだ。

佐伯はガックリと地に膝をついた。なかば安堵《あんど》感のせいかもしれなかった。戦士の本能が、敵の最後の一人までもが倒れたことを佐伯に告げていたのだ。短機関銃がその手から落ちた。佐伯の顔にはしだいに死相が克明となっていった。

背後から足音が聞こえてきた。振り返った佐伯の視界に、若い男女の姿が映った。敬と弓子だった。

「う、う……」

佐伯は唸った。力が尽きた思いだった。生命《いのち》がいましも消えようとしている時に、生涯で唯一苦手だった小娘と、顔を合わせることになったのだ。意気阻喪すること夥しかった。

佐伯の体がどうと前のめりに崩れた。

佐伯は亜熱帯の温気《うんき》をわずらわしく感じていた。ついそこに見えている、暗く、冷たい世界にはやく足を踏み入れたかった。ふたたび胎児となるのだ。今度生まれ変わった時には、あの男と心ゆくまで戦えるかもしれない。

佐伯は自分の体に四本の腕が触れるのを感じた。面倒なことこのうえもない。このままソッとしておいてほしいのに。……

「ありがとう……」

暗闇のなかに弓子の湿った声が響いた。

「私たちを助けてくれたのね」

あまりの驚きに、佐伯の脳細胞が一時的に賦活されたようだ。佐伯はかっと眼を見開いた。

「俺がおまえを助けたァ……」佐伯の声はなかば悲鳴に近かった。

「おまえを！」

「そうよ」

弓子は佐伯の髪を優しくなでていた。

「でも、どうして私たちを助けてくれたの？　あなた本当は何者なの。秘密捜査官かなんかなの？」

佐伯は、今はっきりと事情を覚《さと》ることができた。もう手遅れには違いないが、自分のオッチョコチョイさには愛想が尽きた。泣いていいのか、笑っていいのか、判断に苦しんだ。

「ねえ、どうして私たちを助けてくれたの」

弓子が佐伯の体に取りすがった。彼女の背後で、敬が泣き声を殺していた。佐伯の脳裡《のうり》を奇妙な考えが過《よぎ》った。生涯の終わりに、ちょっとした悪戯《いたずら》を楽しむのも悪くはないだろう。

「おまえたちを助けるように俺に命じた男がいるんだ」

佐伯は文字どおり迫真の演技で言った。

「礼なら、その男《ひと》に言ってくれ」

「誰なの」弓子は泣きじゃくっていた。

「ねえ、その男《ひと》は誰なの」

佐伯は苦しい息の下で、その男の名前と住所を口にした。ふたたび、そして今度こそ完全に、佐伯の意識を暗黒が包み込んだ。

佐伯は最も苦手だった小娘に抱かれながら、ガクリと首を落とした。悪戯っ児の表情《かお》をしていた。

エピローグ

街路に秋風が吹いていた。

表参道を歩く華やかなはずの男女の姿も、その秋風に奇妙に影が薄く見えた。

その瀟洒《しょうしゃ》なマンションの五階にある部屋は、最近になって名義が書き換えられたようだ。まだま新しい表札に『宇野清美《きよみ》』という名前が読めた。

部屋には奇妙に荒廃した感じが漂っていた。その荒廃した部屋で、女がすすり泣いていた。ネグリジェだけのしどけない姿だった。

清美だった。

「行っちゃうのね……」清美《きよみ》が言った。

「みんな行っちゃうのね」

洗面室から、ゆっくりと緒方《おがた》が現われた。顎《あご》にまだシャボンのあとが残っていた。

「島送りさ」緒方は苦い声音で言った。

「やむをえないんだ。『愛桜会《あいおう》』の幹部は全員が閑職にまわされたんだからな。わしもしばらくは地方に腰を落ち着けることになる」

「……私には誰《だれ》も残らないんだわ」清美は肩を震わせていた。

「憎い男だ。宗像《むなかた》という奴《やつ》は……」緒方は清美の肩に手を置いた。

「こんな可愛い女と平気で別れられるんだからな」

「おまえにはマンションをやる。住むなり、売るなり勝手にしろ……」

清美の声が憎悪で濡《ぬ》れた。

「それだけだったわ。それだけを言うと、あの男《ひと》は自分の荷物をまとめて、さっさと出ていってしまった。あの男はそういう冷血漢なのよ」

「………」

緒方は内心苦笑を禁じえなかった。清美は自分の不貞をまったく忘れているのだ。もっとも、それだからこそ可愛い女なのだが。……

「上京したとき、ときどき会いにきてくださるかしら」

清美は緒方の手に頰《ほお》をすり寄せた。

「私ひとりぼっちになるのは厭《いや》だわ……」

「いいとも」

緒方は頷《うなず》いた。清美との仲はこれでとにかく清算できる。その後、年に数回ほど、後くされのない関係を持つのも悪くなかった。清美の脂《あぶら》ののった体には、緒方はまだ十分に未練を残しているのだ。

「嬉《うれ》しい……」

清美は緒方に体重をあずけてきた。清美の体を抱きしめながら、緒方はまったく別のことを考えていた。

緒方はこのまま終わるつもりはなかった。しばらくは雌伏《しふくし》を強いられるだろうが、いつの日か中央に復帰するつもりでいるのだ。そのための布石も、すでに打ってある。いずれにしろ、宗像は目障《めざわ》りな存在に違いなかった。宗像だけは……あいつだけは。……

――消さねばならない。そう頭のなかで呟《つぶや》きながら、緒方は清美と唇を合わせていた。

緒方はいつの日か望みの地位を手にいれることができるだろう。緒方は成功者のタイプだった。


――四谷《よつや》のそのアパートは、住人のほとんどが若夫婦で占められていた。１ＤＫ、手狭《てぜま》ながらも一応はバスがついていて、若いカップルにはまずふさわしい造りだった。

が、――下階の一〇一号室だけは、独身の男が借りている部屋だった。さほど若くはない男だ。むしろ中年男という呼称こそふさわしいようだった。

その男がいま外出から戻ってきた。郵便受けを見てひどくけげんそうな表情をする。この男にはついぞないことだが、郵便受けに封筒が突っ込まれていたのだ。

裏の差出人の名前を見て、男はさらにけげんそうな表情になった。川原敬と如月弓子の連名になっている。男はその名前にまったく憶《おぼ》えがないようだ。

男は部屋に入ると、封筒を破り、数枚の便箋《びんせん》を引きだした。ひどく長々と書かれているが、手紙の内容は次の一文字に尽きた。

——生命《いのち》を助けていただいてありがとうございました。

男の不審はその極に達したようだ。何度も封筒の宛名《あてな》を確かめている。宛名に間違いはなかった。

「川原敬……如月弓子……」男は呆然《ぼうぜん》と呟いた。

「俺《おれ》がいつ助けたというんだ？」

その時、ドアのチャイムが鳴った。男の表情《かお》に緊張が走った。

男は腰を上げると、ゆっくりとドアに向かった。ドアを開いた。

ひとりの男が立っていた。

「久しぶりだな。藤野」と、客が言った。

「そろそろ来るころだとおもっていたよ。宗像」

と、男が応じた。


——なにも調度のない部屋で、宗像と藤野は向かい合って腰をおろしていた。しばらくの沈黙がつづいた後、宗像が口を開いた。

「あんたの住所を突き止めるのには苦労したよ」

「いつかは突き止められると思っていたよ」藤野が受けた。

「そちらのほうの後日談を聞かせてもらえると思っていた」

「あんた北朝鮮に船を出させたろう」宗像はタバコを咥《くわ》えた。

「おかげで、あの嘘《うそ》八百のニュースがずいぶんきいた。PS―8《エイト》は一度は北朝鮮の船に積まれたが、放射能のニュースを知って海に捨てられた……上層部では、だいたいそんな結論に落ち着いたようだ」

「あんたはどう考えているんだ?」

「俺か。俺に文句はないさ。じつは、あのPS―8機種選定に関して、三星重工と『愛桜会』という自衛隊のグループとの間に、かなり金が動いていたんだ。しかも『愛桜会』はまったくの独走で、PS―8を使って、ある種の水中機雷の設置点を定めようとしていた。自分たちが自衛隊の中枢となるために、将来の軍国日本の布石を打っていたというわけだ。

あの事件のおかげで、それらのことがすべて明らかになった。ことはいちおう自衛隊の内部で処理されたが、『愛桜会』は潰滅《かいめつ》だよ」

「その『愛桜会』とかは新戦略専門家《ネオステラテジスト》と敵対していたのか」

「両雄並び立たずさ」宗像はニヤリと笑った。

「おかげでこちらが生き残れた」

「だが、ゲームはこちらの勝ちだったな」藤野が言った。

「PS―8は、ついに取り返せなかったじゃないか」

「よせよ」

宗像が声を上げて笑った。

「なにが……」藤野の眼《め》が光った。

「あのPS—8は偽物だったんだ」と、宗像は断じた。

「そうじゃなかったかね」

「気がついていたのか……」

「たとえ翼、着陸装置、天蓋《てんがい》を取っぱらった本体だけにしても、PS—8をあれだけ容易に移動できるはずがない。危険《リスク》が大きすぎるからな。慎重なあんたにはふさわしくない作戦だったよ。おそらく、動かしていた連中には誰にもそのことを知らせてはいなかったろうがな」

「奥尻《おくしり》島の沖で、本物はソ連の船に積まれていたんだ。ある筋を利用して、パイロットたちには秘密訓練だと伝えてあったんだ。乗った船がソビエト船だと覚《さと》った時には、パイロットたちも仰天したろうがね」

「ある筋か。埴《はに》商事は相当自衛隊内部に食い込んでいるらしいな」

「なにもかもお見通しというわけか」

「それで本物のPS—8はどうなったんだ。ソ連がPS—8を入手したという情報は入ってないぜ」

「そんな情報が入ったら、作戦が台無しになる。パイロットたちにトランクを持たせてやったのさ。高性能火薬の詰まった、ごく小さなトランクを、な。船がソ連領海に入ったころに、爆発するようにセットしておいたんだ。PS—8は船もろとも海の底だよ」

「悪党だな」

「違うよ」藤野は首を振った。

「新戦略専門家《ネオストラテジスト》なのさ」

「お互いにな」

「PS―8が偽物だったとしても、ゲームの本質に変わりはなかった。あんたたちに圧《お》さえられて、あれが偽物だったとわかったら、なにより埴商事が黙っちゃいない。俺は殺されているよ。

　埴商事はPS―8を欲しがっていた。だからこそ、俺の話に乗ったんだ。だが、最初《はな》から俺は本物のPS―8を東京に運ぶのは不可能だと考えていた。あんたの台詞《せりふ》じゃないが、危険《リスク》が大きすぎるからな。初めから、目的は機種変更だけだったんだ。

　楽な仕事じゃなかったよ。スポンサーまで騙《だま》さなければならなかったんだ。東京駅で、じつはディーゼル機関車は事故をおこすことになっていたんだ。偽物を埴商事に手渡すわけにはいかないからな。炎上させる手筈《てはず》になっていたんだ。あんたが変な無線連絡を流したおかげで、ついに手をつけることができなかったがね。あの時は焦《あせ》ったよ」

「ひとつだけ訊《き》きたいんだが……」宗像が言った。

「PS―8の偽物を大阪港から船に積み込んで……どこへも運ぶつもりはなかったんじゃないのか」

「もちろん、なかったさ。偽物だとばれるまえに、海へ捨てさせるつもりだった。PS―

8を搭載した船で外国領海へ赴くのは危険があまりに大きい……そう説得すれば、埴商事の石頭も頷かざるをえないだろうからな。

まあ、埴商事にも文句はないだろうさ。PS―8を手に入れることこそできはしなかったが、三星重工を独占体勢から大きく後退させ、軍事産業に食い込むきっかけを摑《つか》みはしたんだからな……」

「つまり、俺はあの嘘のニュースを流すことで、あんたの手助けをしたわけだ」

「そうだ」と、藤野は頷いた。

「だが、俺もあの事件を起こすことで、あんたの敵を倒すのを手助けしたわけだ」

ふたりは互いの眼を見つめあった。

「新戦略専門家《ネオストラテジスト》に戻る気はないか」宗像が静かに言った。

「俺たちふたりが組めば、日本をいいように動かすことができる」

「外国を相手に、もっと大きなゲームを楽しめるわけだ」

最初は低く、やがては高く、ふたりの男は声を合わせて笑いだしていた。

……アパートの外に、一台の黒い自動車《くるま》が駐《と》まっていた。

その自動車には四人の男が乗っていた。三人は『愛桜会』の暴力を生業《なりわい》とする男たち、もうひとりは……企業戦略家の水谷だった。『愛桜会』と水谷とでは、それぞれに関係する企業が異なる。本来なら、この両者が手をつなぐことなどありえないはずだ。

やはり、水谷は戦略家にはふさわしくない男といえたろう。藤野に対する憎悪で、水谷は本来の道を見失ってしまったのだ。病的な執拗《しつよう》さで事件の背景をかぎまわり、ついに『愛桜会』にいきあたったのである。藤野に復讐《ふくしゅう》するためだったら、水谷は悪魔と結託することさえ辞さなかったろう。常にエリートの道を歩いてきたような男にありがちな性格の弱さだった。

男たちの眼は一様に一〇一号室に向けられている。誰もが蛇の眼をしていた。

——紺碧《こんぺき》の空と海に烈《はげ》しい光が満ちていた。

島の最頂部に、その若い男女はスックと立っていた。二人とも健康に日焼けしていた。

「もうやくざたちが来る心配はないわね」弓子が朗らかな声で言った。

「ああ」と、敬は頷いた。

「菊地大三が病死したというんだからね」

彼らが知るはずもないことだが、実際には菊地大三は殺されたのだ。それぞれに〝鉄砲玉〟を送った菊地傘下の暴力団組長たちが、団結して大組長をあの世に送ったのである。三十数名の配下を殺されたということで、反乱の大義名分は十分にたった。金のかかる抗争に嫌気《いやけ》のさした各暴力団が、その原因となった菊地を団結して殺すことで、騒ぎに終止符を打ったのである。……もっとも、誰ひとりとして、どうして稲穂見《いなほみ》島の子分たちが死んだのか知っている者はいなかったのだが。警察でさえも、連続抗争事件の一つとして片付けるほかはなかったのだ。とにかく、常識外の事件だったのである。

むろん、島民たちは誰ひとりとして、敬と弓子のことを警察に話そうとする者はいなかった。若者はこの島にはなにより貴重な存在なのである。

「ねえ、ぼく考えたんだけど……」敬が遠慮がちに言った。

「あの佐伯って男《ひと》、きみが好きになったんじゃないかな。そうでなけりゃ、生命《いのち》を捨ててまでぼくたちを助けてくれたはずがない」

「どうかしら」弓子は眼を伏せた。

「私にはわからないわ」

実際には、弓子はそうと強く確信しているのだ。

ふたりはしばらく沈黙していた。潮風が爽《さわ》やかだった。

「いい男《ひと》だったね」敬がポツンと言った。

「いい男《ひと》だったわ」弓子が頷いた。

ふたりはどちらからともなく手を取りあって、村に向かって歩き始めた。

明日からは、荒れはてている畑をふたたび甦《よみがえ》らせる生活が、若いふたりを待ち受けているはずであった。

あとがき

この作品を執筆したとき、私は二六歳で、いうまでもなく独身であった。贅沢さえしなければ、どうにか原稿料で生活できるようになっていて、私は、毎日、近所の喫茶店に出かけていってはモーニング・サービスを注文し、そこで新聞を読み、マガジン、サンデー、チャンピオン、ジャンプを読み、かつ「謀殺のチェス・ゲーム」の構想を練った。

いまはプロットを練るのに四苦八苦するようになってしまったが、このころには、喫茶店のカウンターにすわってぼんやりコーヒーを飲んでいるだけで、自然に頭のなかでプロットが動きはじめて、思えば、あのころの私は若かったのだ。

「謀殺のチェス・ゲーム」、「火神《アグニ》を盗め」、「謀殺の弾丸特急」のような作品群は、私にとって、いわばプラモデルか玩具箱のような作品であって、とにかく書いていて非常に楽しい。楽しいのなら、もっと書いたらいいじゃないか、といわれそうだが、こうした作品を書くのには何か一点、キーワードのようなものが必要であって、たとえば「謀殺のチェス・ゲーム」なら追っかけっこ、「火神を盗め」が潜入、「謀殺の弾丸特急」が逃亡、といった具合である。プラモデルであり、玩具箱であるからして、勢い、そのキーワードも子供っぽいものにならざるをえず、まちがっても「愛」などという言葉は出てこない。

そうしたキーワードなしに、この種の作品を手掛けると、必ずといっていいぐらい失敗する。何度か、苦い体験をして、つまりは、多作のできるジャンルではないのだ、ということに気がついた。最近、敗者復活、というキーワードを思いついて、これならもう一作書けそうだと考えているが、いかんせん、いまはこうした作品を求める注文が皆無なのだ。書けるときが来るまで待っているほかはないだろう。

著者の名も覚えていない。ひどいことにタイトルも覚えていない。が、初代の「奇想天外」誌に、ギャングの車とパトカーとがトウモロコシ畑でカー・チェイスをする作品が連載されていて、たしか福島正美氏が翻訳していたのではないかと思う。「謀殺のチェス・ゲーム」というパンの、その最初のパン種はその作品にあって、これは後になって、『ダーティ・メリー　クレージーラリー』というタイトルで、ピーター・フォンダ主演で映画化されている。B級作品だが、じつに切れのいい演出で、私は三度ほど見ているはずである。たしか、イギリス出身の監督で、ほかにも『ヘル・ハウス』という私の好きな作品を作っているはずだ、と思うのだが、これもひどいことに、いま、どうしても、その監督の名を思いだせない。

タランティーノの『ジャッキーブラウン』を見ていて、ピーター・フォンダの娘が出演している場面で（名前が思いだせない！）、テレビにその映画が流れているのに気がついて、そのお遊びに何とはなしに嬉しくなったのだが、要するに歳をとる、というのは、こういうことであるのだろう。

山田正紀

解説

西澤保彦

巷間よく指摘されることだが、世界の在り方は単一でない。それを構造化するシステムの数だけ、存在する。五十億の人間がいれば、五十億通りの世界が存在する。その上、システム自体が恒久的な機能ではなく、価値体系は時間経過とともに組み換えられる。同一システムの中で体系化されたはずの、かつての常識は、いまの非常識なんてことも全然珍しくないわけで、理論的には、世界の数は何十兆、何百京にものぼる。つまり無数だ。無数とは逆に言えば、文字通り、ひとつも存在しない状態をも意味する――それが、物語られない限りは。システムが意識的に物語る作業によって、はじめて世界は成立する。すなわち、世界とは物語と同義語である。ふたつと同じ形態が存在しない以上、世界とは、本来的に異世界のことであり、小説とは異世界を物語る手続きであるという理屈になる。従って、小説という方法は本質的に、すべてＳＦなのである。

　本質がそういうものである以上、小説家に求められる資質とは、何よりも先ず、異世界構築を可能にする表現技巧であろう。もっと噛《か》み砕いていえば、読者の擬似世界体験に、有機的に奉仕できる形で舞台を設定し、造形できる表現者こそが、優れた小説家たり得るわけだ。従って、私見によれば、山田正紀こそが世界で一番優れた小説家であるという結論に、これはもう、誰が何と言おうと、なるのである。単に優れた小説家ならば数多くいるが、世界で一番優れた小説家といえば、山田正紀しかいない。これは私にとっては自明の理である。そんなもの自明の理じゃねえぞとおっしゃる向きも当然あろうと思うので、以下その根拠を述べてゆく。

――と、のっけから、読者の方が当惑されそうな、ハイテンションで飛ばしまくってしまった。いくら牽強付会にしても、レトリカルで自己完結的に過ぎる絶賛を、あんまりまともに受け取られても困るが、私は何も伊達《だて》や酔狂でこれらのことを述べているわけではない。作家・山田正紀は、私にとって特別な存在なのだ。どんな最大級の賛辞を駆使しても語り尽くせない絶対的偶像とも言える。ここだけの話だが、山田正紀に憧れるあまり、私はこの世界に入ったようなものなのだ。従って本稿は、そういった私の個人的な思い入れというバイアスが目一杯かかった「解説」であり、その結論は最初から決まっている。すなわち、「とにかく、山田正紀が一番すごい」――これである。

山田正紀という作家の特徴として、大半の読者が真っ先に思い浮かべるのは、何といっても、その多彩なジャンルの書き分けであろう。『神獣聖戦』や『夢と闇の果て』などの骨格豊かな本格ＳＦはもちろん、『火神《アグニ》を盗め』や『謀殺の弾丸特急』などの冒険小説、『虚栄の都市』や『顔のない神々』などのポリティカルスリラー、『贋作ゲーム』や『不思議の国の犯罪者たち』などのケイパーストーリー、『竜の眠る浜辺』や『チョウたちの時間』などのタイムリリックス、『あやかし』や『風の七人』などの時代小説、『人喰いの時代』や『金魚の眼が光る』などの本格ミステリ、『闇の大守』のようなヒロイックファンタスィ、『鏡の殺意』や『たまらなく孤独で熱い街』などのサイコサスペンス、『スーパーカンサー』のような、いわゆる超人ヒーローもの、『機神兵団』のような、いわゆる巨大ロボットもの、『機械獣ヴァイブ』のような、いわゆる怪獣もの、その他、シミュレーション、ヴァーチャルワールド、ホラーまで、縦横無尽、変幻自在に網羅する。『少女と武者人形』や『不可思議アイランド』などの破格の趣向と文芸性を具えた、短編小説の名手でもある。驚嘆すべきは、そのどれもが水準を、悠々とクリアしている点だ。しかも、右に挙げたタイトルは、彼の著作の、ほんの一部に過ぎないのである。

誤解のないように断っておくが、多種多様のジャンルが書き分けられるから優れた作家である、などとは、私は考えない。特別に器用であるとも看做《みな》さない。生涯一ジャンルという創作姿勢だって尊重されるべき見識であり、決して減点の対象となるべきではないからだし、そもそも、ジャンルを書き分けられる作家なら、何も山田正紀に限らない。ジャンルミックスの進む昨今、むしろ、特定の一ジャンルしか書かないという作家の方が珍しいくらいだろう。

しかし通常の場合、ジャンルを書き分けるという作業は、特定の創作目的意識なり、形式の模索なりに裏打ちされる。いや、ジャンルの書き分けという問題以前に、小説を書くという行為は、異世界を丸ごとひとつ創造するに等しいわけだから、極端な話、作品ごとに特定の方法論とスタイルが新たに必要となる。人間誰しもイマジネーションに関しては無限のストックを持っているが、問題はそれを言語化する方法なのだ。極論を言ってしまえば、イマジネーションとは言語化できないからこそイマジネーションたり得るわけで、そこにこそ、異世界構築＝小説のむつかしさがある。イマジネーションごとに特定の表現技巧を体系化し、確立してゆくのが、通常の創作作業であり、それは生涯一ジャンルという作家の場合でも同様だ。

もちろん、それはあくまでも普通の作家の話である。山田正紀は普通の作家ではない。あらゆるタイプのイマジネーションを咀嚼《そしやく》できる、オールマイティとも呼ぶべき表現技巧とともに登場してきた小説家は、世界広しと言えども、彼、ただひとりだけである。それは決して、あらかじめ全方位型、すなわちジャンルの書き分けができるようにとか、そんな、ある意味、せこい目的で確立された技術ではない。最初から山田正紀は、その語り部としての、あまりの巨大さゆえに、生み出される作品の形態は、意図せずとも、ごく自然に多岐に渡らざるを得なかった、ということなのだ。つまり、彼がジャンルを書き分けるのは、それ自体が目的なのではなくて、単に、完成された技巧の副産物に過ぎない。それこそが、山田正紀が世界一優れた小説家である所以《ゆえん》なのだ。

技巧派。

その言葉は、この世で、山田正紀、ただひとりにしか冠せられるべきではない。世間のひとは、単に語り口が軽妙洒脱だの、構成力が卓越しているだのといった小手先のテクニックを指して、この表現を安易に使ったりするが、私に言わせれば、とんでもないことである。作家の資質としての技巧派とは、形容詞ではなく、山田正紀という特定の才能を指す、固有名詞なのだから。

——とまあ、相変わらず、読む者が鼻白みそうなハイテンションで、我ながら困ったものですが、山田正紀という作家が、異世界を語るにあたって独自に完成された表現技巧を持っていることは、衆目の一致するところである。『女囮捜査官③〈聴覚〉』（幻冬舎文庫）に寄せられた、恩田陸による解説の、冒頭部分を少し引用してみたい。

「山田正紀の小説を読むと、いつも疑問に思うことがある。／小説に入りこんでいる間は無味無臭の文章に感じられるのだが、読み終わってから改めて文章を確認してみると、意外と強引でアクの強い文章なのに驚く。個性的なのにもかかわらず、地の文章に作者の匂いがしないのだ。たいていの小説は、読んでいると、頭の斜め後ろくらいに作者の顔がなんとなくボーッと浮かんでくるものなのだが、山田正紀の小説は、全く浮かんでこない。読んでいる間、ほんとに頭の中で声がしているみたいなのである」

いかがであろう。これほど端的、かつ的確に、一連の山田作品の表現技巧の秘密に迫った指摘も、他にふたつとあるまい。恩田は続けて「これは山田正紀が優れた語り部であることの証拠だと思う」としているが、まさしくその通り。「意外と強引でアクが強い」と感じられるのは、異世界構築の濃密なディテールとリアリティが放つ発酵臭気のようなものだろう。ところが、読んでいるあいだはそれを臭いとは感じられないというのだから、これはもうイマジネーションの言語化だの虚構化技術論といったレベルを超越している。究極の職人芸である。

さて、究極の職人芸といえば、本書『謀殺のチェス・ゲーム』だ。山田正紀の語る異世界は数あれど、これぞ究極中の究極。決定版である。読んで驚け。私事で恐縮だが、本作品が私にとっての山田正紀初体験であった。忘れもしない。いまから二十余年前。高校生の頃である。作者について何の予備知識もなく読み始めた、土曜日。あの日の午後、私はまぎれもなく、近未来の日本にいた。新戦略専門家たちの攻防が列島を縦断するゲーム理論の世界にいた。私は敬や弓子らとともに逃げ、佐伯や立花らとともに戦い、宗像や藤野らとともに謀った。彼らとともに死に、そして生きた、あの日の午後。読了後、暗い映画館から、しらじらとした白日の下に放り出されたかのような、ふと涙ぐみそうになる喪失感と感動は、一生忘れられない。小説を読むことで、身も心も異世界にさらわれるような心地を味わったのは、後にも先にも、あの時だけだ。しかし、その衝撃の体験も、続けて山田正紀ワールドに次々と、のめり込んでゆく愉悦を思えば、ほんの露払いに過ぎなかったのかもしれない。

ところで、どうしても言っておきたいことがある。『謀殺のチェス・ゲーム』は人間の存在やその思惑が、文字通りチェスの駒の如く扱われ、翻弄される世界だ。だからといって、またぞろ「人間が描けていない」などという批判だけは、絶対に願い下げである。私は「人間が描けていない」などという、物語ることの意義や小説の歓びをいっさい理解せず、また考えたこともないとしか思えないような幼稚な議論には死んでも参加するまいと決めているのだが、今回だけは、その禁を破る。というのも、私は『竜の眠る浜辺』（ハルキ文庫）の山田正紀の「あとがき」を読むまで、不勉強にして知らなかったのだが、現在の新本格バッシングとまったく同じような場違いな批判が、どうやら一九七〇年代当時（と思われる）のSF界にもあったらしい。それもやはり、「人間が描けていない」という昔もいまも変わらぬ切り口だったらしいから、もはや笑うしかないというか、脱力する話だが、そんな的外れなものいいに惑わされる真面目な読者だっているかもしれないので声を大にして言っておくが、「人間が描けていない」というのは要するに、日本で出版された書籍に対して「英語で書かれていないじゃないか」などとケチをつけるのと同じレベルの空疎な言説でしかない。いや、論考の対象を見失っているという意味においてもはや言説ですらない。この件については、同人誌のインタビューに寄せられた有栖川有栖の言葉を借りて締め括っておく。

「（人間が描けているかどうか）がしばしば小説の完成度を計る物差しにされるが、それは発想が転倒している。よく出来た小説は、結果として人間を描いているはずだから。だから、『ああ、こんな人、いるいる』という書きっぷりには白けることが多い。それは形

態模写だ。」（『別冊シャレード〈有栖川有栖特集2〉』より）
『神狩り』（ハルキ文庫）に寄せられた解説で、大森望はこう書いている。
「『神狩り』に代表される山田正紀のSFこそ、いつまでもキラキラと輝きつづける青春の文学なのかもしれない。」
これは、「ぼくの青春はわびしく、みっともないものでしかありませんでしたが、SFマガジン、そしてSFの青春はキラキラとまばゆいばかりに輝いていました。SFは青春の文学だったのです」という、一九六〇年代のSFシーンを回顧した山田正紀本人のエッセイを受けてのものだが、私はこのくだりを涙なくしては読めない。私にとっては山田正紀こそが青春そのものだった。もともと文筆業に対して漠然とした憧れを持ってはいたけれど、山田作品を知ってからは、彼のようになりたいと、ただそれだけを願い続けた。いや、「エノケンのようになりたかったのではなく、エノケンになりたかった」という筒井康隆の名言を真似るならば、私は「山田正紀になりたかった」のだ。二十年かけて一応作家のようなものにはなったけれど、もちろん山田正紀になれるはずもなく、山田正紀のような作家にもなれなかった。初恋が成就しないのと同じで、それが青春だと言えなくもないが。驚嘆すべきは、私が知った時には既に超絶技巧を誇るエンタテインメントのトップランナーだった山田正紀が、少しも衰えておらず、いまでもトップランナーのままだという事実だ。同業者になった私としては、いつまでも憧れ続けている場合ではないのかもしれないが（実際、質と量を兼ね具えた、そのエネルギッシュな執筆ぶりには、ただ圧倒されるばかりである）それはそれとして。

山田ワールドにいざなってくれた記念碑的作品『謀殺のチェス・ゲーム』が、祥伝社の親本、角川文庫、徳間文庫を経て、こうして三度目の文庫化を迎えることを大いに喜びたい。これによって私のような、いや、私以上の山田正紀フリークが、いま、この瞬間にも日本のどこかで生まれているかもしれないと考えると、こんな時代でも、なんだか希望が湧いてくる。

（文中敬称略）

（にしざわ・やすひこ／作家）

本書は徳間文庫（一九九一年六月刊）を底本としました。

ハルキ文庫

や 2-26

謀殺《ぼうさつ》のチェス・ゲーム（新装版）

著者 山田正紀《やまだまさき》

1999年5月18日第一刷発行
2014年10月18日 新装版 第一刷発行

発行者 角川春樹

発行所 株式会社角川春樹事務所
〒102-0074 東京都千代田区九段南2-1-30 イタリア文化会館

電話 03（3263）5247（編集）
03（3263）5881（営業）

印刷・製本 中央精版印刷株式会社

フォーマット・デザイン 芦澤泰偉
表紙イラストレーション 門坂 流

ISBN978-4-7584-3855-1 C0193 ©2014 Masaki Yamada Printed in Japan
http://www.kadokawaharuki.co.jp/［営業］
fanmail@kadokawaharuki.co.jp［編集］ ご意見・ご感想をお寄せください。

小松左京の本

Haruki Bunko
ハルキ文庫

復活の日

生物化学兵器として開発されたMM−八八菌を搭載した
小型機が墜落した。爆発的な勢いで増殖する菌を前に、
人類はなすすべも無く滅亡する——南極に一万人たらずの人々を残して。
再生への模索を描く感動のドラマ。（解説・渡辺格）

果しなき流れの果に

白堊紀の地層から、“永遠に砂の落ち続ける砂時計”が出土した！
N大学理論物理研究所助手の野々村は砂時計の謎を解明すべく、
発掘現場へと向かうが……。「宇宙」とは、「時の流れ」とは何かを問う
SFの傑作。（解説・大原まり子）

ゴルディアスの結び目

サイコ・ダイバー伊藤が少女の精神の内部に見たのは、
おぞましい“闇”の世界。解くに解けない人間の心の闇は、
“もう一つ宇宙”への入り口なのか。宇宙創造の真理に鋭く迫る
“ゴルディアス四部作”を収録。（解説・小谷真理）

首都消失 上下

都心を中心に、半径三十キロ、高さ千メートルの巨大雲が突如発生し、
あらゆる連絡手段が途絶されてしまった。
中に閉じこめられた人々は無事なのか？　そして政府は？
国家中枢を失った日本の混迷を描く、日本SF大賞受賞のパニック巨篇。

こちらニッポン……

新聞記者・福井浩介はある朝、
世界から人間の姿が一切消えてしまったことを知る。
福井のほかにも何人かの“消え残り”が確認され、
事態の究明に乗り出すが……。異色のSF長篇。（解説・瀬名秀明）

ハルキ文庫

（書き下ろし）海と真珠
梅田みか

性格も環境も正反対で、ほぼ同じ身長と中三という学年以外には共通点のない舞と理佳子。「海と真珠」のパートナーに指名された二人は、無事発表会で踊ることができるのか？（解説・野口晴海）

（文庫オリジナル）交錯 警視庁追跡捜査係
堂場瞬一

未解決事件を追う警視庁追跡捜査係の沖田大輝。彼は、数年前に起きた無差別連続殺傷事件で、犯人を体当たりで刺して止めた男の手がかりを探し求めていたが……。（解説・西上心太）

（書き下ろし）策謀 警視庁追跡捜査係
堂場瞬一

五年前に渋谷で殺人を犯し、国際手配されていた船田透が突如帰国する。無事逮捕できたものの、黙秘を続ける船田の態度に、追跡捜査係の西川大和は不審を抱くが……。

（書き下ろし）謀略 警視庁追跡捜査係
堂場瞬一

帰宅途中のOLが強盗に襲われ、殺害される事件が連続して起きた。手口などが似通う二つの事件だったが、捜査は膠着。追跡捜査係の西川と沖田は、捜査本部から嫌厭されながらも事件に着手するが……。

（書き下ろし）力士ふたたび
須藤靖貴

現役時代、気っ風のいい突き押し相撲で人気を博していた元十両・秋剛士の芹沢剛士が、相撲界の内幕暴露記事に登場した元親方を諫めるべく訪れたところ……。（解説・大矢博子）